「請問這究竟是怎麼回事？」
陸孫
心裡吃驚但故作平靜。
藥師少女的獨語
11
日向夏
Natsu Hyuuga
illustration
しのとうこ

「羅半大人！」
義妹的兩個同僚
在府邸門前等著他。

「姚兒姑娘、燕燕姑娘，兩位這是怎麼了？」

玉鶯站在壬氏面前，
擋在他與民眾之間。
周圍就像簇擁著舞台那樣
擠滿了圍觀的民眾。

她看著被音操帶走的
怪人軍師。
「什麼事啊？有什麼問題
都可以問爹爹唷？」

「……想來點補充。」
「總管您這是做什麼？」

修長的手指
緊緊按住貓貓的手背，
手心與
壬氏的手心
緊貼在一起。

藥師少女的獨語

INTRODUCTION

壬氏之功，壬氏之罪

壬氏盡可能利用皇弟的地位
替戌西州向中央請求賑災。
而在種種物資匱乏的狀況下，
又有大小難題如火星般飛落貓貓身上。
玉鶯的孫女罹患原因不明的腹痛，
怪人軍師——羅漢又帶了個號稱棋聖的老人出現。
再加上同僚醫官天祐的奇異行徑，
連下落不明的那個人也回來了！
另一方面，西都百姓對皇弟的不滿聲浪與日俱增。
蝗蟲過境造成民眾苦於饑饉與病痛，
終於把壬氏當成了發洩眾怒的對象。
遭到自己一直守護撐持的民眾怨恨，壬氏做出的決斷是？
可疑舉動不斷的領主代理——玉鶯的目的是什麼？
而貓貓是否能夠平安脫離險境？

藥師少女的獨語

11

日向夏

Kadokawa Fantastic Novels

目錄

藥師少女的獨語

目錄

11

彩頁、內文插畫／しのとうこ

人物介紹

貓貓……原為煙花巷的藥師，在後宮以及宮廷當過差，現於西都擔任醫官的貼身女官。藥品與毒物都愛，但一被人說成毒藥名手就會鬧脾氣。經歷過蝗災後，變得討厭飛蝗。二十歲。

壬氏……皇弟，容貌美若天女的青年。在西都礙於身分，使得行事處處遭人掣肘。不具備譁世取寵的從政手腕，但擅長從相關問題一步步解決。最近功勞被玉鶯占盡，但本人毫不介懷。本名華瑞月。二十一歲。

雀……高順的兒子馬良之妻，性情我行我素、愛開玩笑但十八般武藝樣樣精通，因此常被指派為貓貓的侍從或護衛。現為壬氏的侍女。

李白……武官，作為貓貓的護衛隨同她來到西都。雖是個大狗般容易親近的男子，唯獨跟天祐脾性不合。

羅半他哥……羅半之兄。被羅半騙來西都，不情願地四處勸農教稼，但在路上遭逢蝗災，目前下落不明。

庸醫……宦官，原為後宮醫官但醫術不精，大多是靠運氣撐到今天。擅長替身邊的人降火氣。

高順……馬閃之父，容貌魁偉的武人，壬氏的前監察官。壬氏的西都之行確定後，以侍衛身分與他同行。不敢違逆妻子桃美。

羅漢……貓貓的親爹，羅門的姪子，戴著單片眼鏡的怪人。把貓貓當成心頭肉，但做什麼都適得其反。看人的眼光比誰都準確。嗜甜如命，也是將棋與圍棋高手。

羅半……羅漢的姪子兼養子，戴著圓框眼鏡的矮個子。目前代替羅漢在京城守著府邸，是個行事精明的文官。喜愛數字。

玉葉后……皇帝的正妃，紅髮碧眼的胡姬。出身西都，對異母哥哥抱持複雜的心境。二十二歲。

皇帝……蓄著美髯的明君，喜愛身材豐腴的女子。三十七歲。

姚兒……貓貓的同僚。個頭高挑且發育良好使她看起來比貓貓年長。討厭強迫她接受策略婚姻的叔父，目前正在潛心修習醫官技術。十六歲。

燕燕……貓貓的同僚，姚兒的侍女，與姚兒一同成為了宮廷的醫佐。心裡只有姚兒一人，但最近為了她的行為憂心忡忡。二十歲。

陸孫……曾為羅漢副手，現於西都任職。具有對人的長相過目不忘的異才。性情溫文儒雅，遭逢大規模蝗災時卻不失冷靜，帶領民眾度過了難關。

玉袁……玉葉后的親生父親。原先治理西都，後因女兒成為皇后而來到了京城。將西都領主一職交由玉鶯代理，又將身為中央官員的陸孫送往西都擔任佐政。

玉鶯……玉袁的長男，玉葉后的異母哥哥。目前代父治理西都。在西都廣受民眾愛戴，但事事不把壬氏放在眼裡，居心叵測。

水蓮……壬氏的侍女兼前奶娘。年事已高，卻仍為了壬氏而一同來到西都。

馬良……高順之子，馬閃之兄。不善應付人際關係，動輒犯胃病。與雀聯姻，已經有了孩子。

音操……羅漢的副手。經常被羅漢害得犯胃絞痛，但確實是個能吏。

楊醫官……宮廷的上級醫官，出身西都。性情快活直爽。

天祐……與貓貓共事的年輕醫官。乍看之下像個輕薄的浪蕩子，外科技術卻十分了得。

李醫官……宮廷的中級醫官。個性一板一眼，給人不知變通的印象。

魯侍郎……禮部副官。與壬氏一同遠赴西都。

舒鳧……喙上有黑點的白色家鴨。雖是里樹把牠從蛋裡孵出來的，但第一眼看到的是馬閃，就這麼黏著他一路來到了西都。頗有靈性。

序話

少年很喜歡馬車的聲響。
馬兒的嘶鳴、車輪的轆轆聲、車夫的吆喝。
少年也喜歡市場的聲音。
商人的叫賣聲、朝氣蓬勃的人群、孩童的笑聲。
即使身處於空氣乾燥、土地貧瘠的困苦環境，人們依然堅強地活著。
母親告訴他這是很美好的一件事。
少年總是待在母親的身邊聽她說這些。
母親能使喚鳥兒，在桌上鳥瞰天下。她笑著對少年說：總有一天你也能辦到。母親偶爾會凝視著少年的眼睛，像是若有所思。也像是憶起了某人。
「你得守護這座城鎮，知道嗎？」
少年點個頭回應母親說的話。
「好好長大，做個坦蕩蕩的年輕人。」

「孩兒知道。」少年回答。

「要拿你父親大人當榜樣，知道嗎？」

「我會的。」少年對她笑笑。

少年長大成為坦蕩蕩的年輕人，就跟這座城鎮發展得物阜民豐一樣。

豐饒到不把凶年當一回事，堅強得能擊退來襲的外敵——

他希望自己能變得像母親一樣仁慈，擁有像父親一樣寬闊的肩背。

為了讓這西都成為世上最美麗豐饒的地方，他曾經如此希望過。

一話　果乾

蝗災大起後過了五日。

貓貓在用爐灶熬東西。要是不注意空氣流通，感覺會把自己給毒死。她做個深呼吸，用手巾把臉包起來。

藥房周圍的飛蝗總算驅除得差不多了。只是偶爾還會看到幾隻存活的，她一瞧見就用腳踩死。

「還需要毒草嗎？」

李白一邊攪拌大鍋一邊問貓貓。

「還要，也許會有第二波飛來。」

貓貓用菜刀把毒草剁碎下鍋。

「李白大人，請別忘了包住嘴巴。」

「就是煙大了點，不打緊吧？」

李白皺著臉嫌麻煩。

「以前是誰在糧倉起小火時疏忽大意，把頭給燒焦了？」

「嗚！」

李白乖乖用手巾包起了嘴。

「貓貓姑娘，貓貓姑娘～」

雀踏著獨特的咚咚腳步聲過來，手裡抱著個大箱子。

「我拿補充的藥跟白布條來嘍～」

「謝謝。」

貓貓檢查裡頭的東西。

「……就這些嗎？」

「是，很遺憾地。」

雀的眉毛垂成了八字形。箱子很大一個，裡頭東西卻少得可憐。當然完全沒達到貓貓訂的量。

「沒辦法，物資就是缺乏。」

「也是。」

飛蝗走了不代表就能放心。

群眾人心惶惶，人心惶惶會讓人變得暴躁粗魯。傷患多，身體不適來看病的人更多。藥用得快，市場上卻缺貨，一下子就不夠用了。
貓貓把乳缽與搗藥棒交給雀，要她也來幫忙。「真沒辦法～」雀捲起衣袖。
（雖然糧食一時還不致匱乏，可是……）
聽說倉廩裡的穀糧並沒有被吃光。只是市場上買不到蔬菜水果，短期間內膳食恐怕會不太均衡。
（幾個月後才是問題。）
到下次作物收穫之前，糧食供應必須調整得恰到好處。
人心是很複雜的。就算跟民眾說沒事、儘管放心，但大家一旦知道要缺糧了還是會爭相購買。結果人人搶糧囤糧，有些人就只能餓肚子。
「這方面的事，領主代理老爺自然是清楚的吧。」
聽貓貓這麼說，雀話中有話地回答了：
「玉鶯老爺終歸還是個能手啊～」
「能手？」
貓貓對玉鶯這名男子有不少怨言。但她已經是成年人了，公私必須分明。
「據說他一得知西都或周邊城鎮哪裡缺糧就立刻送去，派人賑濟飢民。有能力立刻下指示確實是很有幫助呢。」

能夠第一時間迅速行動，對安撫民心很有效果。

「哦，竟然願意立刻開倉賑糧，真是慷慨啊。還以為那些達官貴人都是貪得無厭，一毛不拔的咧。」

李白欽佩地說。

「是呀。把物資堆上馬車時，還不忘先算過城鎮人口與災情輕重呢。」

雀眼睛果然夠尖，似乎去親眼確認過了。

（那……）

難道不是陸孫未雨綢繆，早就做好的準備嗎？如果是陸孫向玉鶯彙報了消息，為他所用倒是還能理解。

（好吧，就算真是陸孫做的彙報好了……）

也許應該認為玉鶯是物盡其用而不抱多餘的自尊心，即使是來自中央之人照用不誤。

之所以沒有立刻指示陸孫自農村返回西都，也可能是為了網羅這類消息。

想到玉鶯把壬氏當成空有皇族頭銜的陪襯利用，貓貓著實無法把這人看成什麼正派人物。不過她也覺得此人以在地深耕的為政者而論是相當優秀。

（他真應該學學人家的作法。）

不知道壬氏被玉鶯那樣對待，心裡做何感想？

（雖然他本人好像沒身邊的人那麼在乎別人對他的冷遇。）
她感覺壬氏其實想行動，卻因為被當成客人無法隨意行事而又急又惱。但他派李白前往貓貓所在的農村，又誘導怪人軍師整編掃蝗大隊，能做的事都做了。他在檯面下做的事情很有幫助。
壬氏這號人物，不怎麼執著於權力。有時是會動用他的權柄，但壬氏真正大幅利用身為皇弟的立場——
（頂多也就子字一族造反那次吧。）
當時，壬氏是以皇族的身分平定亂事。儘管就某方面而論，原因出在貓貓身上讓整件事說不上來是好是壞，總之鎮壓叛亂那次是第一次讓民眾清楚看見他作為皇弟的姿態。
自此之後，貓貓所知道的壬氏一直是作為皇弟勞心勞力，繁忙程度比起宦官時期有過之而無不及。但那些事務大多是別人推卸給他的，要論壬氏自己主動著手的事——
（其實就只有蝗災對策。）
別人卻說他是杞人憂天，批評他無故增稅，百姓與官僚都給他白眼看。
（大可以像當宦官時那樣多多露面的。）
感覺他自從恢復皇弟身分，似乎便不再使用長相當武器了。
（也許是怕太多人來求婚才作罷。）

少了宦官身分這道防範，又具備了皇弟的權勢威望，願意成為妃嬪的女子一定多如繁星。

（求婚啊……）

貓貓想起陸孫的玩笑話。她心想雀或是誰可能已經去跟壬氏呈報了，不禁覺得之後一定有得囉嗦。

「雀姊，妳去說了嗎？」

貓貓問的時候故意不指明去說什麼。具體來說，就是關於陸孫在農村問貓貓能不能向她求婚的那個玩笑。

「我不知道姑娘指的是什麼，不過請放心，這事絕不會向軍師大人走漏風聲的。」

「……」

換言之，就是壬氏那邊不在此限。李白歪頭不解，但攪拌鍋子的手沒停。

「反正只是說笑，有什麼關係呢？」

「畢竟是說笑嘛。」

「雖然也有人沒當成說笑就是嘍。」

雀是明知故犯。

貓貓想像壬氏那副難搞的模樣。下次拜見時可能會被死纏爛打地追問到底，不知能不能順利脫身。

「小姑娘，做好嘍。」

庸醫把藥丸一顆顆放在大笳籬裡拿給貓貓看。每顆藥丸的大小必須統一，因此是用木模一次做好幾顆。貓貓想起一開始看到庸醫竟然用手粗枝大葉地搓藥丸，還被嚇了一跳。

「謝謝醫官。再來請您把這些也弄一弄。」

「好——幹活嘍！」

庸醫幹勁十足，但這樣真看不出來誰才是助手。

順便一提，天祐早就不知道跑哪去了。貓貓去找他想叫他幫忙，結果看到他在食堂支解家畜。在戌西州似乎把支解家畜視為成年人必備的一項技藝，醫官善於殺豬宰羊也沒引來異樣眼光。

坦白講，貓貓猜想天祐搞不好就是喜歡做解剖，才會成為醫官。

「這是練習，免得技術生疏。」

天祐晃了晃家畜的腳對貓貓挑釁。這男子還是一樣滑頭。

楊醫官他們似乎在街上忙著救治傷患或病人，無暇他顧。

本邸與官府裡的人員為了蝗災的善後處理忙得焦頭爛額。特別是怪人軍師的屬下人手不足，還把布署於別邸的部下們帶去支援。結果使得別邸比平時冷清許多。

貓貓在返回藥房的路上，看了一下別邸裡的狀況。
邸內最起碼還留下了壬氏的護衛等最低限度的人員。
有庸醫與雀在讓邸內還算熱鬧，但少有其他人聲，也聽不見市場的熱鬧叫賣或孩子們嬉戲的聲音。只能偶爾聽見發生小衝突的叫罵聲。
（雖然很想去街上繞繞……）
但現在的情況不適合外出。可惜了窗外清朗的好天氣。
庸醫也一邊壓緊木頭模子，一邊望著窗外。似乎是在確認太陽的位置。
「……這個時辰本來應該要吃點心了。」
換作平時的話，庸醫一到點心時刻就會去廚房，帶一些來源不明的吃食回來。
「嗯——今天可能也沒得吃喔。」
雀抽動幾下鼻子。
「糧倉現在主要補充的都是主食，零嘴什麼的擺第二。」
「我想也是呢。」
這幾天過著沒有點心的生活，庸醫已經快撐不下去了。
（只是沒點心吃的話……）
那還算好的了。貓貓邊想邊把藥攪勻。

埋頭一個勁地做藥，不知不覺間已到傍晚了。

貓貓收拾用具時，有人來用力敲藥房的門。

「是誰？」

李白開門一看，外頭站著一名臉色發青的女子。也許是哪裡來的侍女。

「醫、醫師何在？」

「醫師？妳說我嗎？」

庸醫表情傻楞楞地走上前去，拿水給一路跑來氣喘吁吁的女子喝。

「請、請醫師跟我走一趟。我、我家小姐她……！」

（小姐？）

貓貓心想「哪來的小姐？」但既然這裡是玉袁的別邸，定然是他的親人。就算現在護衛人數較少，別邸也不可能放來路不明的人進來。

看女子慌成這樣，一定是出了急事。但是帶庸醫過去也無濟於事。由於不能對玉袁的親人有所怠慢，貓貓不得已只好舉手發言。

「很抱歉，醫官大人是指定給月君的御醫，不能輕易離開這裡。請不到其他大夫了嗎？」

貓貓婉言拒絕。

「其他大夫都出去了！再這樣下去，我家小姐就……我家小姐就……！」

（想也是啦——）

是因為有皇族暫居於此，這幢別邸才會有特別待遇。既然就連楊醫官他們都被叫去街上治療民眾，當地的大夫們一定更是無暇抽身。

「可以請妳先說說妳家小姐的病情嗎？」

貓貓把庸醫端來的水拿給女子喝，讓她冷靜下來。女子喝了一口水之後，緩緩呼出一口氣。

「首先，請問妳家小姐是哪位貴人？」

雖然拐彎抹角，貓貓仍然先把事情一件件問清楚。

「……是玉鶯老爺的孫女。」

「年齡呢？」

「八歲。」

「有哪些症狀？」

「小姐她原本就吃得不多，自從日前的蝗災以來，更是幾乎粒穀未進，幾日來都只吃些水果。然後到了今天，小姐就說肚子疼，而且嘔吐不止。」

腹痛與嘔吐，都不是什麼稀奇的症狀。

「小姐今天吃了什麼水果？」

如果水果壞了就是食果中毒。但糧食再怎麼不足，貴為大戶千金實在不太可能吃腐敗的食物。

「夫人讓她吃了果乾。」

「葡萄乾嗎？」

女子搖搖頭。

「不是，是從京城帶來的東西，我沒見過那種水果。」

「京城……」

貓貓偏偏頭。大多數的果乾都產自戌西州。如果是戌西州沒有，華央州才有的水果——

「是紅褐色的，表面像是撒了白粉。」

「！」

貓貓瞪大雙眼。侍女所說的果乾必定是柿餅。

「我明白了，這就過去！妳家小姐人在何處？」

貓貓急忙從藥房的櫃子裡拿出用具與藥品等物，塞進袋子裡。

「小、小姑娘！不可以擅自跑去啦！」

「可是病情如果繼續惡化，有可能會送命的。」

「送、送命？」

庸醫簌簌發抖。

李白抱起貓貓準備的東西，雀不知何時不見了蹤影。

「可、可是，我、我不能離開這裡。」

「讓我去。」

不用說大概，這病庸醫鐵定醫治不來。貓貓心想只能自己跑一趟了。但就在這時——

「咪咪妳一個人不行啦，妳又不是醫官。」

正在奇怪是誰，只見一個笑臉輕薄浮滑的男子出現在那裡。天祐靠著藥房的柱子，手裡拿著塞滿醫療用具的袋子。

「我也一道去。好歹我還有個醫官的頭銜。」

看天祐反常地這麼起勁，反而讓貓貓心裡不安。

「你也要跟？」

「不對。不是我跟妳去，是咪咪妳要跟我來。」

「……」

的確就身分來說，貓貓才是幫手。事實上天祐也的確比庸醫來得可靠。

「貓貓姑娘，貓貓姑娘。」

剛才不見蹤影的雀出現了。

「我去請示月君了。」

不愧是雀，動作真快。

「……他怎麼說？」

貓貓與天祐想去診治患者，也得有壬氏的許可才能去。侍女也死瞪著雀。

「總之好像是放行了喔～不過月君也說不管要用哪種方法治療，都得先跟對方交代清楚才行～」

雀向他們解釋。李白似乎也要跟著一起去，正在跟其他護衛交代庸醫的事。

「我們該往哪裡走？」

貓貓向不安地望著眾人的侍女問道。

侍女領著眾人來到別邸附近的一幢宅第。

貓貓等人被帶進患者所在的房間。一名二十五歲上下像是母親的女子，在床前發抖。女子五官分明，是典型的西都美人。床上躺著一個臉色發青的女童，長相跟母親神似，但可能是臥病在床的關係，模樣看起來總覺得有些寒磣。

天祐與貓貓請擔任護衛的李白在房門口等，兩人自己進屋。雀本來也想同行，但這次就請她留在藥房守著。

「快、快幫我女兒看看！」

母親似乎連梳頭髮的多餘心情都沒有，沒挽起的一些短髮黏在臉頰上。

「知道了。」

天祐走上前去，想掀開患者的被子。

「你這是做什麼！」

「還能做什麼？要仔細檢查身體才能找出病灶啊。」

天祐說的並沒有錯。但越是出身名門的千金小姐，越是注重貞操觀念。縱然只是八歲小娃，可能也不想讓男子看見她的身體吧。

天祐臉上寫著「誰會對這種小鬼有興趣啊」，但母親可不會諒解。況且有些人把醫師當成了神仙，以為他們只要執起手把把脈就能判斷病因。

貓貓對天祐使個眼色。

「那就讓醫佐女官來觸診，這樣就不妨事了吧？」

「……那、那還可以。」

貓貓點個頭致意後，掀起患者的被子。她從用具袋裡拿出藥匙，檢查女娃的口腔。接著撐開眼皮，看看眼睛。

「我要掀起衣服了，可以嗎？」

貓貓一面徵求母親的許可，一面瞪著天祐。天祐舉雙手投降，轉過身去。

她解開患者的衣襟，檢查腹部。腹部有不尋常的鼓脹。貓貓用手指滑過，撫摸腹部表面。摸到像是有某種硬塊的部位時，輕輕按了一下。女娃發出難受的呻吟。

「這、這是？」

「腹中積氣。似乎是腸子裡累積異物，致使矢氣阻塞。」

（果然。）

跟貓貓想像的一樣。一聽到患者吃了柿餅，她就想到了。

「異物？」

母親睜圓了眼，似乎在回想是否給女兒吃了什麼怪東西。

「聽聞這數日來令千金茶飯不思，只吃水果。而且今天吃的是果乾——柿餅對吧？」

貓貓向做母親的問個清楚。

「是這樣沒錯。我家女兒即使沒有食欲，好歹也願意吃點甜的。那些討厭的飛蝗害得我買不到蜂蜜或鮮果，只好餵她吃人家送的柿餅。莫非柿餅裡有毒？」

「並沒有毒。」

貓貓安撫急著追問的母親。
「吃太多柿子，有時會形成胃柿石。令千金吃了幾個柿餅？」
「……差不多就三個。」
「三個……」
以小娃兒來說算多了。只是，吃這麼一點似乎不足以形成胃柿石。
（三個也會形成胃柿石嗎？會不會是跟其他水果的纖維結塊了？）
貓貓檢查有無看漏的部分。她看患者額頭微微冒汗，於是用手絹幫她擦了擦。
（嗯？）
貓貓這才知道患者為何顯得相貌寒磣。相較於母親髮量豐沛，女兒卻毛髮稀疏，而且髮根泛白。
（少年白嗎？）
有種說法認為遇到過度恐怖的經歷，會讓人一夜白髮。年僅八歲的女娃看到那麼多的飛蝗來襲，會受到驚嚇也是理所當然。
現在與其想東想西，或許應該先治病再說。
可是，該如何跟做母親的解釋呢？不能不徵求同意就做治療。
「腹部有異物阻塞時，有三種治療方法。」

「哪、哪三種？」

貓貓看看天祐。他背對著貓貓點了點頭，看來打算交給貓貓自行判斷。

「第一種是用喝水等方式沖洗內臟，將異物排出。」

母親點點頭。

「第二種是反過來自下方注入藥液，促進排泄。」

下方說成大白話，就是肛門。

「水，快去拿水來！」

心急的母親不聽第三種方法就叫使女去拿水。

「但是以令千金的病情來說，讓她喝水可能只會嘔出，不管用。」

「那是要用第二種方法了……？」

母親似乎不太願意讓人把藥液灌進女兒的肛門。但用這種方法能治好就該謝天謝地了。

「不，觸診的結果是即使促進排泄，恐怕也無法取出異物。」

「第二種也不行，那第三種是什麼？」

母親瞪著貓貓。雖然沒桃美那麼厲害，但也頗具魄力。

「切開腹部，直接從腸子裡除去異物。」

母親霎時臉色大變，往旁邊的桌子用力一拍。

「開、開什麼玩笑！妳說切開腹部！那怎麼行！」

果不其然，母親嚴詞拒絕。她怒目橫眉，想嚇唬貓貓。

（雖然是意料中事就是。）

「那麼，您是要我反覆進行第一種與第二種方法，除去異物嗎？」

「對，別拖拖拉拉的。」

「恕難從命，我不能做出可能害死患者的事。倘若您堅持，就請您自己動手吧。」

貓貓語氣鎮定地回答。看到女娃受苦，貓貓也會心疼。但她不能因此就胡亂處置。萬一把人害死，問題就嚴重了。

而如果忽視母親的想法強行治療，又只會被轟出去。

所以貓貓能做的，就是盡力說服做母親的。

「只是，恐怕沒有時間讓您去請其他醫師了。我想現在就動手術。」

貓貓看著母親如此斷言。母親的視線轉向天祐。

「你是真正的醫師對吧？這個幫手說的方法不可能是對的吧？」

「**小人**的見解也是如此。」

天祐語氣嚴肅地回答。

「假若單純只是胃柿石，用醫佐所說的兩種方法即可治癒。然而患者腹部鼓脹，表示已經出現腸阻塞症狀，需要火急進行處置。」

天祐用異於平常的態度回話，貓貓聽著卻覺得忐忑不安，生怕他講到一半又會冒出平素那種不莊重的調調。

「……切開腹部，以後是不是就不能生子了？」

「不會傷到子宮的。胃柿石阻塞的部位，與生殖器官有段距離。」

貓貓將觸診的結果告訴母親。幸好異物阻塞的部位用觸診就能摸得出來。只要保持鎮定，手術應該不會太難。

（至少如果是劉醫官他們……）

這不是要摘除病灶，也不是要清除碎裂的骨頭。

貓貓盡可能佯裝平靜，以免讓做母親的擔心害怕。

「但是會留下多大的傷口？不可能小到哪去吧？」

母親神情不安地盯著貓貓。

「需要在皮膚上切開約莫三寸（九公分）。然後在腸子上切一條縫除去異物，以線縫合。會留下傷疤，但應該會隨著年齡漸漸變淡。」

只是無法保證傷疤一定會消除。這對好人家的千金來說是有些殘酷。

「三寸……」

母親顯得不知所措。但應該還是女兒的性命比較要緊。

「就是三寸，讓我來的話。」

「什麼意思？」

貓貓讓視線移向天祐。

「若是由這位醫官操刀，不用一半就能醫治。」

（雖然很不甘心。）

天祐本領了得。貓貓從旁看過他支解家畜與解剖遺體，所以很清楚。貓貓就算今後開始鍛鍊技術，也不知得花上多少年才趕得上。

（不能死要面子。）

練習解剖時，劉醫官一再告誡他們。

他說真正動刀時面對的可不是屍體，而是活人。

只准成功不許失敗，永遠都得用更好的方法施行手術。

不能因為妄自尊大而害死人命。既然如此，就該捨棄自尊心，讓有能力的人來做。

因此貓貓極力勸說做母親的。

「醫師就是醫師。若是想保全令千金的性命，就不該讓我一個醫佐女官來做，應該讓這位醫官執刀才能確保無虞。」

「……」

做母親的猶豫不決。她看著女兒受苦的模樣瞇起眼睛，捏緊了拳頭。

「……我明白了，請醫官救救我女兒。」

貓貓安心地呼一口氣。

「那麼，可以請您讓人準備熱水與乾淨的白布條嗎？還要生一盆火。」

「好。」

「再來還需要冰塊，沒有的話請盡量準備能冷卻身體的東西。」

母親叫來佣人，去準備手術所需的一切。貓貓與天祐打開帶來的用具袋，穿起手術衣與白色圍裙。

貓貓一邊準備，一邊將患者的病況告訴天祐。並且把貓貓對異物的推測也告訴他。

「咦，真的是那種東西？」

「很有可能。」

即使解體技術不如人，貓貓自認多年診斷患者的經驗與病例還是自己略勝一籌。天祐的驚訝反應讓她心生些許優越感。

「咪咪，我來執刀，那……」

「麻醉交給我，就各盡其才吧。你有帶執刀用的小刀吧？」

「當然。」

天祐拿出磨得發亮的小刀。貓貓也把帶來的生藥一樣樣擺好。

（小孩子，八歲，身形消瘦。）

進行開腹手術時，能減輕越多疼痛越好。鎮痛藥有幾種可供選擇。

比較為人所知的有罌粟花、曼陀羅花與莨菪，但鎮痛藥同時也是毒物。每種生藥一旦用錯分量，都會導致嚴重的副作用。

貓貓帶來的是曼陀羅花。比起另外兩種，這種她用得更習慣。

（雖然經常都是和酒使用……）

但她的藥學師父羅門從不把這種生藥配酒使用。酒雖有緩解疼痛之效，但同時也會影響身體狀況。它會促進血液循環，造成患者血流不止，不建議用在不習慣飲酒的孩童身上。

附帶一提，貓貓曾經在沒有像樣的麻醉藥與器具的狀況下處理過燒傷，但她認為那是患者能從痛覺得到部分快感的特殊病例。換做一般情況她死都不做，也絕不願再來一遍。

貓貓用藥秤抓取所需的藥量。

（體重是成年人的一半。）

不能施藥過多引發副作用，她謹慎地秤量。

接著貓貓慢慢扶患者坐起來。

「……好痛。」

原本像是睡著般安靜的患者說話了。貓貓瞇起眼睛，托起患者的下巴。

「沒事，喝下這個就會好了。」

貓貓用沾溼嘴唇的方式餵她服下麻醉藥。然後等個大約兩刻鐘（半小時），靜待藥效發作。

她趁這段空檔準備其他東西。

「冰塊拿來了。」

佣人拿著用麥稈包著的冰塊過來了。貓貓接過冰塊，把它敲碎了裝進皮袋，敷在患者的肚子上。

（雖然一般來說不能讓腹部著涼……）

但麻醉藥的用量是越少越好。她就像醫治壬氏時那樣，同時使用施藥與冰敷兩種麻醉法。

天祐磨利愛用的小刀，用火燒過。然後把拉開切口用的器具與剪刀也準備好。

「要用哪種線？」

「只有外側用絲線，內側全部用腸線。」

腸線顧名思義，就是用動物的腸子做成的線。貓貓取出用布仔細包好的線，一根根檢查過，盡可能選用寬度相等且沒有分岔的線。

做母親的每次看到貓貓與天祐拿出器具，都顯得心驚膽跳。只要想到這些東西等一下會用來切開女兒的肚子，其擔憂的心情可想而知。

但貓貓必須請這位母親做一件殘忍的事。

「手術過程中，兩個人有時可能會忙不過來。可否借用幾個不怕見血的佣人？」

「要佣人……做什麼？」

「我們會下麻醉，但不一定能完全生效。為了避免發生副作用，藥量下得比較少。因此，為避免過程中令千金因為劇痛而死命掙扎，也許會需要有人按住她的手腳。」

「不能由我來嗎？」

「看到令千金痛苦掙扎，夫人能保持鎮定嗎？手術一旦開始就不能喊停了。」

貓貓瞪著做母親的。無論她如何疼愛女兒，如果會礙事就只能請她出去。

「……我知道了。兩個人夠嗎？」

意外的是母親很快就退讓了。

（還以為她會再多耍一下任性呢。）

做母親的臉色鐵青，可能是快撐不住了。佣人端水給母親喝。

貓貓讓母親叫來的兩名佣人把手洗乾淨，順便用酒精擦她們的手。兩人都是中年女子但看起來很強壯，不像是會怕見血的樣子。

「那就來吧。」

天祐用布包起頭與嘴巴。

兩名佣人讓患者躺在案桌並排做成的臨時手術台上。

患者可能是麻醉藥生效了，呼吸變得和緩許多。為了預防她咬到舌頭，貓貓拿條手絹讓她咬在嘴裡。

貓貓請兩名佣人分別按住她的手腳。然後剪開被子，只露出患部。

由於天色已暗，屋裡點了好幾盞燈照亮動刀的部位。貓貓覺得那搖曳的火光，簡直就像與患者的呼吸相呼應似的。

活著的與死的果然不一樣，無論如何冷卻患部還是會出血。天祐的小刀，刀刃就像剃刀一樣薄。

（工欲善其事，必先利其器。）

雖說要拋開自尊心，但自己的技術不如天祐依舊讓她很不甘心；假如哪天看到能縮短差距的手術利器，她可要湊齊一套。

藥物使得患者的意識朦朧不清，但看得出來知覺確實已經麻痺。貓貓鬆了口氣，同時一邊擦掉冒出的血，一邊幫著天祐做事。

「就是這兒吧。」

天祐碰觸小腸鼓脹的部位，用小刀慢慢切開後，把鑷子探進去。

「！」

即使看到傷口被拉開都能保持平靜的兩名佣人，終於有了驚懼的反應。

「果然塞住了。」

「一如咪咪的診斷。」

天祐用鑷子夾出沒消化完的水果纖維團塊，以及大量的毛髮。長長一條從內臟裡被拖拉出來的景象，只能說令人頭皮發麻。

天祐把纖維團塊與毛髮放在貓貓遞過去的盤子上。似乎仍有毛髮殘留腸內，天祐再度把鑷子探進去。

儘管有用布包住口鼻，但還是令人作嘔。血腥、酒精與胃液混合成惡臭。兩名佣人雖然都別開了臉，但沒有鬆開按住的手腳，看來相當能幹。

「我就覺得胃柿石作為腸阻塞的原因還不夠充分。」

患者之所以長期食欲不振，想必是因為有吞食毛髮的習慣。有些人在心靈承受過大負擔時，會忍不住吞食食物以外的東西。此次蝗災導致患者比平常吃下更多頭髮，接著又攝取水果纖維，更糟的是又吃了柿餅。難怪腸子會阻塞。

天祐大概是判斷無法從腸內取出更多毛球了，放下了鑷子。腸內各處應該還有殘留，但不可能全部清除乾淨。之後就喝水沖掉，或是用瀉藥排出來吧。

貓貓把針線拿給天祐。她一面用鉤子拉開患部讓手術部位更清楚，一面擦掉冒出的血。天祐每縫完一針，就改拿剪刀剪斷縫線。長時間維持彎腰姿勢，讓他們滿頭大汗。

確定最後一針順利縫完後，貓貓霎時覺得筋疲力盡。她很想直接趴到患者的床上，但還有術後處理要做。她必須把患部擦乾淨後用布包起來做保護，而且不能纏得太緊。

手術中的主角是天祐，但術後處理的話貓貓比較幫得上忙。

（鎮痛藥不可少，還得準備退燒藥。清熱解毒藥也用得上。然後還要指導術後飲食，並說明傷口的照料方式。）

有很多事情等著貓貓來做。同時，她還得跟患者的母親確認一件事。

按住患者手腳的兩名佣人也已經疲憊不堪。幸好患者沒有掙扎，但累還是會累。

「我說啊，咪咪。」

天祐老早就把沾到血的手術衣給脫了。他手裡拿著鑷子，夾起取出的異物。

「頭髮泡過胃液，會變色嗎？」

天祐夾起的毛球有一些地方掉色，呈現亞麻色。

「柑橘果汁會讓頭髮變色，所以掉點顏色是不奇怪……」

貓貓看看患者的髮根。頭髮稀疏應該是因為自己把頭髮拔下來吃的關係，髮根已開始泛白。

貓貓端起盛著異物的盤子，打開房門。

「結、結束了嗎！」

臉色慘白的母親就在外頭，看來是一直守在門前。習慣等人的李白，平靜自如地坐在椅子上。

「是，手術順利完成了。到屋子裡詳談吧？」

「好。」

母親帶著一名貼身侍女走進屋內，就是帶貓貓他們過來的那名侍女。幫忙按住患者手腳的兩名佣人也跟著退了出去。

「誰來解釋？」

貓貓向天祐問道。

「嗯──我怕麻煩，妳跟她說吧。適材適用。而且有些地方我沒想通，但妳已經看出端倪了吧？」

不管手術本領再好，天祐還是天祐。

貓貓見母親她們已經進房關門，於是將端著的盤子拿給她們看。

「這就是塞在令千金腹中的異物。」

看到水果的消化殘渣與頭髮毛球，母親與侍女都大驚失色。

「您為何不一開始就告訴我們，令千金有吃頭髮的習慣？」

母親目光閃爍，顯得很是尷尬。

「……若您說不願讓人知道好人家的小姐有此惡習，我也不好說什麼就是了。」

貓貓很想再酸她兩句，但也該適可而止了。只是，今後絕不能再讓同樣的事情發生。

「聽聞吃頭髮這種異常行為，原因出在心病。令千金是否受到了某種對待，才會造成病因？」

「……也沒什麼，我只是照正常方式教導她。」

（妳在撒謊。）

貓貓用鑷子夾起頭髮毛球。毛球黑中帶亞麻色，色澤斑駁。

「令千金原本的髮色是亞麻色吧？原因是否就出在染髮上？」

「！」

母親歪著嘴唇，一隻眼睛直抽搐。侍女悄悄低下頭去。

「不根除病因，她還會再犯的。您想一次又一次切開令千金的肚子嗎？」

「……我也不想這麼做啊。」

母親輕聲說了。

「但那孩子的頭髮是淡茶色。而我跟那孩子的父親，頭髮都是黑的……」

「即使父母親都是黑髮，有時還是會生下髮色不同的孩子。在異國混血較多的戌西州，應該是很常見的事吧？」

「……然而父親大人不這麼想。」

（父親大人？）

她說的是玉鶯。這關玉鶯什麼事？

「父親大人厭惡異國血統，說戌西州是茘地，理當由黑髮的茘人來治理。我也一直是這麼想的。」

他的女兒卻生了髮色較淡的孫女。

「父親大人看到他這孫女出生，顯得面有難色。但我聽說嬰兒的髮色會漸漸變黑，就跟父親大人說以後會變成黑色。然而不管過了幾年都沒變黑……」

「所以您為了瞞著玉鶯老爺，就一直替她染髮到現在了，對吧？」

髮根之所以顯得帶點白色，看來並不是長了白頭髮，而是蝗災騷動讓她們無法染髮。

看傭人沉默不說話，也許是幫忙替患者染過頭髮。

（排胡是吧？）

在貿易興盛的土地能有這種心態嗎？還是說正因為關係親近，才更厭惡某些部分？

貓貓想起那位紅髮皇后。玉葉后與異母哥哥雖同是玉袁之子，卻像是各懷一心，不過聽到這件事就能理解了。

「如若改不掉吃頭髮的習慣，建議您可先替她剃髮，等她心情平靜下來。」

貓貓教她最簡單的解決方式。

「剃髮？又不是尼姑！」

「就算讓她繼續留長，一頭稀疏不均的頭髮看了只會更教人心疼。若是繼續傷害毛根，遲早有一天會長不出頭髮的。」

貓貓邊說邊從袋子裡取出藥品。她把清熱解毒藥、退燒藥與止痛藥放在桌上。

「目前最重要的是術後調養，我跟您仔細說明一下。如果不甚明白，我會幫您寫下要點。我們會繼續觀察令千金的術後狀況，但如果您不滿意我們的治療，可以去找其他大夫。只是需要留意的是，即便手術已經成功，之後的處置方式不對還是可能導致病情惡化。」

要是之後才來找他們說傷口裂開或是化膿了，貓貓也愛莫能助。

「目前令千金因為麻醉還有效，所以睡得很熟，但麻醉退了之後就會開始叫痛。請留意別碰到傷口。令千金可能會痛得睡不著或是發燒，我準備了因應各種症狀的藥，請配合用途讓她服下。」

「……知道了。」

母親顫抖著嘴唇，走向睡在床上的女兒。她摸摸女兒變得稀疏的頭髮，露出一絲安心的神情。

「我只切開了原本說的一半大小喔——」

天祐說道。還真的只切了一半長度就處理好了。而且切口與縫法都很仔細，只要今後沒有任何狀況，疤痕應該會變得很不顯眼。

貓貓一邊覺得這傢伙真討厭，一邊把注意事項逐條寫下來。

（不知道她能不能把病人照顧好？）

儘管心有不安，貓貓一心只想早早弄完，打道回府。

二話　軍師來襲

動完手術後，貓貓才剛回到別邸，便被叫去了壬氏的房間。

（就不能明天再說嗎？）

夜色已深，除了看守的護衛以外在這時候都睡了。貓貓被凍僵了又沒吃晚飯，由衷希望有什麼事都能早點講完。

在壬氏的房間，只見寫壞了的字紙從桌上掉了滿地，弄得亂七八糟。水蓮或桃美要是在應該會幫忙撿，既然丟在地上沒人理就表示侍女們大概也沒那閒空吧。忙到半夜的可不是只有貓貓一人。

房間裡沒有人在——正在這麼以為時，她與偶然從帷幔後面探出頭來的馬良對上了眼。房內一瞬間流過一種像是兩隻野貓意外撞見的氣氛，但馬良什麼也沒說就縮回帷幔後面去了。

取而代之地，喙上有黑點的家鴨從帷幔後面探出頭來。看來馬閃不在時，是馬良在照顧牠。即使不善與人相處，也許家鴨不在此限吧。

（怕不要被雀姊吃了吧？）

看樣子只要受到做丈夫的保護，家鴨暫時還不會變成鴨肉。

「哎呀，貓貓妳來啦。」

水蓮從內室走了過來。貓貓若無其事地轉向水蓮。

「雀姊可能已經跟您說了，我剛才去為玉鶯老爺的孫女看了病。和我一起去看診的醫官天祐已先回藥房了。」

貓貓簡單做個說明。天祐說什麼這叫適材適用，就把向壬氏呈報的工作丟給了貓貓。只要想到他現在正在吃較遲的晚飯，貓貓在心中發誓一定要再讓他嘗嘗千振茶的滋味。

「我這就去請月君。」

水蓮拾起掉在地上的寫壞的紙，丟進字紙簍裡。

「怎麼這麼多廢紙？」

「月君才剛給可以拜託的人寫完了信。大概寫了個一百封……不，有將近兩百封吧？」

「兩、兩百封？」

貓貓看了看寫壞的信紙，只見盡是些以皇族式季節問候做開頭、囉哩囉嗦的文章。即使某種程度上是制式公文，若是每一張都得手寫，怕不要寫出腱鞘炎來了。

（先準備些痠痛貼布吧。）

很不巧，這次她只有帶平常那種藥膏與白布條來。

從數量來看大概不只主要高官，還跟各地領主也做了聯繫。

「我明白月君做事不遺餘力，可是請求這麼多援助，不會有損他的身分地位嗎？」

聽到貓貓這麼問，水蓮也在嘆氣。看來她也認為一位金尊玉貴之人不該輕易寫信給一群芝麻官。

「妳認為月君會去在意那種事嗎？」

「不太會。」

這男人都能扮演被人蔑視的宦官超過六年了。在西都受到的冷遇，大概就屬壬氏本人最沒放在心上。

「所以我想請貓貓妳婉勸他兩句。」

「婉勸？」

「貓貓，都靠妳嘍。」

不知為何，水蓮面帶微笑拍了拍貓貓的肩膀。貓貓立刻就知道原因了。只見壬氏從寢室那邊走來，雀與高順也跟他一起。一看到雀滿臉賊笑、高順又抱著頭就沒什麼好預感。

現身的壬氏看起來心情很惡劣。

「我聽雀說了，妳在農村似乎過得很愜意嘛？」

（總覺得好像很久沒被他這樣酸了。）

貓貓有點怨恨起雀這個耳報神來。

「妳跟那個叫陸孫的男子，好像狀甚親密啊？」

貓貓就知道他要問這個。

「算不上多親密。」

「真的是這樣嗎？」

（真的啦，幹嘛懷疑？）

壬氏用懷疑的眼光瞪著貓貓。

雀吐出舌頭，用右手輕敲了一下自己的額頭。高順用難以言喻的表情看著這個兒媳婦。

（嗯，真被妳氣死了，妳告什麼密啊？）

貓貓也知道雀是職責所需，知道歸知道，心裡還是不高興。

「那妳特意跟著他去農村，理由是什麼？」

「因為我聽說坐同一輛馬車去比較省錢。再來就是覺得能夠互相分享消息，行事上也比較方便。」

「嗯……」

壬氏一副不太能夠接受的表情。

「那麼我可以退下了嗎？本來是覺得手術的事應該跟您知會一聲，但時辰也晚了，或許明天再說比較好。」

原本還想順便為壬氏診治傷勢，但現在還是早早走人為上。玉鶯孫女的那件事也以後再說吧。

然而，一堵高牆突地屹立在貓貓前面。原本坐著的壬氏站到了她面前。

「總管有何吩咐？」

果不其然，壬氏看起來怏怏不樂。

「你們關係並不親近，他最近卻跟妳求婚是吧？」

很難得聽到壬氏問得這麼直接。

「他說只是說笑。」

「這種事能說笑嗎？」

「就跟李白大人在園遊會上送簪子一樣，竊以為只是一種交際應酬。」

貓貓想起李白那次也惹得壬氏追問不休。她相信只要坦蕩蕩地有話直說，就不會有什麼問題。

「……」

壬氏不說話了。雖然臉上表情像是非常有話想講，但別看他這樣，大人物可是有很多事

要忙的。

貓貓決定把原本該呈報的事說一說，以改變話題。

「玉鶯老爺孫女的手術已成功了。小女子想觀察一陣子術後的恢復狀況，不知可否獲准？」

「……也好。我已通傳玉鶯閣下，他說隨妳的意。」

「明白了。」

一般講到孫女，不是都應該百般疼愛嗎？這話聽起來卻頗為冷淡，不知是不是因為由壬氏轉達之故。

（排胡啊。）

貓貓想起玉鶯的女兒說過的話。

「那麼，他孫女患的是什麼病？」

壬氏坐回了椅子上。

貓貓心裡鬆了口氣。她告誡自己，今後千萬要避免提及陸孫的相關話題。

「是腸阻塞。內臟有異物堵塞，已經以切開手術為其清除了。執刀人是天祐，就是那個新進醫官。小女子擔任助手。」

「哦，還以為貓貓妳會親自操刀呢。」

「小女子也不是不願意，只是……」
這對貓貓來說是難得的機會，她本來也想從比較安全的手術累積執刀經驗。
「無奈天祐的技術遠在小女子之上。」
「真令我意外。」
壬氏的神情顯得有些遺憾，一副好像希望貓貓來做的表情。
（拿外科處置找我抱怨也沒用。）
貓貓至今已經多次奉命試毒，壬氏也知道她曾經為了醫治傷患而做過截肢手術，或許會覺得現在多這一件也不奇怪。
「什麼異物塞住了？」
「說了怕您嚇到。」
「不會跟我說是飛蝗吧？」
看到壬氏頭都向後仰了，貓貓搖頭否定。
「不是飛蝗，是水果與頭髮塞在裡面。」
「頭髮？」
壬氏偏頭不解。雀與高順似乎也覺得好奇，頻頻望向貓貓。
貓貓抓重點做說明。說明中也提到玉鶯對異國人的排斥。

壬氏並不顯得特別驚訝。

「排胡是吧……」

「您心裡有頭緒？」

「是啊。」

壬氏手指交疊，瞇起眼睛。

「妳可知道玉葉后與玉鶯閣下的關係？」

「……略知一二。」

以前有一次，發生過玉葉后丟失簪子的騷動。貓貓想起當時親近皇后的侍女白羽說過的話。

「……您是指玉葉后的侍女那件事吧。」

「正是。就我在中央所見，我以為玉葉后與兄弟關係融洽。」

「看起來關係融洽嗎？」

貓貓不解地偏著頭。

「因為在我待在後宮的那段時期，玉葉后時常收到兄弟寄來的信。仔細想想，皇后也不是就玉鶯一個兄弟，這中間並沒有虛假。」

「啊……」

玉葉后與玉鶯的年紀差距大到可以做父女了。中間即使還有其他兄弟也不奇怪。

「不過經妳這麼一說，其實從我還在管理後宮時就有不少疑點了。像妳也知道玉葉后當時有侍女人數太少等問題，應該也明白不對勁吧？」

的確，皇后當時的侍女比起其他上級嬪妃是太少了。貓貓區區一個洗衣女會被召進翡翠宮，也是壬氏的安排。儘管試毒差事弄得侍女一一請辭，以及家鄉位於遙遠西域也是原因之一，但看來這些其實都不過是藉口。

「難道玉鶯老爺將玉葉后視作了眼中釘？比方說，對她的異國混血心有不滿？」

「這就不知道了。然而他一方面排斥，一方面又想把長得與玉葉后神似的養女送進後宮。」

「也許是這方面上看得開吧。」

不知玉鶯是否曾經與異國人鬧過不愉快？雖然看人不應該憑個人好惡，但貓貓也是說討厭誰就討厭，或許無可厚非。

「但玉鶯老爺若是真的排斥異國人，事情就麻煩了。流入此地的異國人應該比茘地更多才對。」

「說不定這就是原因，人一多糾紛也多。」

貓貓越談越覺得，這個話題目前再深究也沒多大意義。

（差不多該開溜了。）

就在貓貓一邊偷偷往四下張望，一邊尋找退下的機會時，只聽見一陣門扉被用力推開的聲響。

「月君！」

進來了一位頭上坐著家鴨的仁兄。找遍全西都，這樣的男子也沒有第二個。

「馬閃，何事吵鬧？」

壬氏沒過問頭上的家鴨，而是責備不相關的部分。

「請恕罪，只因事情十萬火急。」

「火急？何事這麼要緊？」

「漢太尉來了。」

「都這麼晚了？」

貓貓渾身寒毛直豎。要是她有尾巴，大概已經炸毛了。自從來到西都之後，那老傢伙動輒愛往這兒跑，貓貓每次都趕快躲起來，或是推給庸醫去應付。

「老夫來也……」

令她作嘔的聲音傳進耳裡。

馬閃背後出現一張看起來絕對有雙臭腳、不修邊幅的老臉。家鴨可能是把那堆亂髮錯當成巢材了，從馬閃的頭上啄老傢伙的腦袋。

「馬閃……」

壬氏瞪了過去。

「請恕罪，應該說『到了』。」

馬閃做個更正。

「貓貓啊！妳有沒有怎樣！」

戴著單片眼鏡的老傢伙想推開馬閃，但馬閃不動如山，他不得已只好從空隙間滑溜溜地鑽進來。

高順立刻移動到護衛壬氏的位置，雀則是站到貓貓面前闔起一眼豎起大拇指，就像在說「包在我身上」。

（現在才來裝自己人也沒用，妳就是出賣我了。）

總之先跟步步逼近的老傢伙拉開距離再說。

「貓貓，看到那麼多蟲子一定把妳嚇壞了吧？放心，爹爹已經整編了驅除大隊去除蟲了。」

（只有這種時候動作特別快。）

中間夾著雀，貓貓與怪人軍師忽左忽右地動動停停。壬氏見狀乾咳一聲，讓眾人把注意力放在他身上。

「羅漢閣下，我說過好幾遍了，你要過來的話請事先通報一聲。言歸正傳，閣下這回有何貴幹？」

壬氏青筋暴突，問了個不用問也知道的問題。

怪人軍師也義務性地轉向壬氏。

「不不，來見可愛女兒哪裡還需要理由？我只是傍晚來看她但撲了個空，現在再跑一趟罷了。」

怪人軍師咧嘴露出不安好心的笑臉。

抱歉枉費沒耐性的馬閃努力按捺住火氣，能否讓貓貓代替他給這傢伙一腳？

「好吧，這當然是最主要的理由，另外還有件公事想來請求月君。」

怪人軍師看著貓貓再次咧嘴邪笑，然後變回嚴肅的神情。

「下官來此，是想請月君保護棋聖。」

「棋聖？棋聖來到西都了？」

壬氏偏頭顯得無法置信。

（棋聖是吧。）

就貓貓的記憶，應該是圍棋大賽時旁觀壬氏與怪人軍師對弈的那位先生。就是皇上的棋師。

「不，不是那人。或許該稱之為西方棋聖吧，不是圍棋，是將棋的棋聖。」

「將棋？」

怪人軍師既擅長圍棋，也是將棋好手。據聞他擅長將棋勝過圍棋，如今將棋棋聖竟也來到了西都？

「聽說這場蝗災害得他無家可歸，所以才來請我這老朋友幫忙。」

（老朋友啊。）

聽聞怪人軍師於年輕時，曾走訪各地。或許也造訪過遙遠的西域。

「原來如此。畢竟現在各地是動亂迭起啊。」

壬氏沉吟著，接受了這個說法。

「容我打岔一下～」

雀還是一樣很不識相地舉手想發言。今天婆婆不在，就開始放肆了。

「恕我失禮，但有沒有可能是騙局呢？」

是很失禮沒錯，但貓貓覺得她說得對。怪人軍師本來就認不得人的長相，就算有人佯稱是故舊，他也分辨不出來。

「我覺得應該是他不會錯。金將可沒有那麼常見，但為了以防萬一還是想做個確認。」

（金將啊。）

貓貓聽羅門說過怪人軍師會把他人比做將棋棋子，但不知情的人聽了大概只會覺得莫名其妙吧。

「所以，能不能讓我在這裡跟他下一局，確認一下？」

「……」

雖然不懂他怎麼會做出這種結論，但跟隨身後的副手捧著豪華的將棋盤，看來這在怪人軍師心中已經是確定事項了。

「那也沒必要選在這種時辰吧？」

「別這麼說，對方若真是棋聖，也許能提供對月君有益的消息喔。」

怪人軍師臉上浮現狡詐的笑意。

壬氏瞥了貓貓一眼。貓貓做出拒絕的手勢，但既然已經被怪人軍師找到，就別想脫身了。既然如此，倒不如讓怪人軍師下將棋消耗時辰比較好，況且他那句別有含意的話也讓人好奇。

壬氏不知是看出了貓貓的心思，還是已經死心了，大嘆一口氣說：

「知道了，我就讓人準備下將棋的地方吧。不過，對弈必須延到明日。」

「這真是太慷慨了，謝月君。」

怪人軍師道謝的口氣聽不出來到底是不是真心感激。貓貓斜眼看著露齒而笑的怪人軍師，摸摸咕嚕咕嚕叫的肚子，只想早點吃晚飯。

三話　林大人

翌日，貓貓幾乎是被雀強拉著帶到別邸的大廳堂。掛起蚊帳的房間深處鋪滿了長絨地毯。

（跟亞南好像。）

貓貓由衷這麼想。屋裡沒有案桌，放著矮藤椅。

地毯上放著茶水點心。蝗災使得吃食內容素淡了些，但不能奢求太多。

中間放著將棋盤，一個不修邊幅的老傢伙，與另一個不修邊幅的老先生瞪著棋盤。老傢伙不用說當然是怪人軍師，至於另一人——

（那就是下將棋的對手啊。）

聽說對方已經年過八旬。昔日可能曾經威風一時的男子，如今佝僂著腰，整個人顫巍巍的。右手邊擺著看起來堅固耐用的枴杖，背後一個像是負責看護的中年男子擔心地望著他。

「我把人帶來了～」

雀朝氣十足地舉起手說道。貓貓倔強地說了不想來，卻被雀拉著手硬是帶了過來。李白也跟來擔任護衛。

聽到雀的聲音，怪人軍師從將棋盤上抬起了頭來。

「貓、貓貓——」

怪人軍師想喊人，但喊到一半就被打斷。

只聽見一聲重擊棉被般的聲響，拐杖打在地毯上。力道大到如果不是厚地毯，拐杖可能已經斷了。

「現在正在對弈！」

想不到一名垂垂老矣的老人家竟然能喊得這麼堅定有力。老人拿起棋子，擺到盤上敲出清脆的聲響。

單片眼鏡怪人也眯起眼睛，把視線轉回將棋盤上。他只對貓貓揮手致意，就繼續專心下棋了。

「這一步走得不錯。」

雀正色耍帥。

「我看不出半點所以然來，雀姊妳懂嗎？」

李白哈哈哈地笑得豪邁。

「配合氣氛隨便講講罷了。」

原來雀也看得不知所以然，只是想講講看而已。雀還是老樣子。

「來來來，貓貓姑娘也來喝茶吧。不然雀姊就不能吃點心了。」

貓貓等人在地毯上坐下。西都的夏季比中央熱，但氣候不潮溼，舒爽多了。飛蝗還沒完全驅除乾淨，天花板掛著蚊帳。

（不過這些人也真有錢。）

貓貓摸摸地毯。輕柔的質地既像絲綢，又像羊毛般柔軟。表面編織出精細的花紋，還做了刺繡。蚊帳也是薄絹做的，在微風吹拂下顯得光澤亮麗。

貓貓坐到藤椅上，吃點放在面前的饅頭。饅頭是炸花捲，配著煉乳吃。

（地毯再豪華也沒用，反正會被食物碎屑弄髒。）

怪人軍師邊下將棋邊吃饅頭。饅頭消失得好似風捲殘雲，負責補充點心的人要辛苦了。看起來總有事操心的副手不停地擺下點心。

「音操兄～挺住啊～」

雀替副手加油打氣。

（他叫音操啊。）

貓貓一如平常地不知道人家的名字，就算聽過也早就忘了。不過今後可能還會見面，得把人家的名字記起來才行。

「啊哈哈，音操大爺還是一樣不得清閒啊。」

李白講得事不關己，似乎因為同為武官而認識對方。

音操注意到貓貓，吩咐附近一名佣人多補些點心，這種差事他做得太熟練了。他在怪人軍師面前擺下大量甜食後，來到貓貓的面前。

「抱歉，大人總是說來就來。」

音操向貓貓低頭致歉。可能是道歉道習慣了，低頭的角度堪稱完美。

（不可多得的人才。）

要是老鴇看到有人這麼會道歉，一定急著挖角。沒年輕到像個小夥子，但態度謙和，可是看起來又不像無能之輩，可以在技藝生疏的妓女觸怒客人時派上用場。

附帶一提，如果碰到純粹找碴的客人，男僕們會二話不說把他們扔出去。

（他哪天想改行的話，我再介紹吧。）

青樓負責賠罪的僕人大多會搞出胃病，但應該比跟著怪人軍師輕鬆多了。

壬氏還沒到場。也有可能是根本不會來。

（要是聚集太多人，搞不好又會惹人妒恨了。）

現在民生凋敝，沒有多餘財力設將棋局或宴客。是因為主辦人是怪人軍師才會獲准。

「照那樣子看來，好像不是冒名行騙喔。」

既然能讓怪人軍師那樣認真地對弈，必定是本領出眾的棋手。

「嗯，是林大人本人沒錯。」

「林大人？是哪位名人達士嗎？」

「此人以前是將棋妙手，據說經常有人自中央前來與他下棋。若不是像現在這樣家道中落，應該會更富盛名才是。」

「您說家道中落是怎麼回事？」

音操說出了引人好奇的事情。

「啊，好的。反正遲早都要說明，就先跟您說了吧。這跟羅漢大人所說的有用消息也有關聯。」

音操小聲地說，以免被老人聽見。

「林大人昔日通曉西都歷史，是個朝廷顯宦。」

「感覺得出來。」

現在似乎是有點年老昏聵了，但聽到方才那凜然難犯的聲調就讓人心服口服。

「如果我說他是在十七年前遭逢不幸，姑娘也許就能猜出一二？」

「您是指戌字一族那事吧？」

貓貓睜大雙眼。

「正是如此。林大人深受戌字一族信賴，辭官後仍繼續編纂史書。然而，當戌字一族遭滅族時，許多官員……特別是一些厚祿高官都被殃及，丟了性命。林大人雖然保住了性命，但禍事連連造成太大打擊，似乎就這麼一口氣衰老痴呆了。」

「這消息也太有用了吧？」

若是如此，老人確實可能知道貓貓或壬氏想知道的事情。但是同時，貓貓又「嗯？」了一聲。

「音操大哥，您怎麼好像對戌字一族知道不少？就連高侍衛都說他所知不多了。」

貓貓瞇起眼睛看著音操。

「啊，原來您不知道啊？戌字一族正好就是在羅漢大人逗留西都時被滅族的，所以關於這事我也略有耳聞。」

「……」

貓貓瞪著正在下將棋的怪人軍師。

（怎麼都沒說啊？）

或許只能說「因為你們沒問」，但她還是覺得一肚子火。

「當然照羅漢大人的個性，頂多只會講點圍棋會館或將棋館的回憶，不感興趣的事也不會記得，因此月君關心的事情是問不出來的。此番是因為林大人這人讓他記憶深刻，所以才會記得。」

「我想也是。」

問怪人軍師也沒用。這是可想而知的事。

「不過只要林大人的思路清晰，就能問出當時的詳細情形。聽人家說，他偶爾會變得很清醒。」

「偶爾？」

的確，據說一個人即使年老昏聵，仍然會在某些時刻忽地恢復神智。意思是要他們把握機會嗎？

「正是如此。呃，羅漢大人在叫我了，失陪了。細節之後再詳談。」

音操回到怪人軍師的跟前。這次似乎是果子露喝完了。

貓貓看看整間大廳堂。有怪人軍師、音操、林大人與他的隨侍，以及貓貓、雀與李白。壬氏等人還沒來。

（沒辦法了。）

既然沒來，就只能由貓貓他們來蒐集情報了。

總之在將棋下完之前大概也不能做什麼，貓貓決定來吃點心。

「貓貓姑娘，這個糕點好吃極了。」

「雀姊，妳這吃的是第幾個了？」

「我是在試毒。」

雀正色說道。

「如果要試毒，我來就好啦。」

供應的糕點確實美味可口，令人傷心的是無酒可配。畢竟目前糧食短缺，有得吃就已經很奢侈了，將就點吧。

正在小口啜飲果子露時，音操又過來了。

「不嫌棄的話，這給您解悶。」

「這是何物？」

音操拿了書冊來給她。書冊以羊皮紙做成，內容是短篇故事集。如果是藥草圖鑑或醫書她會更高興，但這本也挺有格調的。

「還需要其他書籍的話我再拿來給各位。還是您比較喜歡棋戲或紙牌戲？」

音操這樣不斷地招呼貓貓他們，讓貓貓覺得很奇怪。

「您不用這樣顧慮我們的。」

「不是，是因為……」

音操講話像是有難言之隱。

「羅漢大人與林大人的棋局，大約從一個時辰前就開始了。但是……」

「但是？」

「我想至少還要兩個時辰，兩位才下得完。」

「兩個時辰……」

「順便告訴各位，月君在貓貓小姐到來之前不久就已經來過，又回去了。月君公務繁忙，我們這邊會等棋局結束了再派人去請他。」

壬氏是個大忙人，貓貓覺得這樣安排很合理。但既然如此，為什麼不能讓貓貓也離開？貓貓也有楊醫官託給她的藥要調配。

「那我也可以回去了嗎？請棋局結束了再來叫我。」

貓貓端起水果與饅頭的盤子想打包帶走。庸醫最近在哀訴沒點心吃，看到這些吃食一定眉開眼笑。

「不成。您現在一走，羅漢大人就要分心了。若是將棋下得一塌糊塗，林大人也會累得睡著的。」

（不是，這也太麻煩了吧。）

的確一個八旬老人還要再下兩個時辰的將棋，會讓貓貓擔心他會不會下到昏倒。

（這下因為別的理由走不了了。）

貓貓不能坐視老人昏倒，決定在一旁守著。不得已，她便請人將藥碾子、乳缽與生藥等拿過來，跟雀與李白一起咯吱咯吱地磨藥。

（這老先生不曉得要不要緊？）

貓貓一面用搗藥棒把藥草磨碎，一面看著林大人顫巍巍地下將棋。男性隨從不時會拿浸過水的棉花沾溼林大人的嘴唇。有時又扶著他站起來，帶他去茅廁。

（看護做得真熟練。）

看護他的男性，年紀看起來少說有四十好幾了。從年齡來說大概是兒子……不，應該是孫子。

林大人能活到現在，說不定得感謝這名男子的悉心照料。

貓貓叫住時不時過來看看情形的音操。

「林大人的那位侍者是什麼人？」

「據說是林大人的親戚，林大人好像已經沒有近親了。羅漢大人叫他林小人。」

「林小人……」

「小人」可以指年幼的小人兒，但第一個會讓人聯想到的是卑鄙小人。即使是配合林大人取的稱呼，怪人軍師講話就是這麼沒禮貌。

眾人就這樣虛擲了片刻光陰。

過了半個時辰(一小時)，筎籬裡已經擺滿了藥丸。音操似乎覺得待在這邊比怪人軍師身邊來得放鬆，幫忙做藥丸做得很起勁。

貓貓搖晃扁平的筎籬，正在把藥丸搖成同樣大小一顆顆擺好時，林大人身體一歪倒了下去。貓貓大吃一驚，跑向正在奕棋的二人。

「哎呀，貓貓。」

怪人軍師嘿嘿傻笑。

貓貓把礙事的怪人軍師一把推開，伸手想碰老人的身體。

豈料——

「沒事！」

林小人大聲說道。林小人扶著林大人，耳朵湊向老人的嘴邊。

林大人似乎在說些什麼。

「……」

「嗯……嗯。」

聲音太小，貓貓聽不見。林小人聽見了林大人小聲說出的話，把內容寫下來。貓貓偷看一下，發現林小人寫了一串意味不明的字詞，看得她再次偏頭不解。

大概是林大人嘟噥完了，林小人一面摩娑老人的背，一面用浸過水的布沾溼他的嘴唇。

「林小人，好了嗎？」

怪人軍師一面頻頻看向貓貓，一面說了。

「他累了，讓他休息一下。」

林小人顯得毫不介懷，慢慢讓老人躺下。然後看著棋盤開始記譜。

「做看護還真不容易。」

這次換成雀從軍師的盤子裡拿饅頭吃，講得一副事不關己的樣子。高順與桃美的晚年生活真教人憂心。

「貓貓～」

聽見一陣溫吞吞的聲音，貓貓整張臉都扭曲了。

「請不要再靠近我了，您聞起來像淋過雨的狗似的。」

貓貓拒絕讓怪人軍師繼續靠近。

「聽著都覺得夠狠。」

李白給了句評語。

但不管罵得多狠，這老東西都不可能聽得進去。

「妳說妳喜歡吃鹹的，所以我給妳準備了很多鹹點心喔。酒呢？想喝嗎？讓人給妳準備好嗎？」

「酒……」

貓貓不禁有點心動，但隨即猛搖頭要自己把持住。

可是，也許是貓貓的臉孔實在扭曲得太厲害，雀岔進來解圍了。

「有酒喝的話，請給雀姊來點當地名產的果子酒。還有差事也不能不做，所以請多跟雀姊說說關於那位老先生的事。」

雀開口要東西沒在客氣，但也沒忘記做事。李白在一旁回絕道：「酒的話晚點再喝吧。」

至於怪人軍師，則是看著雀歪了歪頭。

「桂馬嗎？」

怪人把雀比做是將棋棋子而不是圍棋。似乎是把她理解為不按牌理出牌的人物。只有看人的眼光還是一樣準確。

「大伯父的事我來向各位說明。」

林小人過來了。林大人正在呼呼大睡。

眾人不約而同地圍著點心坐下。雀準備茶水，端給眾人。貓貓在每個人面前擺下分食用的小盤子，生藥以及調合器具則推到一邊。

「關於大伯父，別人是怎麼對各位說的？」

林小人聲調平穩地看著貓貓等人的臉說話。雖然衣衫襤褸，但舉措有適。音操說過他們家道中落，但至少林小人看起來是知書達禮之人。

（大伯父啊。）

林小人的年紀約莫四十來歲。黑髮但髮質捲翹，眼睛色素較淡。

（林大人也是，容貌有點像異國人。）

林大人有著異國人常見的鷹勾鼻。稀疏的頭髮與眉毛都白了，看不出原本的顏色。也許是不喜歡被人挽髮，一頭白髮就這麼披散著。

像林小人這種歲數的男子無微不至地照料大伯父，是很稀奇的事。難道沒有其他親戚了嗎？

林小人對貓貓或雀講話，一樣是彬彬有禮。

「聽說林大人通曉西都歷史，人稱活字典。」

音操回答。

由於怪人軍師想把點心硬塞給貓貓，她抓雀來當擋箭牌。雀好像還吃得下，點心唰唰地消失在她的胃裡。

「以前是有這麼個名號，但現在就如同大家所見。要不是十七年前發生了那場事件，大伯父的記性一直都很好。」

「您是說戌字一族的肅清一事吧？」

音操幫貓貓他們做個確認。貓貓很慶幸音操已先跟他們提過這事。

（這人真的很能幹。）

儘管不顯眼，但總能提前排除障礙讓事情順利進行。長年侍奉只會破壞秩序與道理的上司可不是假的。

「正是。據說是在事件發生時遇襲，傷到了頭。」

林小人撩起睡著的林大人稀疏的頭髮。可以看見一道清晰的疤痕。

「當時大伯父正奉命編纂西都史書。但在戌字一族遭到肅清之際，大伯父似乎也被指稱為逆賊。唯一值得慶幸的大概就是沒有殃及家族吧。」

林小人娓娓道來。不知是不是覺得不堪回首，講話時眉頭緊鎖。

「那些人根本是拿肅清當大義名分的暴徒。大伯父落入他們手中，豈止正在編纂的典籍，連做為參考的書冊典籍也全被燒毀。後來過了數月，大伯父被送回家人身邊時已經是這副模樣了。大伯父的近親不顧他死活，由我父親把他接來奉養。」

林大人的症狀，不知是天職被剝奪，抑或是受到毒打的結果。最後還被家人棄養，不管是哪個原因都讓人聽了不忍。

「過去的史冊很多都是珍本，直到現在想起來，仍覺得就那樣付之一炬實在令人扼腕。」

林小人懊惱地捶打地毯。

（燒毀簡單復原難。）

不過他剛才傾聽林大人的嘟噥寫下的那些文字，不知有什麼含意？要從老人的成篇嘟噥重新編修史書，恐怕不是一件容易的事。

音操看著貓貓。視線的意思是「再來就交給妳了」。

「那麼，我們該做什麼來追溯林大人的記憶呢？」

貓貓向林小人詢問道。

附帶一提，怪人軍師已經滿臉通紅地打起瞌睡來了，手裡拿著個玻璃瓶。貓貓很想專心聽人家說話，但老傢伙一直闖進她的視野。

（是錯把果子酒當成果子露了吧。）

貓貓看出怪人軍師是誤飲了給雀準備的酒。雀從怪人軍師手中拿走果子酒，吐吐舌頭開始喝了起來。

（別忘了留一點給我。）

貓貓在心裡對雀說話，但看來是傳遞不到。不得已，她繼續專心聽林小人說話。

「大伯父為人謹慎，應該不會把容易著火的書籍全收藏在一處。各位若是想拿到書冊紀錄，可以從這點著手調查。」
「也就是說，除了被放火的書庫以外，還有其他書庫了？」
「是了。」
假如抄本保存在另一處，紀錄就還在。問題是——
「既然至今無人發現，就表示無人知道書庫位於何處對吧？」
「正是如此。也許所有藏書都還好好的，至今未曾被人發現；但也只是可能罷了。」
雖然像是大海撈針，但的確可能有另外一間書庫。
貓貓看看熟睡的老傢伙。怪人軍師雖然真的就只是個找麻煩的老傢伙，但偶爾也能派上用場。
「所以您想趁他偶而恢復神智時，問出書庫的地點？」
那還真是需要耐性。
「用這種方法真的找得到嗎？」
雀一針見血地幫貓貓說出了心裡的疑問。
林小人顯得有些為難，但仍啜口茶說：
「其實曾經找到過。」
貓貓睜圓了眼。

「真的？」

「真的。據說親戚曾經憑著大伯父無意間想起的事情，在以前曾住過的家裡找尋過。結果──」

「結果──」

「還真的找到了，是大伯父以前累積的棋譜。從倉庫地板底下挖出來的。」

「棋譜……」

坦白講，感覺沒多大價值。

「他們一定很失望吧？還藏得跟真的一樣。」

親戚把林大人接去奉養，說不定是以為能撈點遺產。

「是，聽說被他們當柴燒了。」

那些棋譜對林大人來說可是寶貝。價值觀的差異真是作弄人。

「總覺得好浪費喔。現在拿出來搞不好很值錢的說～」

雀邊品嘗果子酒邊說。貓貓真的很想請她好歹留一杯給自己。

「您說得對。最近才開始有些傢伙聽說大伯父擅長將棋，跑來想收購棋譜。」

「收購棋譜……」

貓貓聽了覺得耳熟。

「說是華央州時興下圍棋，棋譜集賣得很好。有些人因此覺得將棋也有商機，才來跟家人講買賣。」

貓貓偷瞄一眼打鼾的老傢伙。這老傢伙又在奇怪的地方對世局造成長遠影響了。

「聽到可以賣錢，家人正急著找棋譜時就碰上了蝗災……說來汗顏，家人聽說大伯父與羅漢大人是舊識，就這樣要我來乞助了。」

林小人耳朵都紅了，看得出來整件事讓他覺得無地自容。貓貓也覺得這家人真過分，但俗話說人窮志短。要不是家道中落，也許原本只是尋常的一家人。

反倒是守著老人噓寒問暖的林小人看起來比較奇怪，不知是不是貓貓彆扭性情導致的主觀意識。

「大伯父今日氣色比平素好多了，我想是因為事隔多年又有幸與羅漢大人下將棋的緣故。恕我提出如此無恥請求，等此次對弈結束後，能否將棋譜讓給我們？」

「可以啊。」

貓貓回答。怪人軍師想必不會太放在心上。

「那麼，假如藉由大伯父的嘟噥，找出了隱藏典籍或昔日棋譜的下落呢？」

「棋譜都讓給你們。」

「貓貓小姐……」

聽到貓貓的回答，音操憂心地看著她。
「怪人軍師對過去的棋譜不會有興趣的。」
「可是，萬一大人對我——」
「就說是我擅作主張。」
「就這麼辦！」
音操加重語尾說了。看來他說穿了只是想得到貓貓的口頭約定，好推卸責任。真是夠精明。
這麼一來，接著就得找出最重要的典籍或文獻的所在地點。
「您剛才寫的東西還在手邊嗎？能不能也讓我們看看？」
「都在這了。還有我至今摘記的要點也在這兒。」
拿出來的不是紙也不是木簡，而是寫了字的小片羊皮紙。
「……這不就是棋譜嗎？」
貓貓偏著頭。紙上寫著「5九銀」還有「8三馬」等文字。貓貓即使對將棋不感興趣，也看得出來寫的是棋步。用到了華央州無人使用的異國數字，也許是為了方便閱讀。
（說真的，這到底代表什麼意思？）
貓貓真想叫苦。

「有將棋盤與棋子嗎？」

貓貓從音操手中接過將棋盤與棋子。丈二金剛摸不著頭腦時，最好的辦法就是實際嘗試。

貓貓把將棋棋子放到棋盤上，發出丁丁聲響。

「我看看，5九銀與……」

雖然照著紀錄擺下了棋子，但還是看不出什麼意義。她正要繼續排棋譜時，卻忽然停了下來。

「……奇怪了。」

雀湊過來看將棋盤，抓出了問題。

「這樣是『二步』耶。」

「啊——這我就知道了，算犯規吧。」

李白也來參一腳。

「龍也有三個呢。有可能講的不是同一個棋譜喔。」

音操也探頭過來看。

「遇到這種情況，若是對將棋有更深了解不知是否就看得懂？」

音操偏著頭說。

「您不懂將棋嗎？」

「倒也不是不會下。但是請您想想我隸屬的部門，讓人實在不想把興趣與公務混為一談啊。」

音操目光飄遠。

「兄台這心情啊，我懂。」

李白也表示感同身受。

「李白大人又是為什麼？您又不是軍師的直屬部下，跟他應該扯不上什麼關係吧？」

李白雖是武官，但與怪人軍師的關聯沒音操深。

「妳瞧，看到這形狀，不會聯想到京城的地圖嗎？」

「京城的地圖？」

「井然有序的街道，上面再來個王位。一模一樣。」

「原來是這麼回事啊。」

簡言之，就是方格陣怎麼看都像是街道。

（不過這是將棋盤，所以嚴密而論並不一樣就是。）

貓貓不是不能理解李白的意思。他身為武官，隨時需要保衛京城，一定天天都在看類似的地圖。

「總之我先把摘記的內容全擺出來吧。」
貓貓丁丁作響地把棋子一枚枚放好，發現棋子的位置很不平均。
「以將棋的棋譜而論如何？」
「完全看不出個所以然來。」
林小人也加入討論。
如今林大人與怪人軍師都睡著了，最懂將棋的可能就屬這林小人。雀給的意見到底有幾分真話，老實說貓貓無法判斷所以先不予理會。
「假若不是棋譜，那會代表什麼呢？」
貓貓舉雙手投降，表示自己沒轍了。
「就是啊，王的棋子又動得這麼大。」
「雀姊也這麼覺得。這個玉將還真是愛強出頭啊。」
貓貓也贊同李白與雀的看法。玉將都跑到快正中央的位置了。
「……玉。」
貓貓盯著盤面瞧，另一枚王將在北邊的正中央。擺在其他各處的棋子，分布也都不平均。
「李白大人。」

「怎麼了？」

「假若把這將棋盤比做京城，您看像是什麼樣子？」

貓貓把將棋盤轉過去對著李白。

「這個嘛——這枚王將當然就是皇位吧。依此類推的話——」

李白伸出手指，滑過盤面。

「這些棋子聚集的地方就是鬧市或街市，不然就是里坊吧。」

「那麼，這枚玉將呢？」

「嗯——就像敵人，或者應該說政敵？也可能是大權在握的高官府邸？」

李白講得自信缺缺。

（原來如此，我懂了！）

貓貓看著雀說：

「雀姊，妳有帶西都地圖嗎？」

「哈哈，怎麼忽然問這種問題啊。哪有可能把那種東西帶在……」

「有，我就帶在身上。」

無視於李白的取笑，雀一下就從懷裡掏出了地圖。是一張畫在厚羊皮紙上的地圖。

「怎麼會帶在身上啊！」

本來應該由羅半他哥吐這個槽，他不在只好由李白代勞。
「因為我是雀姊呀。」
雀正色說道。
正因為雀是雀姊所以貓貓才會問問看，結果還真的帶著。
貓貓接過地圖打開來，與將棋盤做比較。
「請看這枚玉將的位置，與西都城市交相對照，不就正好是這幢別邸嗎？」
「！」
眾人拿將棋盤跟地圖做比對。
西都也是切割成棋盤方格狀的城市。由於不像京城劃分得那麼清楚，他們一時都沒看出來。
「那麼，這枚王將就是……」
「我想是官府或玉袁老爺的本邸，官府的可能性較大。回到十七年前的話，就是戍字一族的府邸所在地。」
林小人告訴眾人。
有當地人在，昔日的事情一問就知，非常可靠。
「這樣一來，我知道為何這麼多龍了。記得以前有些店肆的名稱裡有『龍』字。」

龍紋等圖案本來只有皇族能夠使用，但有些店肆會在店名裡加個「龍」討吉利。

「那麼，步又是什麼意思？」

雀指著並排的兩枚步。

「從位置來看是在大街旁邊呢。」

「應該是書肆或紙舖吧？代表常去買小東西的店。」

「……嗯——沒看到類似的店耶。」

李白呻吟著說。

貓貓檢查其他棋子代表了哪些地方。

「雀姊在想啊，用現在這個時代的地圖是不是有失準確？」

說得沒錯。都過了十七年了，有些店可能已經倒了，也會有新開張的店肆。

「失禮了，我去拿舊地圖！大伯父就請各位暫且照料片刻！」

林小人站了起來。林大人還在睡覺。

「那麼，我去請月君。貓貓小姐，請您幫忙看著羅漢大人。」

音操也站起來。

「好，我只照料林大人。」

「不是，羅漢大人也拜託您了！」

音操一面急著拜託，一面走出了蚊帳。

貓貓等人忙著專心比對將棋盤與時下的地圖。乍看之下事情進展得很順利。

所以，誰都沒發現事情不對勁。

四話　林小人

貓貓攤開加上註記的地圖。

「知道的部分，大致都寫上去了。」

棋子的意思大概弄懂了五成。這樣一看就會發現街景有了不小的轉變。

「月君似乎正在招待訪客，不便前來。禮部的魯侍郎來了。」

音操也回來了。之所以回來得晚似乎是因為另有公務，右手抱著厚厚一疊文書。猜想應該是怪人軍師的東西。

「侍郎？」

貓貓不熟悉這些職稱。女官的錄用考試似乎考過，但她忘了。楊醫官也好像提過這個名字。

「簡單來說，就是禮部的第二高官。月君在此地舉行祭祀時，得有個職位夠高的官吏陪同。」

雀對她耳語。

「原來是這樣。」

雖不知道魯侍郎來到這裡所為何事，不過壬氏沒來應該也不妨事。

「可是，怎麼這麼慢？」

李白掀起蚊帳，看看外頭。大概是在看日落的位置。

「都過了不只兩刻鐘了。早知道或許我也該跟去的。」

「這倒也是，畢竟林小人只是客人。也許是衛士看到他的衣著，把他攔下了。」

換成李白或雀的話，宅第裡大家都認識，不會出問題。也有可能是離開宅第了。

「或者我代替他跑這一趟就沒事了。」

貓貓原本也這麼想——但之後就會發現自己做錯了判斷。

「呼啊啊啊……」

錯把酒當果汁喝的單片眼鏡老傢伙睡飽醒來了。

「早啊。我還在作夢嗎？怎麼看到貓貓了？」

怪人軍師還沒睡醒，迷迷糊糊的。音操獻上一杯喚醒精神的飲料。八成是老傢伙最愛的果子露。

「……嗯！真的是貓貓！」

「啊，吵死了。」

貓貓忍不住說了出口。

貓貓一點也不想理他，但事情總得談下去，只好在自己與怪人軍師中間用點心盤擺出一條界線。

「請勿跨越這條線。」

「哇喔～手段跟麻美大姑一樣無情。」

看來雀的大姑子也對父親高順做過類似的事。

貓貓請人把將棋盤放在怪人軍師面前。

「問您也不知道您答不答得上來，但就姑且一問吧。我想請教您十七年前西都的狀況。假設這裡是戌字一族當年的府邸，斜下方是玉袁老爺的府邸，那您知道其他棋子指的是什麼嗎？我想也是，不可能知道吧。」

「小姑娘，老傢伙什麼都還沒說咧。」

李白連當著怪人軍師的面都叫他老傢伙。

老傢伙看起來也並不介意，狐狸眼瞇得更細了。他用長了形狀特殊的繭的指尖指向將棋盤。

「這個步是將棋館。下面這個步，是賣將棋與圍棋等的店肆。」

「羅漢大人只有跟自己喜好相關的事情記得清楚。」

音操做解釋。

「哦，是喔。」

貓貓對音操的解釋回答得絲毫不感興趣。

「這個龍是一家館子，下將棋贏了店主吃飯就不用錢。但我贏到第三次，這個規定就沒了。」

怪人軍師回答得很順。既然是與將棋相關的店鋪，跟林大人記下的場所重疊也不難理解。

（要是這傢伙從一開始就中用點……）

貓貓只顧自己方便地想。

「這個桂馬我不太清楚。還有成金也是。」

唯有兩處怪人軍師記不得了。

「一個似乎是廟宇。另一個似乎位於里坊內，也許是一開始找到棋譜的地方吧。」

雀在地圖上畫圈。

「那麼，最可疑的就剩這間廟嘍。」

就在即將找出答案之時，怪人軍師忽然開始東張西望。

「怎麼了嗎？」

音操問道。

「林小人呢？」

「去拿舊地圖了。」

「是喔……」

真難得看到怪人軍師對別人感興趣。

（林大人也就算了，但問的是小人……）

貓貓在心裡重新思量一遍。

（問的是小人？）

貓貓用力把手往將棋盤上一拍。眾人皆驚，眼睛盯著貓貓。

「是怎麼了？」

李白心驚膽跳地問道。

貓貓站起來，歪扭著臉孔看向怪人軍師。

天底下有些人分明身懷過人天賦，卻不懂得好好運用。

「林小人的『小人』——」

貓貓繼續瞪著怪人軍師。

「就是『壞人』的意思對吧？所以您才這樣叫他？」

「是啊，貓貓。我不會分辨善人與惡人，但他給我的感覺像是在說謊。」

「……」

貓貓依舊歪扭著臉，當場跪了下去。

「您怎麼都沒說？」

「因為跟咱們無關啊，不是嗎？」

老傢伙講得滿不在乎。對，怪人軍師就是這種人。

眾人驚得無言以對。

「那個，抱歉打擾各位談話。」

一名男子怯怯地站在廳堂門口。從衣著來看似乎是怪人軍師的部下。

「怎麼了？」

音操代替怪人軍師做應對。

「也沒什麼，只是有人來報官，說是家裡有人失蹤……」

部下的眼睛悄悄轉向睡在廳堂牆角的林大人。

「對方描述的特徵，似乎與羅漢大人昨日帶來的老人家正好相符……」

「……」

眾人正茫然不知所措，又有另一名部下前來。

「啟稟大人，西廟失火，已調派人員前去撲滅。」

怪人軍師的部下真的都是些有用人才，不用等上司做指示就能把事情辦妥。

失蹤的家人，說的是林大人。

起火的廟，正是他們抓出的可疑地點。

事事都這樣中了對方的計，反而會有點欽佩起對方來。

總之現在唯一能說的是，雖不知道是誰的指使，但他們是完全落於人後了。

換個地點，來到壬氏的房間，貓貓、雀與李白都笑不出來。

本以為怪人軍師也會跟來，但林大人醒了，兩人便繼續下將棋。

「請月君恕罪。」

貓貓等人只能對壬氏深深低頭請罪了。雀更是穿起素服作勢要自刃。

「啊——雀，在這裡不用鬧得這麼嚴重。」

雀露出安心的表情，迅速換了衣服。

結論就是：根本沒有一個叫林小人的男人。雖然來了個自稱是林大人親屬的男子，但跟林小人沒有半點相似的地方。

（趁著蝗災騷動誘拐林大人，利用他年老昏聵自稱為親戚，取得了怪人軍師的信賴。）

貓貓等人完全被騙倒了。看他對老人那樣百般呵護，會以為他一直都在照料老人的生活起居。

最厲害的是，此人熟知怪人軍師能輕易看穿謊言的特性。就算林小人是騙子，有個值得較勁的將棋同好就能引開怪人的注意。

假如是不知那隻珍禽異獸的習性就直搗黃龍，這人真是吉星高照；若是心知肚明就是個策士了。

現在是真正的親屬在陪著林大人。不過看護等雜事是由跟來的另一名女性來做。不是男性親屬的妻子就是女兒吧。

很高興親屬對待林大人的方式沒林小人說的那麼差，但從衣著來看確實是家道中落了。親屬現在似乎陪在林大人身邊看他下將棋。

貓貓只覺得傻眼至極。怪人軍師隨便跑來攪局，只會把事情越扯越遠。她打算先跟壬氏仔細說明，再向怪人軍師問話。

（真要追究的話，都怪那老傢伙一開始沒有……）

貓貓忍不住這麼想，但沒人能預測那老傢伙的行為。真要說起來，連讓那老傢伙解釋他為何會看出對方是「小人」都有困難。

畢竟林小人怎麼看，就是個沒有害人之心的男子。

（能那般悉心照料長輩，也許有過看護經驗？）
否則不會把他們騙得這樣團團轉。就算是演技也太逼真了。
先不論貓貓或李白，萬萬沒想到連雀都會上當。
壬氏似乎也對此感到意外。
「竟連雀也沒看出來？」
「小女子慚愧。出了這麼大的差錯，要是在娘家可不是受罰就能了事啊。」
雀嚶嚶地假哭。
（雀的娘家家教很嚴嗎？）
看雀被養出這種性情，貓貓還以為家裡一定是採取放任態度。
「算了，過去的事情追究也沒用。不過，對方究竟是何等人物？」
壬氏問道。
「壬總管沒看到他嗎？」
「我有訪客，所以立刻就回房間了，只看了那人的臉一眼。」
的確，貴為皇弟不會忽然就跟老百姓直接交談。
「不用再接待客人了嗎？」
「不用了。我告訴他羅漢閣下在此，他就一臉複雜地回去了，看樣子魯侍郎不太擅長與羅漢閣下相處。他是來找我談原本預定於西都舉行的祭祀該如何處理。」

（不是，誰擅長跟那老傢伙相處啊？）

天底下有誰能跟那個單片眼鏡老傢伙處得來？

「請妳簡單描述那男子的特徵。」

壬氏問的是雀不是貓貓。

「回月君，這名男子完全是個尋常百姓。僅有相貌五官能略微感覺出異國血統，沒有其他值得一提的特徵。氣質與羅半他哥頗為相近，不知這樣說能否讓月君明白？」

（啊——）

說進貓貓的心坎裡了。難怪那人輕易就能融入眾人之間。此人不若羅半他哥那般說話絮叨，但是行事圓滑周到且不搶鋒頭的氣質十分相似，天生勞碌命的秉性更是如出一轍。

「最大的原因是那個吧。」

「就是那個了。」

貓貓與雀看著對方的臉。

「『那種長相留不在腦海裡的感覺。』」

貓貓與雀的聲音重疊了。

「總之小女子會努力回想，再繪影圖形。」

雀迅速拿出紙筆，畫出掌握了少少特徵的人物肖像。晚點應該也會拿給林大人的親屬看。

「就說說你們自己的看法無妨，你們看他是個什麼樣的人物？」

這次壬氏輪流看著貓貓與李白說了。

貓貓與李白四目交接，由李白隨意舉個手。

「那我先說。我跟雀姊所見略同，就是個平凡的男人。只是，我感覺此人照顧林大人的方式十分熟練。」

「熟練？所以此人演技精湛了？」

「不是，該怎麼說呢？我只是覺得換成一般人，能那麼細心照料一個陌生老人家嗎？大多數男子都認為年老雙親應該由家裡娘子或姊妹來照料，是不是？」

貓貓點頭贊同李白所言。茘國的民風基本上是重男輕女，此種風氣在戌西州更是顯著，女子或做妻子的常常只能任人利用。好比此時照料林大人的就不是自稱親戚的男子，而是一起跟來的女子。

「貓貓妳怎麼看？」

「與大人所見略同。只是，假若此人跟我們一樣在尋找古文書或書籍的下落，那麼應該猜想此人更早以前就在四處打探了。」

不是林小人本人，便是他的同夥早就在盯著林大人了。

「這樣想是比較合理。」

（與其說是積極尋找，更像是嚴加監視不讓東西被找到。）

感覺似乎像是這種拐彎抹角的做法。沒被找到就無妨，但絕不能被找到。

「是否可以假設冊籍當中有東西不能被人發現，所以此人才不惜鋌而走險也要拿走？」

「還特地跟羅漢閣下作接觸？」

「因為不知會做出什麼事來的人，惹出麻煩的時候可就驚天動地了。」

「啊——」

壬氏深有同感地點頭。

羅漢天生就是擅長豎起豎不得的旗標。

（不能被找到的東西……是祕密帳簿之類的嗎？）

不，歷史編纂跟帳簿哪扯得上關係？貓貓左思右想。

「不曉得到底是啥見不得光的東西？」

「搞不好跟戌字一族的謀反有關喔。」

李白與雀說道。

「既然知道不能被找到，可見內容不是此人想知道的事，而是早就知道的事，這麼想沒錯吧？」

（而且還不忘把書庫燒了，想必是真的有東西不能被發現。）

忽然間，貓貓開始思考男子特意放火的理由。貓貓等人立刻就會趕來是可預料的事，難道他不怕沒燒乾淨嗎？

（假若放火只是掩人耳目……）

看到東西燒光，會讓人死了這條心，或是拚命試著解讀沒燒光的書籍。並不是只要被放火焚毀，就一定什麼也不剩。

（如果他只把需要的東西帶走了呢？）

林小人需要的東西是什麼？

貓貓想著想著，腦袋開始昏昏沉沉。

就在這時，有人毫不客氣地推開了房門。

「貓貓，爹爹贏嘍～」

「好啦，是是是。」

真要追究的話，都怪這男的沒有提醒大家注意林小人——但現在才來懊悔也沒用。怪人軍師說過是因為沒人問林小人是不是壞人，所以他才沒說。既然如此，貓貓就打破砂鍋問到底。

「您怎麼會知道那名男子是假冒的？」

「他讓我覺得像在看一齣好戲。」

「……」

果然有聽沒懂。再說就算真的去看戲，這男的應該也只會看到台上一堆圍棋棋子。

「有少數戲子是真的很會說謊。雖然戲台上人人都在說謊，但謊話說得越自然，戲就越好看。」

「謊話說得自然……好看……」

意思就是撒下戲曲這個謊言的戲子是說謊大師。謊說得越好，表示戲越好看。很會演戲所以說看了一齣好戲？貓貓用自己的方式做解釋。

因為感覺像在看一齣好戲所以是騙子，叫他小人（壞蛋）。這種思路只有怪人軍師才有。

「啊——我好像聽懂了——」

雀似乎弄懂了怪人軍師的意思。是因為兩人都是憑感覺活著嗎？

「請雀姊解惑。」

「好好好，雀姊來為各位解惑。我想那人不是在演戲，而是完全進入角色。偶爾有些騙徒或間諜善於此道。」

「間諜？」

「是呀，他們在潛入外國等時候，會跟當地人結婚以消除他人疑心。然後呢，他們在丈夫或妻子面前態度自然如常，就做正常夫妻。當然，是有名有實的夫妻。唯一不同之處，就是他們重視使命勝過配偶——有時候還會生兒育女呢。只要間諜身分不穿幫，夫妻之情就一切如常，配偶與子女一輩子都不會知情。」

正是所謂的眼不見為淨。

不過，雀解釋得還真是具體。

貓貓聽得半懂不懂的。總之就當成林小人完全把自己變成了林大人的親人，這事便到此為止吧。

「話說回來，貓貓啊，要不要和爹爹一起用晚膳？」

怪人軍師滿臉堆笑地問。有夠不識相。

在他的背後，林大人的親戚在偷看眾人。林小人除了自己的真面目之外幾乎都說真話，所以家貧無以為繼應該是真的。音操代替上司拿錢給那人，對怪人軍師說了：

「羅漢大人，您今天已經約定與玉鶯大人一同用膳了，不能爽約。在那之前還得把成堆的公務處理到一個段落才行。」

音操果然很勤勞。

「什麼？我不想做耶～」

老傢伙的耍賴看了真煩。音操想把他拖走，他抱著柱子不肯動。跟小孩子無理取鬧沒兩樣。

「貓貓姑娘，這種時候就請妳對他說一句『慢走』吧。」

「雀姊，我不樂意。」

「貓貓姑娘，讓他賴著不走豈不是更討厭嗎？」

貓貓皺著眉頭小聲說了一句「慢走」。怪人軍師頓時神色一亮。

「爹爹去去就回啊！」

貓貓看著被音操帶走的怪人軍師。

「最後再問一個問題。」

只有一件事情貓貓覺得非問不可。

「什麼事啊，有什麼問題都可以問爹爹唷？」

貓貓恨不得把那眼鏡打碎，但按捺住脾氣。

「玉鶯老爺看在您眼裡是什麼樣子？」

這個問題的答案彷彿能解釋所有疑點。

壬氏也屏息等待答案。

然而——

「育嬰？」

「就跟您說了，是與您今天共進晚膳的人士！人家不是常常請您喝果子露嗎！」

「噢，他啊。」

怪人軍師拍了一下手。

「就是個想當戲子的人。感覺像是正在努力成為武生（英雄）。」

「嗄啊？」

貓貓覺得她是白問了。武生指的就是戲曲裡的男性角色，演的是武將或俠客。

疑問不減反增，弄得貓貓一肚子不痛快。雀又戳戳貓貓落井下石。

「貓貓姑娘，妳也該試著開始親近羅漢大人了吧？就算是耍心機想撈好處也可以唷。」

「什麼撈好處？我只要靠近他一步，妳不怕他整天黏著我，讓大家都不能做事？」

「啊——說得也是。」

雀假惺惺地捶了一下手心。貓貓只能半睜著眼瞪著這個無憂無慮的侍女。

五話　他哥回來了

蝗災第一波來襲後，到了第十天。

又看到天上有黑影了。

（來了啊。）

貓貓當時去替做了切開手術的小小姐看診回來。小小姐病情好不容易穩定，蝗災卻又要來了，真是遺憾。貓貓急忙返回別邸，給藥房上鎖。

別邸裡的人已經接到信使來報，說看見了像是大群飛蝗的黑雲。比起上回鎮定多了。

「噫咿咿，蟲子又要來啦。」

見庸醫在房間牆角縮成一團，貓貓把上衣丟給他。

「醫官大人，蟲子不等人的，請快做準備。」

「準、準備什麼？」

「總之您先穿厚一點以防被蟲咬，然後把所有窗戶都鎖起來。屋子的縫隙用泥巴或黏土塞好，免得蟲子鑽進來。」

貓貓指指外頭。沒閒工夫磨菇了，庸醫也得幫忙。

「泥巴？把人家的屋子弄髒不要緊嗎？這兒多得是油紙，用這些塞嘛。」

「太浪費了。蟲子都要來了還怕什麼弄不弄髒，想太多只是自尋煩惱。」

庸醫不情不願地拿桶子到庭園裡裝泥土。家鴨不知是從哪裡跑來的，對著天空嘎嘎叫著威嚇蟲子。

「我要做什麼？」

李白已經用布蒙起臉了。貓貓看看藥房後頭。

「我想倉庫裡還有些種薯，可以請您把這個藥撒在倉庫周圍防蟲嗎？」

羅半他哥遲遲未歸，只能由貓貓來保護薯芋。她握緊拳頭，發誓絕不給那些害蟲任何一口糧食。

「哦，為人津津樂道的那個毒藥啊。」

「是殺蟲藥！」

貓貓立刻糾正。誤會一旦傳開就很難洗刷，著實教人困擾。

第二波蝗災比起第一波輕微多了。飛蝗在幾個時辰後離去，仔細上鎖的藥房與倉庫等處都沒被蟲子入侵。

然而，對於本就已經勉強度日的西都百姓來說，卻已足以擾亂內心的平靜。

民眾僅剩的一點餘裕，一天天地損耗下去——

第十三天。

原因不明的火災再次發生。結果是為了搶奪糧食。縱火犯立刻就被逮捕，但一間店肆毀於祝融。

第十四天。

醫師人手短缺。天祐被楊醫官帶走了就沒回來。耳根子清靜多了。

第十五天。

糧食問題。到處有人搜購糧食，各地民眾也糾紛不斷。盜匪四處襲擊富戶。

第十六天。

外地災民成群來到西都。據聞其中甚至有人要求交出皇弟。

第十八天。

貓貓被官吏找去。不知所為何事——

貓貓愣愣地看著這個活像流浪漢的男子。說流浪漢是難聽了，但一身衣著怎麼看都像是居無定所。

「原來您還活著啊。」

「還活著啦！跟妳說我還活著！」

男子滿臉鬍子，一頭蓬髮，衣服被啃出了好幾個洞。雖然給人的印象變了許多，但確實是出發前往外地的羅半他哥。

說是一個疑似難民的男子要找皇弟，但無人理睬，接著就提出了貓貓的名字。

貓貓被官吏叫來，還以為出了什麼事。

結果跟雀與李白過來一看，原來是不成人形的羅半他哥。他似乎小鬧了一場，沒嚴重到需要坐牢，但被關進了一間窄室。雖然遭遇到不公對待，畢竟最近暴徒多，官吏無不繃緊了神經，沒辦法責怪他們。

「看您一身髒兮兮的。」

「又不是我高興變這樣的！」

「不得已了，好心的雀姊馬上去弄套衣服吧。」

「有勞雀姊了。」

趁著雀姊還沒回來，先來問問羅半他哥的遭遇。

「不過很高興您平安無事。大家都在為您擔心呢。」

「啊──嗯，很擔心，有在擔心喔。」

貓貓與李白先講些客套話應付他。總不能說羅半他哥給人一種挺有韌性的感覺，所以大家都沒怎麼擔心他吧。尤其是還拿他當笑料，更是撕裂了嘴也不能說。

「搞什麼啊？該死。蝗災發生得怎麼比想像中早這麼多！我可是火急通報了耶！」

羅半他哥開始發火，但一點兒也不可怕。照貓貓的想像，弟弟羅半被這哥哥凶的時候一定也是說「是是是」左耳進右耳出吧。

「是，月君也說後來事情一切順利。又說不愧是內行。」

「內行什麼的就免了啦！啊──差點以為小命不保了。事實上也是真的差點丟掉小命，也許其實我已經死了……」

可能是實在吃了太多苦，羅半他哥目光飄遠。

「放心，您活得好好的。」

貓貓在羅半他哥身上拍拍打打。身體還在。

「腦袋也被咬得很慘哩。」

李白幫他狗啃似的腦袋梳頭髮。這不是護衛武官該做的事，大概表示他對羅半他哥有一分歉疚吧。只是畢竟是大漢梳頭，動作有點粗魯又太用力，羅半他哥的臉在抽搐。再梳下去就連頭髮都要禿了。

「痛啊，好痛。」

羅半他哥平素很有長男氣質，今天卻有些像是鬧彆扭的孩子。

貓貓替羅半他哥拍掉衣服上的灰塵時，在背上摸到了東西。

「這是何物？」

「啊，這個啊——」

羅半他哥脫掉活像破布的上衣，只見背上緊貼著一個手巾包袱。打開一看，裡頭是幾個袋子。

貓貓打開一個袋子。

「這是麥子吧？」

「是麥子。」

貓貓與李白往袋子裡瞧。沒什麼特別的，就是麥粒。

「對啊。」

「為何如此寶貝地帶著麥子？」

就算說是為了要保護麥子不被飛蝗吃掉，他們不懂有何必要把這麼點麥子藏在身上帶回來。

「這是因為啊——」

羅半他哥開始遙想過去，準備把旅途中的趣聞一五一十地細細道來。

「請講重點就好。」

「就講重點？」

「就講重點。」

很不巧，貓貓沒空聽羅半他哥的薯麥英雄譚。

「知道了啦，知道了。那是蝗災就快來臨時的事了。」

羅半他哥講起一座村莊的故事。在這座種植許多小麥的村莊，村長來找他商量一事。

「他說有戶人家的小麥，收成總是比別人家多。」

「哦。」

「於是他請我去看看那戶人家的麥子是怎麼種的，或是在田裡巡視看看查個清楚。因為那戶居民說他們什麼特別的事也沒做，無可奉告。所以村長想利用我在中央有人脈，讓那戶人家吐實。」

但那戶居民並沒有用什麼特別的栽種法，田裡的土壤或日照也跟其他人家無異。

只有一個地方不同，就是——

「小麥都是把上回種的小麥留些種子來種，但那戶人家的小麥有個與眾不同的特徵。」

「特徵？」

貓貓仔細觀察小麥，覺得沒有哪裡不同。

「我回來嘍～」

雀帶著替換衣物回來了，於是羅半他哥直接脫掉破破爛爛的上衣，開始換衣服。

「哦，體格不錯喔。」

雀在旁邊瞎攪和。

「這樣盯著我怎麼換衣服啊？」

羅半他哥揮手把雀攆走。

「不是，肌肉是真的挺結實的。要成為武官都不是問題。」

「武官？真的嗎？」

被人誇說像個武官，羅半他哥似乎在心中竊喜。大概是平素老被當成農民，聽了覺得新鮮吧。

「抱歉，請您繼續說。」

坦白講，貓貓沒那閒工夫繼續蘑菇，因此毫不客氣地潑他冷水。

「……知道了啦。」

羅半他哥顯得有些遺憾地說下去。

「那家的小麥比其他小麥矮很多。大概是在田裡反覆耕種的過程中長出矮桿小麥，後來短的就越長越多了。我沒碰上收成期，所以一時也沒看出來。」

「矮桿的有什麼不同？」

貓貓問道。雀才剛回來沒聽懂他們在說什麼，貓貓讓李白跟她解釋。

「麥子跟稻子都一樣，高桿的容易被風吹歪或吹倒。倒下去之後若是麥桿折斷或是腐爛就沒得救了。矮桿麥穗的產量比較穩定。」

「哦。」

所以似乎是偶然長出矮桿小麥，然後就這樣一年一年地越長越多了。

「另外還有一點，這只是假設。」

羅半他哥換了衣服，看起來才終於有點人樣。他要來一條髮繩，綁起狗啃似的頭髮。

「比起其他小麥，它的麥穗好像結籽比較穩固。」

「結籽比較穩固？」

「收割的時候，麥穗上留有多少麥粒，對收成的影響非常大。要是還沒收割麥粒就已經從麥穗脫落，結果會怎樣？農民忙碌，哪有空去撿掉在地上的麥粒？收割前掉一成就損失一成，掉兩成就損失兩成。」

的確，這是會直接影響收穫量的因素。

「我帶這些麥子回來，是在想如果栽培這種小麥，可以種出矮桿又不易掉粒的小麥，就能期待收成增加。不只如此，假如把收成的小麥當成種子發給農民，便能期待更多田地增加收成。不過當然還得看當地的氣候適合與否啦。」

「所以您就特地帶回來了？」

「「哦～」」

不光是貓貓，雀與李白也都欽佩不已。

（真是個道地的農戶，而且還很有遠見。）

兩人一定也跟貓貓的想法一樣。換做一般人應該不會把祕密告訴別人，好獨占利益。糧食都是越豐收就越便宜。

（這人真沒生意頭腦。）

她深切地覺得這人太無欲無求了。而且又好騙，若是待在京城恐怕很快就會受騙上當。

說到這個，一開始也是羅半他哥寫信通知蝗災即將來臨。自從來到戌西州，功勞最大的搞不好就是羅半他哥。

（非得好好慰勞這位大功臣不可。）

貓貓心想雖然糧食不多了，但今天還是得請人幫他做點好吃的才行。

總而言之，許久沒聽到的好消息讓她心情放鬆了不少。

六話　來自京城

西都發生重大蝗災的消息，是在十天又兩個時辰前送來的。當時羅半一邊聽信使驚慌呈報的內容，一邊心想「比預測的時日早了半個月」，思考這誤差代表的意義。

除了平素的公務，如今還得想想提供給戌西州的救濟物資如何分配。結果算起來，可以說事務量增加了四成半。

「西地民眾真是小題大作。」

面對做不完的事務，同僚甲說他幹不下去了。這名男子比同輩的平均身高高出二寸（六公分），但由於為人粗野，目前遭到宮中女官連續三度拒絕。聽著一旁傳來的下流笑聲，羅半在腦中敲算盤。必須將事前預估的對策與數字拿來與實際數字比對，確定誤差的大小後再訂貨。向上司呈報時，以行不通為由遭到否決的機率有六成。

眼前是一份書信，內容是要求他們為西都設法籌措救援物資。講得簡單，救援物資可不是說有就有。但是既然叫他們拿出來，身為公家人員就得設法籌措。

「為了一點蟲子就想求皇上施恩，丟不丟臉啊？」

不理會同僚甲的聲音，羅半查閱糧倉的儲存量。去年月君已經加重年貢，增加了儲備。先從這邊開始用起才合乎道理。

「羅半閣下，能不能讓我去揍那廝一頓？」

同僚乙向羅半說道。不知同僚甲究竟知不知道同僚乙是戌西州出身？同僚乙黑髮黑眼，體格符合華央州的成年男子標準，但鼻子比平均數字高二分（六公釐），五官深了一分（三公釐）。

「算了吧。你一走我的事務就要增加兩成了。」

羅半不說人壞話。真要說也只會說義父的壞話。

都說隔牆有耳，但同僚甲照樣繼續批評西都。羅半整理文書的同時，面帶笑容拍了拍同僚甲的肩膀。

「那這樣吧，蝗災相關的文書都讓我來，你可以代替我辦這份差嗎？」

「嗄啊？」

同僚甲露出詫異的表情，但羅半給他的事務，跟同僚甲想打好關係的一位高官有關。亦即這人發誓下次一定要追求到的女官的祖父。他在酒席上為了三連敗一事成為笑柄，於是現在拚了命想贏得那女官的芳心。

「好吧，算你欠我一次。」

羅半不認為自己有欠他什麼，所以沒答腔，只把笑容掛在臉上。真要說起來，羅半過去已經替同僚甲在呈報前修正了四十九次草率了事的文書，要論欠人情的話應該是負四十八。

得意洋洋地走出去的同僚甲不知道，該位高官有欺侮人的毛病，哪個文官幫他當差都得被整整羞辱三個月。羅半很清楚，同僚甲的耐性沒好到可以撐過三個月。據羅半的預測，不出六天就會叫苦了。至於為何是六天，是因為第六天就是同僚甲休假後第一天當差。

羅半以前也被整過，但高官的臉孔似乎沒顯示出真心動怒的數值。他會大聲斥罵羅半，但聲調穩定而少有感情起伏。更重要的是，羅半確信自己辦差辦得無可挑剔。就算高官是真的動怒，原因也是出在本人身上，所以羅半三個月過得心平氣和。如今高官待他十分慷慨，還會送他一枚值兩個銀子的戲票。

「這、這樣好嗎，羅半兄？他雖然那副德性，但辦差之快僅次於羅半兄啊。」

同僚丙兼羅半的直屬部下有意見了。雖是部下，但比羅半大兩歲。即使講話彬彬有禮，也聽得出來他很討厭同僚甲。

「辦差快與正不正確是兩回事。從得替他修正草率計算的立場來說，他不在對我比較方便。再說他那種看幹勁做事的性情太難搞了。今後來的都會是西都的相關事務，有個失去幹勁就會讓辦差效率掉三成的人在場，會連帶著降低同僚的士氣。」

羅半將案卷放在同僚乙的面前。

「抱歉，我另有公務要辦，送往西都的救濟物資可以交給你計算嗎？還有船隻不是只要運送糧食就好，這點也別忘了。需要查閱的案卷應該就這些了。」

「好。」

同僚乙立刻開始做計算。速度比同僚甲差了一成兩分，但計算仔細而少有錯誤。再者，只要有著對故鄉的關懷，辦差的效率可望提升三成，也會樂於加班。

「接下來……」

羅半認為蝗災不會就這樣結束。假設還會陸續要求第二波、第三波的救濟物資，中央的顏面問題、財力與西都的受害程度都得放在天秤上做考量。

「沒想到真發生蝗災了，傷腦筋啊，傷腦筋了。」

「羅半兄的語氣聽起來一點也不傷腦筋。」

部下垂著八字眉說了。

「我是真的在傷腦筋，只是愈傷腦筋就愈覺得有意思。」

「個性真惡劣。」

「會嗎？」

羅半笑了起來。他反而慶幸自己的個性能樂在其中。該起而行的時候什麼都做不到就太不優雅了。與其看著一堆爛帳絕望，懂得從數字的重新組合與修正中發掘出意義不是件壞事。

「好了，繼續辦差吧。」

羅半著手處理蒐集到的西都過去相關案卷。

到了傍晚時分，同僚乙果然自告奮勇願意加班。但羅半要打道回府。如今義父羅漢不在，他得守住羅家，為此必須得到充分的休息。羅半的睡眠時間只要低於三時辰半（七小時），反應速度就會降低一成。

然而即使回到府邸，還是有別的事情來煩擾他。

「羅半大人！」

義妹的兩個同僚在府邸門前等著他。

羅半扶起險些沒滑落的眼鏡，掛起笑容走到兩位美女面前。

「姚兒姑娘、燕燕姑娘，兩位這是怎麼了？」

姚兒，芳齡十六。從上面開始的數值是……還是別說為妙。

另一位是燕燕，芳齡二十，與義妹貓貓同齡。臉上寫著羅半膽敢對姚兒有任何非分之想，就立刻下手了結他的性命。

「還問我們怎麼了？我之前曾經拜託過您，西都一有消息請告訴我們。可是，等了這麼久都沒有半點音訊！」

「我是說過會告訴妳們。」

說是說過，但後續消息還沒送來，無可奉告。更何況他也沒那義務把事情鉅細靡遺地通知其他官署的女官。宮中文官最常見的醜聞是盜用公款，其次就是貪戀女色洩漏機密。

無論對方是誰，公私不分可不優雅。

話雖如此，府邸門前站著兩個姑娘，而且還對著羅半當街謾罵，未免有失體面。羅半表面上在女性方面是清清白白的。義父也除了數年前為娼妓贖身之外沒有什麼風流韻事。

最重要的是比起羅半，這更有可能損及姚兒或燕燕的名聲。

「抱歉，我們到屋子裡說話吧？」

「……小姐。」

燕燕婉勸姚兒。

「我明白了。」

「那麼請。」

羅半走進府邸後，前往廂房。途中遇見了義父收養的三個小孩。其中一人放下正在做的事情低頭致意。另外兩人也學著低頭。

「你們來得正好，小四、小五、小六。可以請你們到廚房拿熱水與茶具，送到廂房來嗎？用茶壺燒熱水，看到熱氣開始團團冒出之後要數到十。記得放在手推車上送來，免得燙傷了。」

「是。」

小四回答。其餘二人只是愣愣地點頭。之所以會取這種名字，是因為義父記不得那麼多名字，因此對孩子們向來都是用數字稱之。羅半會用名字叫那些孩子，但這三人以前成長的環境使得用數字小名稱呼比本名來得更恰當，所以羅半也沒叫他們的名字。

比小四來得更早的小一與小二當上了武官，現於羅漢麾下效力。小三由於擅長算術，就留在府裡幫忙理家。小三目前負責處理收購交易品或市場調查等差事，將來會成為羅半的左右手。如今羅漢不在，蝗災造成事務量增加，幸有小三在才不至於忙不過來。

羅半領著二人來到廂房。燕燕問過有沒有什麼能幫忙的，但他鄭重拒絕，請兩人坐下看書稍候。

因為他只把兩人當成客人，而且也不想把主導權交給她們。

「羅半大人，茶水來了。」

「謝謝。」

羅半向小四他們道謝。他們連茶點也沒忘記送上。羅半從這些糕點中拿出三個給孩子們。

府裡只請了幾名佣人打理最基本的雜事，因此由羅半親自沏茶。

「……好香喔。」

姚兒真誠地稱讚了茶水。燕燕的神情顯得不是十分滿意。羅半沏的茶分量、時刻與溫度都經過細心計算，但與燕燕這樣的內行相比，恐怕還是少了點什麼。

「那麼來談正事吧。」

羅半放下茶碗。

「我就實話實說了。關於西都的蝗災，我沒有任何事情能帶著十足把握告訴姚兒小姐妳們。」

「真的？」

「這是真話。災情有多嚴重，看當地要求的物資數量就能推知。目前的狀況無法在短期內解決，必須進行多次救濟，否則將有大量民眾餓死。」

若是撒手不管將會造成數萬人餓死，更嚴重的是萬一發生內亂，傷亡人數將會多出數倍。

在京城過得衣食無缺的千金小姐，很難理解什麼叫做餓死。羅半也一樣，即使被債務壓得喘不過氣也不曾餓過肚子。

飢餓是很不優雅的一件事。無論是何等的俊男美女，一旦餓到不剩半點該有的肌肉或脂肪就只是個骷髏精。羅半沒那品味去欣賞骷髏精，就連宿於美麗肉體中的崇高靈魂，也會變成醜陋的餓鬼。
常說也有人能夠做到甘貧樂道，但他覺得那是心智不正常。
羅半希望世間充滿美麗的事物，更希望能在美麗事物的簇擁下過活。他自認對此一向是不遺餘力。
「我想問一件事，貓貓她目前可好？」
「貓貓沒有給我捎信。」
貓貓沒有寄信給他。不過，養父羅漢寄來的信上輕描淡寫地提及了現況。從字跡看得出來是出自羅漢部下之手，只是未曾提及任何與貓貓相關之事。沒提就表示一切平安。
更何況貓貓要是會寫信給羅半，反正還不就是使喚他買東西？
比起貓貓，陸孫沒來信比較讓他掛心。若是蝗災發生後沒來信還能理解，但早在數個月前就杳無音訊了。
他猜想這中間可能出了事，但此刻跟姚兒她們談話時先佯裝一無所知。
「想是在這混亂狀況下，沒有多餘心力捎信吧。就算能寫信，也沒有其他物品來得緊急。小官的書信恐怕會被延後處理吧。」
羅半數數蝗災發生至今過了幾日。
「二十日前發生了這大災害，反過來說，就是才過了二十日。物品從京城送到西都，一般來講需要半個月。即使書信尚未寄到也不奇怪吧？」

「可是，信使不是十日前就趕來說發生了蝗災嗎！」

「一介女官怎麼有資格使用皇族或高官的郵驛人力？難道要為了一個女官的書信日行千里？任何事情都是有優先順序的。」

姚兒不說話了。

也許話有點講得太重了。想是這麼想，但羅半無意改變態度。他也希望自己能繼續當她們的友人兼仁厚兄長，但可不想因此而公私不分。

如果只有燕燕來問，會明白就算從羅半這裡問出了什麼也不能怎樣。假使是燕燕獨自前來，羅半可能已經把自己知道的全說出來了。然而不同於燕燕，姚兒的心智還不夠成熟。若是不假思索地把狀況解釋得太細，讓她動些歪腦筋就糟了。不提沒必要的事情也是為了姚兒好。

姚兒捏緊了拳頭。其實她理智上也明白，就是心情上不能接受。

羅半不認為這是在欺負她。他覺得自己只是在講道理，但同時也等於是用以理責人的方式打發對方。

所以燕燕才會用「不准你欺負小姐」的眼神瞪他。燕燕的右頰高起了一分（三公釐），臉部肌肉連連抽動。

羅半心想，年輕姑娘就是這樣才難應付。所以他向來只跟年長的寡婦來往。無論是好是壞，那些寡婦總是深諳世事。

從這種通情達理的方面而論，義妹貓貓非常好相處，但每次和她見面腳尖都要受皮肉痛。因此，羅半最近試著請人打造了腳尖加裝鐵片的鞋子。這種鞋子很適合讓搬運木材等重物的工匠來穿，他正在思考商品化的可行性。

繼續讓姚兒耍任性就太浪費時辰了。羅半想起姚兒愛吃的東西。

「帶點雪蛤回去吃如何？熟人給了我一些，家裡吃不完想請妳們幫忙。天色也暗了，我叫馬車來送妳們回去吧。」

羅半委婉地想送客，講話口氣也盡量輕鬆一點。

「……請讓我在府上留宿。」

「「咦？」」

聲音重疊了。是羅半與燕燕的聲音，兩者都透露出困惑之色。

「小、小姐此話何意？」

「就是妳聽到的這樣。之前不是也在這兒住過嗎？」

「可是，上次是因為放長假……」

向來冷靜的貼身丫鬟右眉下降二分，慌了手腳。

「我還沒把這廂房裡的醫書全部讀完，在讀完之前我不回去。」
「不，借回去讀不就行了嗎？」
燕燕神色狼狽。
羅半心裡也急了。姚兒怎麼會忽然說出要留宿？是看羅半有所隱瞞，想故意找麻煩嗎？不，聲調聽起來不像是故意找麻煩。如果是，語聲會再重濁一點。
「前次是因為情況特殊，我才會留兩位住下。況且也是顧及了貓貓的顏面。但是，這次情況就不同了。我是很想親切對待姑娘家，但可不想變成供人利用的工具。」
羅半希望自己能真摯對待女性，但無意淪為濫好人。他並不是想求回報，只是覺得單方面占人便宜是極醜陋的行為。
「……您想說我就是在耍任性、鬧脾氣對吧？」
「……」
羅半不否定也不肯定，但從他臉上的笑容應該就能看出來了。不可愛的任性有他親娘一個就夠了，暴躁的脾氣那個祖父就夠他受了。
「羅半大人似乎是太小看我了，以為女人都是用撒嬌與任性讓男人聽話。」
「不是嗎？」
羅半忍不住反問。

「當然不是了。我可是握有談判籌碼的。」

「談判籌碼？」

羅半眨了三次眼睛。

「大人可知我的叔父是誰？」

「當然是知道的了，是魯侍郎吧？」

關於姚兒與燕燕的身分，前次讓兩人留宿時已經做過一些調查，也知道姚兒有個親人是禮部副官。羅半曾聽聞此人賢能，自年少時起就遊走於各個官署之間。

「聽說魯侍郎現在人在西都。」

禮部掌管的是祭祀與國交之事。

既然月君人在西都，祭祀部門也得派人同行。官位不夠高的官吏不得行祭祀，因此同行的非得是高官不可。

「您可知道我叔父為何前往西都？」

「是因為月君將在當地舉行祭祀吧？另一方面也是因為戌西州鄰近外國，有一位熟習國交事務之人同席比較方便。」

「這些都是原因之一。但如果我說是出於跟楊醫官同樣的理由——您怎麼說？」

「同樣的理由？」

羅半不認識楊醫官，不知道他和魯侍郎是怎麼扯上關係的。羅半只知道這位醫官也是西都之行的人員之一。

「叔父昔日曾在西都待過。是在家父過世後，才回來繼承香火的。」

羅半表情不變。這件事的確足以吸引聽者的興趣。姚兒的意思大概是她從叔父那邊的人脈，知道一些羅半不知道的重要內幕吧。

羅半是羅漢的養子，表面上不屬於任何黨派。但是考慮到將來，很有可能成為擁皇弟派。

他也想盡可能得知一些對月君有益的消息。只是——

「我知道妳與魯侍郎是血親，但那又如何？就算是姪女，我可不認為像魯侍郎那樣的賢達會隨口說出重要的機密。」

「小姐，您還是死了這條心吧。」

燕燕也一臉為難。她再怎麼嬌寵小姐，也還是知道羅半說得對。

姚兒不理會燕燕說什麼，開口說道：

「石炭。」

「……拾探？」

羅半一時沒會過意，在腦中想文字。十探、時嘆……不，都不對。

「妳是說石炭嗎？」
羅半雙目圓睜。
姚兒笑了。燕燕顯得很困惑。看來能幹的侍女也不是無所不知。
「正是石炭。好像能在西都採得呢。」
「我也聽說當地能開採石炭。但由於沒有使用價值，目前無人開採……」
羅半講到一半停住了。
石炭，顧名思義就是岩石煤炭。是石頭卻很易燃，但是煤煙太大，再加上開採所需的人力物力，不如使用木柴或木炭比較划算——應該是這樣的。
「叔父當年似乎針對西都的石炭進行過調查。即使是精明幹練的叔父，也曾經疏忽過一次，像是兄長過世後安撫嚎啕大哭的姪女上床睡覺之後。他沒察覺我其實醒著，聽見了他說的話。」
姚兒露出得意風生、耀武揚威的表情。
「也就是睡昏頭了記憶曖昧不清，不足採信的故事了。」
「……」
姚兒陷入沉思。
「羅半大人。」

燕燕舉手想發言。下顎降低了一寸（三公分），滴溜溜的眼睛透露出迷惘。

「……魯老爺在人稱『女皇』的太皇太后及先帝駕崩之前，曾前往西都。從當時開始的狀況發展來想，的確有可能做過某些調查。」

羅半的細眼睜得比平常大兩成。

本以為就算燕燕知道些什麼，也會保持沉默。無奈她還是不忍心看姚兒被羅半辯駁得啞口無言。儘管燕燕顯然比姚兒老練多了，說到底依舊贏不過心愛的小姐，忍不住要幫忙說話。

「妳說魯侍郎嗎？」

魯侍郎年近四十，雖說從先帝時期便在朝為官，但既然是個聰明人，應該有考慮過是要跟隨風燭殘年的「女皇」的傀儡皇帝還是東宮。

假如他跟羅半一樣想將宮廷整治得更適於東宮行動，他該怎麼做？

女皇漫長的傀儡政治結束後，新帝即位時會發生什麼事情連算都不用算。權勢過大的重臣，有時甚至會忘記君臣有別。

當時尚為東宮的皇上早已料到這點，事前做了各種防範。之所以不是聽說而是當成事實斷定，是因為義父羅漢當年也支持皇上。

羅漢這個男人，為了獲得權力不惜把親生父親與異母弟弟趕出家門。在這過程當中，多名官僚政敵也被逼得左遷。

看在羅漢眼裡，皇上大概也是名為王將的棋子吧。

羅半當時應該也當了幫手。只是，他那時不過就是沉迷於解開義父給他的暗號（謎題），從未想過那些數字代表什麼意義。現在回想起來，可惜當時沒認真寫個日記什麼的，不然就能拿來對照了。

「……嗯。」

羅半很猶豫，難得地竟然猶豫不決。

他並不要求消息有十成的可信度。只要說不定真的有用，就應該保留下來。縱然可能性或許不到一成一分。

無論可信度之高低，一旦她提出了「石炭」此一線索，就有必要做個調查。只是既然要調查，如果此時直接把姚兒與燕燕趕回家，就等於要欠她們人情。

姚兒現在要的，就是在羅半家中留宿。並沒有要求他把西都的消息逐一托出。

羅半覺得就這點小事的話似乎可以應允，但又有種難以言喻的不安。

是一種細微隱晦到尚無法以數字描述的氣息。

然而，羅半決定忽視這個感覺。

「好吧，只要兩位不嫌棄這間廂房，就請住下吧。不過，我只能讓兩位留宿，無法洩漏任何違反職務的消息。」

「真、真的可以嗎？」

姚兒的神色明亮了三成。相較之下，燕燕是安心占了五成半，不安四成，其餘五分則是對羅半的瞪眼。

為什麼要瞪我？羅半覺得自己像是無故遭殃。

日後他才知道燕燕表情代表的含意，更因此後悔不該允許姚兒住下。但在眼下這個階段自然是無從得知。

七話　寄到的信

第二十天。

盜賊出現於戌西州各地。布署於農村的武官們似乎很忙碌。

第二十一天。

羅半他哥在改建倉庫，聽說正在打造些什麼東西。

第二十五天。

來自中央的救濟物資送到。比預料中快多了。除了糧食之外還有一些生藥，但依舊不夠。

第二十七天。

有幾家店肆重新開張。但東西總是缺貨，且有許多粗製濫造之物。

第二十八天。

為了牙齦流血來看病的患者與日俱增。原因可能是蔬菜水果難以購得，導致營養失調。

第三十二天。

廚房裡的庖丁們嘗試用飛蝗入菜，但困難重重。附帶一提，家鴨的蛋變成了難得的珍饈。寶貴的營養來源。

第三十七天。

羅半他哥在庫房門口跟家鴨嬉戲。家鴨想進庫房，羅半他哥不准牠進去。明明是人跟家畜，不可思議的是看起來似乎能溝通。

「您怎麼在跟家鴨玩？」

「誰在玩了！快來幫我捉住舒鳧。拜託，拜託。」

這還是頭一次聽到馬閃以外的人叫家鴨的名字。羅半他哥與馬閃在農村沒講到幾句話，也許在家鴨的事情上其實很有話聊。

總之貓貓照他說的，到家鴨背後把牠抱起來。人都快沒飯吃了，家鴨卻羽毛光亮，圓滾滾的。要是踏出府邸一步，鐵定會立刻被捉去端上桌。

貓貓也是因為家鴨能下蛋，才忍著沒把牠殺來吃。

「牠還真想進庫房呢。裡頭有什麼東西？」

「我在種這個啦。」

羅半他哥打開庫房的門。房裡有塊地方掛起了黑色帷幕，一掀開就看到裡面擺了大量盤子。盤子裡裝了水，某種種子在裡頭吸水發芽。

「是芽菜嗎？」

「對。這幢宅第裡有池塘，我覺得種得起來。如果能用乾淨點的湧泉更好，但水在西都太寶貴了。」

「這是什麼的種子？好像不是綠豆或大豆。」

綠豆除了能種綠豆芽，還能當成生藥或做成粉絲。大豆更是無庸贅言。

「是苜蓿（牧宿）。一如其名是用來餵馬的，但聽說嫩芽人也能吃，就來種種看了。是我跟小麥種子一起帶來的。」

「噢，那個啊！」

這讓貓貓想起，羅半他哥綁在身上的袋子的確不只一個。小麥留下的印象太深刻，讓她把其他東西都忘了。看樣子這位仁兄是一看到種子就想種。

「對啊。舒鳧眼睛尖，從它們還是種子時就抓準了機會想吃。喂，我在說妳呢，妳這傢伙。馬閃兄與馬良兄不都有分妳東西吃嗎？還要吃啊？還吃啊？」

羅半他哥往家鴨的頭上戳了幾下。態度舉止跟畫卷裡的佳偶良伴沒兩樣，不知馬閃這個做家長的有沒有答應他們來往。

「真是意外，您竟然和馬良大人認識。」

就連貓貓碰上他，都只得到像是兩隻野貓不期而遇的反應。

「對啊。回到西都之後，有一次被叫去時見到面。他從帷幔後頭拿信給我，慰勞我的辛勞。那大概是我來到西域後別人待我最好的一次。」

「怎麼會？我也有在關心您啊。」

只是貓貓有點忙，沒放第一位罷了。

「少來了。然後呢，我把回覆的書信交給雀姊，他又給我捎了信，就這樣聊了起來。」

「傳信雀……」

照雀的性情一定傳信傳得很起勁。

「舒鳧偶爾也會幫我捎信。」

「家鴨還會這個？」

貓貓用懷疑的眼光，看看抱在懷裡的家鴨。家鴨用一雙大眼睛注視著她，求她放牠下來。羅半他哥已經把庫房關好了，貓貓這才放了家鴨。家鴨搖著屁股走開了，不知道要去哪裡。

「總覺得您總是厲害在不顯眼的地方呢。」

「明明應該被稱讚了，卻一點都不覺得有被稱讚到。」

「我是在稱讚您。還是問要緊事吧，這些芽菜大概還要多久時日才能大量栽培？」

如果能種得夠多，多少可以改善缺乏蔬菜的問題。

「手邊的種子就現在庫房裡這些了。不過，這些種子不是啥稀奇東西，可以到附近農村去問問有沒有苜蓿。據說他們只會在雨季栽培芽菜，現在這個時節可能還有剩。」

「能盡量多要一些嗎？我想把芽菜加在施膳的湯裡。」

當然，貓貓無權要求改變施膳的菜色，她打算請壬氏代為提議。

「除了種子是個問題，水又要從哪裡來？好吧，等找到的種子多到能讓池水乾涸再來擔心或許也不遲。」

「這個就以後再來煩惱吧。既然要找，還想看看有沒有大豆或綠豆。」

「是啊，能寬慰一時就算不錯了。」

羅半他哥除了種芽菜以外，似乎還做了不少事。別邸庭園裡有一塊地正在慢慢變成農田，但願他這麼做有徵求許可。除此之外雀也蓋了山羊羊舍，貓貓真怕玉袁回西都來時會嚇到。

「話說回來，羅半他妹。」

「這算哪門子的叫法？」

貓貓擺出一副只差沒呸一口的表情。

「喂，就妳沒資格這麼說！我好像看到有人要去藥房，妳不用去招呼嗎？只有醫官老叔一個人行嗎？」

「說得也是，的確會擔心。我回去了。」

貓貓對羅半他哥揮手道別，前往藥房。

「還以為是誰來了呢。」

原來是天祐在藥房裡。

「庫房裡沒藥了。」

「沒了啊。」

「嗯，沒了。」

天祐好像有話想說，盯著貓貓瞧。這個氣質難以捉摸又愛拈花惹草的男人，已經被西都的太陽曬黑了。看來被楊醫官使喚得很慘。

「哪種藥沒了？」

貓貓看看藥櫃。

「金創藥、拔膿膏、治傷藥外加風寒藥、退燒藥再加上止瀉藥還有頭痛藥。」

「這麼多種都沒了？」

貓貓感到難以置信。這些幾乎都是昨天才補充過的。

「沒啦。大概是哪間館子做生意不老實吧，好多人拉肚子。至於頭痛藥嘛，我是想進貢給看起來犯頭痛的長官老爺。」

講到長官除了楊醫官，就只有另一位醫官了。沒什麼原因，但貓貓覺得應該是後者。

「也許開健胃藥會更好，不過也沒庫存了。」

貓貓半開玩笑地說，但坦白講狀況已經越來越讓人笑不出來。

「這些就是最後一批藥了。」

「妳再多做點嘛。」

「沒藥材啊。」

貓貓他們能做的藥也都做了。連李白或雀都被找來幫忙。

「代用的呢？」

「代用的也用下去了，就剩這些了。」

「什麼？那藥效豈不是比較差？」

「……這只能請大家將就點了。」

貓貓也想開更像樣的藥，但沒有的東西強求不得。只能用不同的生藥做出效果類似的配方。

「在西都採不到中央那麼好的藥草嘛。」

主要原因是出在氣候不同。西都有西都的植被，自然也有它特有的藥草，但對中央土生土長的貓貓來說都很陌生。即使如此，以往都說與外地貿易興盛的西都沒有什麼東西是買不到的——

（為什麼藥品在救濟物資裡的優先順序不能再高點？）

可能還是糧食優先，藥品擺第二吧。還是其實有供應，只是沒送到貓貓這裡來？

「是喔——照這樣看來，回中央的日子是遙遙無期嘍。」

「是啊。」

「不曉得羅門兄要不要緊？」

不知不覺間庸醫也來一起聊天。

（阿爹啊……）

據說他代替庸醫進了後宮，就相信不會出事吧。比起阿爹，貓貓認為庸醫應該為自己擔心才對。

之前聽說待在西都的期間會延長，這樣看來短期內是回不去了。

最起碼壬氏應該先回京城，但完全沒有要回去的跡象。

（也有可能是本人不想走。）

坦白講，貓貓覺得西都目前的狀況非常不妙。雖然事前已經預測到，所以對策應該做得還不錯，但畢竟是在對抗天災。

（都說蝗災能滅國嘛。）

往年也許發生過幾次小蝗災，但這麼大的蝗災不知有多少年沒發生了。搞不好真的是五十年來頭一遭。

壬氏已經請中央救災了。至少有壬氏在當地，讓事情變得比較有轉圜的餘地。他如果繼續留在西都，中央說不定會多送點物資。

就貓貓所見，皇帝與壬氏不像是感情不睦。

（雖然派他來到西都這事，留下了一些疑點……）

但貓貓想過也許是沒有其他人選。

「不過，皇弟殿下今日又是待在書房處理天下大事嗎？」

天祐講得酸溜溜的。

「沒法子啊，月君出去太危險了。」

庸醫幫他說話。

「這我明白，但給人的觀感不太好。」

「怎麼說呢？」

「有人說武官們四處奔波，東西南北地跑。那位大人卻只會指使人，躲在安全的地方飽食終日。」

「有人說？」

「我聽一個下級武官邊扒甘藷粥邊說的。」

「哇——」

庸醫雙手摀著嘴巴，眉毛下垂。

「不過咧——」

天祐隨即否定。

「另一個武官立刻嗆他『那你吃的甘藷是誰拿來的？』」

「是喔——」

換言之，有些傢伙對壬氏目前的行動產生懷疑，但也有武官明白他的立場。

儘管不是所有人，但如果連武官當中都有人懷疑他，民眾不知道又是如何？

天祐給了她答案。

「不過啊，這裡的領主老爺還真會收買人心啊。」

說的是玉鶯。正確來說是領主代理。

「你說收買人心，所以玉鶯老爺有親自幫忙發糧嗎？」

「是沒有，但民眾都很愛戴他。放粥的是西都武官，所以功勞就自動到了領主老爺手上。還有鎮壓暴徒時也不會躲躲藏藏，而是身先士卒。不過也只限於西都以內啦——」

「哦——那可真是了不起。」

庸醫不知不覺間已經開始準備茶水了。茶葉早就沒了，他們用曬乾的蒲公英葉泡茶。

「是啊，了不起。只是看起來活像戲子登台。」

天祐假惺惺地吹捧玉鶯。

（又是戲子。）

她想起怪人軍師也說過這話。

「我想請問一下，你們二位對玉鶯老爺有何觀感？」

其實只問天祐也行，但庸醫一直在看他們，好像很想一起聊天，所以才讓他加入談話。

「玉鶯老爺這人可說是氣宇軒昂、丰神俊朗，態度又爽快。雖然我只有瞥見一眼就是了。」

貓貓早就猜到庸醫大概會這麼說了。貓貓也大多是聽到風聲，並非實際見過本人，所以不好說什麼。但如果單看外表，或許是會產生這種觀感。
「我嘛……」
天祐喝著庸醫泡好的蒲公英茶，把貓貓給他的藥裝箱。
「覺得他是生錯時代了。」
「生錯時代？」
「嗯，生錯時代。就跟那個怪怪軍師一樣。」
天祐講得讓人心裡不安。
「這話什麼意思？」
「就是說這種平凡日子他們過不慣。與其說平凡，應該說成和平歲月吧。我在街上瞥到過他一眼，騷動鬧得這麼嚴重，他看起來卻生龍活虎的。」
「天祐兄你明明也每次遇到問題就顯得生龍活虎的。」
「那就跟我是同類吧？不，好像有點差別。」
天祐左思右想。
「差在哪兒？」
「該怎麼說呢？就好像他是想得到認同才會那麼招搖。我不會形容。」
「也就是自尊需求嗎？」

「不知道啦——算了，管他的。」

天祐喝完剩下的茶，就拿著藥離開了。大概是聊玉鶯聊膩了吧。

「同類啊。」

聽在貓貓耳裡，總感覺無論是不是都不會好到哪裡去。

她覺得莫名其妙，還是想想上哪兒補充缺乏的藥品要緊。

想到最後，貓貓認為最好的法子可能還是拜託內行農夫。農夫上回在種芽菜，這回又開始耕田了。

「栽培藥草啊。」

羅半他哥換上了農作服，正在揮動鋤頭。他總是說自己不是農民，但無論是穿著還是腰桿有力的揮鋤動作，怎麼看都是一流農夫。園丁老叔辛勤打造的美麗園景已成追憶，如今變成了小麥與甘藷的實驗農場。田裡到處可以看到從中央一起來到此地的其他農民以及失魂落魄的園丁在耕土。

「假如考慮到災害將會曠日持久，墾塊藥草田的確可行，但是這裡的土地恐怕很難種吧？西都周邊地區氣候乾燥不適合墾田，跑去草原又太遠了。這塊田可不行喔！已經決定要種小麥與甘藷了。」

「可是羅半他哥，您不是常離開別邸去各種地方耕田嗎？」

「我那是出外差！是上頭叫我去各地方種甘藷！」

「上頭是誰？」

壬氏又拜託他做事了？

「我阿爹啦……不懂什麼意思，對吧？都什麼情況了還捎信給我，一看，信上寫著『靜待佳音！』……我都快丟掉小命了好不好！」

如果說羅半他哥是正常農夫，羅半他爹就是瘋狂農夫。

「就是啊，您能死裡逃生真是萬幸。您是怎麼活著回來的？」

羅半他哥似乎在路上跟護衛走散，人又去了戌西州相當偏遠的西陲，回程一定歷經了千辛萬苦。

「嗚嗚……本來路上還有護衛陪著，可是後來先是馬車的馬被大群飛蝗嚇得不聽話跑了，又遇到草寇襲擊，結果就走散了。我去到每個地方就拿點甘藷乾換些東西，結果又有些毛賊想搶我的甘藷乾。去程我在村莊鼓勵農民種甘藷時有提醒他們小心蝗災，回程時路過去探望一下，結果好像災情不太嚴重，村民說要謝謝我所以給了我諸多照顧，可是到了下一座村莊——」

這下傷腦筋了。要是全部聽完，都能寫成一本書了。

「啊——是，我明白了，我明白了。那麼您若是找到了適合種藥草的地方再告訴我。」
「……聽我把話說完啊，聽我說啊！好啦，真拿妳沒轍。規模沒辦法弄得太大喔。」
羅半他哥嘴上抱怨還是會幫忙做事，大概真的是個好人吧。貓貓只能祈禱他別被過度壓榨才好。
「對了，好像有人捎信給妳喔。」
「哦，會是誰呢？」
「剛才雀姊來過，妳跟她錯過了吧？」
「是呀。」
是阿爹羅門，還是綠青館？
貓貓回到藥房收了信，在分配給她的房間裡開信。房間已經布置回貓貓風格，變成了掛著藥草的樸素陳設。之前幫她布置房間的庸醫好像覺得很可惜，但貓貓無意讓步。
信有三封，分別來自羅半、姚兒與燕燕。
（我都忘了……）
啟程之前，姚兒好像有跟她說過，要她寫信。
（結果一封都沒寫。）
最近這陣子忙得焦頭爛額，沒那氣力與閒工夫。她想反正有事的話，壬氏或誰會聯繫藥房，之前都沒去考慮這事。

貓貓看看三封信，猶豫了一下之後，決定把羅半的擺後面。她看著姚兒與燕燕的信，擺動著手指稍作猶豫後拿起姚兒的信。信紙背面貼著堅韌的油紙以防長途郵寄時破損，凹凸不平。換做平時，燕燕會隨信附上香料、紙張或花朵，但看來這次是以實用為優先。

（畢竟這麼遠的距離，信能不能寄到也說不準嘛。）

內容就跟平素一樣，傲氣十足但中途開始嬌羞。

妳一封信都沒捎來，不知道近況如何？聽聞西域鬧起了蝗災，不得已我只好給妳寫這封信。那麼妳那邊一切可好？諸如此類。

字跡娟秀用心，有時寫至激動處，筆勢隨著加強。就是姚兒一貫直白的筆跡。

（我會回信的。）

問題是就算寄了信也不知何時能送到，但這只能聽其自然。

接著她打開燕燕的信。跟姚兒一樣，信紙用油紙做了補強。

「……」

貓貓暫且把燕燕的信翻過來，仰望天花板大嘆一口氣。她用拇指與食指按住眼角。

貓貓轉回來看信。紙張跟姚兒那封信大小一樣，但燕燕的字小如米粒，長篇文章有如佛教經典。內容有九成都跟姚兒有關，甚至讓她覺得這不是信，而是姚兒的觀察紀錄。

也許信中想表達某種重要的事情。但她越是往下讀，就越只能看出「小姐好可愛」這個意思。

不過貓貓從信裡看出，姚兒至今仍未放棄跟醫官做同樣的差事，讓燕燕放心不下。除此之外，好像還有一件事讓燕燕憂心。但文章內容只是略有所指就結束了，讓她很無奈。

（抱歉，我沒多餘心力揣測妳的苦衷。）

就這樣，貓貓將燕燕的信放到一邊。

（最後輪到這傢伙了。）

沒想到羅半會捎信給她，寫給壬氏還是誰豈不是更有用？難道他沒想過按照貓貓的性子，可能看都不看就直接扔掉？

總之既然平安送到了，為了不辜負信差們的努力就開來看看吧。

信紙貼了油紙，跟姚兒與燕燕的信是同一種方法。她們倆也就算了，連羅半都這麼做就讓貓貓感到有些蹊蹺，不過也許是本來就有這種用來寄信至遠方的紙也說不定。

總之打開來一看——

『姚兒姑娘她們**還**在我家裡，妳覺得我該如何是好？』

難得看到羅半的困惑之情躍然紙上。再來也問到了遠赴西都的人是否安好，但感覺姚兒她們的事才是主題。

（不是，我哪知啊？）

貓貓輕輕闔起書信。這三封信，就先找個盒子收起來吧。她之前跟庸醫要來了一個裝甜饅頭的空盒子，於是就放進盒裡。捨不得丟掉空盒子的貓貓真是個標準的庶民。

八話　沒寄到的信

陸孫的書房又堆滿了無可計數的文書。這狀況已經好幾天了，但都是重要事務所以無可奈何。

他聚精會神，務實地把每一份內容都確認過。文官人手短缺，沒人做的都送到了陸孫這邊來。

大規模蝗災發生至今已過了一個多月。緊接著飛蝗又來襲了幾次，但之後就恢復平靜了。只是，恢復平靜的僅限飛蝗。那些可恨的蟲子吃飽了肚子，正要開始繁衍後代。

無奈民眾只看得見災害後的慘狀。如果光想到彌補農作物的災情，疏於除蟲預防下一場蝗災，以後當然只會發生更大的蝗災。

陸孫的眼前擺著教人頭疼的災情文表，以及請求發糧救濟的請願書。陸孫要是有力量能拯救所有民眾就好了，無奈他只是個中級官吏，能力有限。

必須視受災的地區與周邊人口，來決定救濟物資的多寡。一旦弄錯分配量，會造成盜匪四起，百姓餓死。

陸孫恨不得伸手把頭髮亂抓一通。他必須拿案卷做對照，考慮糧食的庫存與分配。他不是不會算術，但數量太過龐大，而且責任異常重大。

「要是有羅半閣下在就輕鬆了……」

這類事務想必是羅半的拿手絕活。他的話一定會單手拿著算盤，卻用心算就把數字算好。倘若光看數字，羅半必能分配得最公平。

講到這個，他一直沒收到羅半的信。蝗災發生的兩個月前大概就是最後一次了。

陸孫在蝗災發生後，給羅半捎了個兩次信。他那人向來樂於接收這類信息，陸孫本以為他立刻就會回信。

陸孫明白蝗災導致運輸斷絕，但有可能兩次都沒寄到嗎？抑或是他一直以來寄給月君或羅半的書信做的小機關穿幫了？

陸孫叫住一名正要離開的文官。

「可有人捎信與我？」

「沒有任何人捎信給陸孫大人。」

文官回得冷淡。陸孫自從被調至西都後，幾乎天天與這名男子面對面。他已經替其他人帶了好幾次書信過來，說沒有應該就是沒有。只是……

難道只有陸孫一個人覺得奇怪？

照羅半的作風，不可能不知道戍西州發生蝗災。而且他那人也跟一般人一樣會好奇，這一個月之間應該會寫信向陸孫打探消息才是。

會是因為中央那邊也忙不過來嗎？

不——

也許羅半有捎信給其他人？

陸孫無意間思及此事，想起羅半所說的妹妹。

他心想羅半也許有捎信給她，自己是否該去問問？但隨即作罷。

今後陸孫最好別接近貓貓為妙。她也不會接近陸孫，想接近也不成。

這是為了彼此好。陸孫就是為此才會跟她開求婚的玩笑。貓貓身邊有很多人對她過度保護，即使是說笑也會讓他們反應過度。

陸孫決定先把確認完畢的文書呈報上去。正想到走廊上叫住文官時，就隔著中庭看到了玉鶯。身邊跟著多名武官。

陸孫不知為何覺得走出去有些尷尬，於是回到公案前拿起請願書。

「……」

這是農村向領主提出的請願書。主旨是作物歉收所以希望官府發糧救濟，並提到關於徵兵之事。這種文書本來應該會被處理掉而不會被陸孫看見，看來是文官們弄錯了，混進了龐大的文書之中。

請願書裡寫滿了農民聊表誠意的字詞，並且感謝領主過去多次慷慨解囊，貼補所缺。

請願書的內容，也可以看作是愚民依賴好官，傻傻地以為有求必應。

感覺好像是仁慈領主拯救貧困農民的一段佳話。不知民眾對此有何觀感？恐怕會覺得愚民服兵役是應該的吧。

「徵兵……」

玉鶯帶著那些武官，究竟想做什麼？

遭逢重大災害之後，民眾會變得暴躁易怒。但是鎮壓暴民有必要弄到徵兵嗎？

陸孫長嘆一口氣。

深得民心的玉鶯、史上少有的蝗災、來自中央的皇弟與軍師。

某些因素紛紛聚集於此，即將布置出一座戲台。

但是，陸孫還不能確定。

恐怕是因為他真心有種念頭：

但願玉鶯是個仁民愛物的領主。

九話　聚會

這是為了您的安全著想——這話壬氏不知聽幾遍了。

壬氏過著近乎軟禁的生活，已經超過了一個月。行動範圍僅限玉袁的別邸內。他有時會被請至本邸或官府，但周圍總是有武官們跟得緊，動彈不得。

他趁著移動時往馬車外瞥了一眼，看得出來民不聊生。但是原本情況應該會比這更嚴重。

壬氏是以蝗災可能會發生為前提來到西都，也查過了歷史上蝗災的文獻。作物會被食盡，挨餓的民眾甚至敢做出同類相食的行為。

蝗災能滅國，這句話可不是誇大其辭。

而不滿與憤怒的矛頭，自然會指向總攬國政的皇族。他之所以安分過著軟禁生活就是為了這原因。

如今，壬氏的行動全把攬在玉鶯手裡。壬氏身邊的人對此並不滿意。豈止如此，說不定他們還嫌這主人優柔寡斷。

壬氏有他的立場。

亦即以皇弟身分，藉口來西都視察。既是視察，怎麼說就只是客人。假若破壞這個前提，日後會形成弊害。

他本來是這麼想的。

「竊以為啊，月君您有點兒太委屈自己了。」

馬車裡坐在他另一邊的雀神色自若地說道。他除了護衛之外另選一名侍女跟隨，但既不是水蓮也不是桃美。

為防意外狀況發生，他挑了最能因應狀況的人選。這次同行的護衛是高順。平常都是讓馬閃跟著，但這次要面對的人物與他恐怕八字不合。

看到壬氏在西都受到的待遇，最憤憤不平的是馬閃。無論身手多好，不懂得控制脾氣就是不行。

「這樣下去，別人會以為中央來了個公子哥兒當玉鶯老爺的陪襯唷。」

雀靈活地擺動指尖，手指間夾著好幾顆小珠子。珠子一下變多一下消失，讓人目不暇給。

「我明白。」

所以壬氏此時，才正要前往官府。

壬氏有身為客人的立場，但自認為在西都能做的事都做了。他派人去指示使用事先準備的糧食，糧食立刻就被拿去用了。他也派人前往附近的各個村莊，掌握受災情形。又根據受災情形，試算所需的糧食。他很慶幸有帶馬良這個文官過來。

京城救濟得早，是因為壬氏一收到羅半他哥的通知，就派人馬上飛遞。如果屆時什麼也沒發生，說是不懂事的公子王孫弄錯了就好。

他事前已將蝗災發生的可能性納入考量，向皇上與幾名重臣、部下說過。而他也考慮過蝗災發生在西都的可能性。

不過，請求救災是壬氏擅作主張。他沒有證據能確定蝗災必定會發生。因此運糧救濟的船也有可能無法獲准入港。

最後，壬氏寧可自己揹黑鍋，將功勞讓給玉鶯這個男人。

蝗災一發生，玉鶯的使者就來見壬氏了。壬氏告訴對方自己平安無事，同時徵詢道：

「我想向中央請求救災，可乎？」接著告訴對方，希望能由玉鶯來領取救濟物資。

結果原本由壬氏帶來西都的糧食，也變成由玉鶯來發放。

從中央與壬氏同行，知道真相的部下們無不義憤填膺。但這裡是西都，壬氏想發糧也沒有人手。也沒帶能煮粥賑濟百姓的佣人過來。

想迅速行事，最好的方法便是借助玉鶯的力量。

天災之所以會造成人民動亂，是因為心裡不安。就算只是領到一碗粥或是一個飯糰，多少也能收到安撫人心之效。

壬氏曾經多次因為不懂市場物價而讓人聽到傻眼，但他自認為近幾年在這方面已稍有長進。

即使在人民生活富足的京城，他仍然看過飢餓的孩子在地上放空碗要飯，暗娼蒙著臉想把客人拉進暗處，或是爹娘把親骨肉賣到娼館。

不能宣稱是視察，卻高高在上地坐馬車觀望，只要用自己的雙腳走在地上，這種教人不忍卒睹的現象要看多少就有多少。

壬氏讓人替自己換上綾羅綢緞，吃不含雜穀的白米粥，每晚用清澈的熱水泡澡。

即使在這種狀況下，壬氏仍然不像其他百姓必須挨餓。這種身分的存在意義是什麼？有什麼無聊的自尊捨棄便是，人家想趁機搶風頭就讓他去搶。比起對方固執地拒絕救濟，被人利用還輕鬆多了。不，壬氏甚至覺得其實是自己在利用對方。

皇弟就應該無能，被民眾輕侮也無妨。最好能做個連當成傀儡的價值都沒有的存在。

要是馬閃知道了不知會怎麼想？也許會暴跳如雷卻不能拿壬氏出氣，只好把房間裡的一應什物都砸壞。

壬氏很中意壬氏這個名字。縱然這只是用來欺騙女子園囿的百花或宦官們的假名。

比起沒人能呼喚的「華瑞月」，能叫出口的「壬氏」要好得多了。即使他希望別人能更不拘禮地找他攀談，但也知道那是不可能的。

想著想著，已經抵達目的地的官府。

「到嘍～」

雀瞇起眼睛往外看。

壬氏準備拿出另一套態度。

不拘禮法與被人小看，是兩回事。

對方準備的房間裡有張圓桌。

玉鶯與羅漢已經落坐。羅漢可能是閒著無聊，自顧自地在解圍棋殘局。

房間角落有幾名官員，拿著一些文書聽候差遣。

高順與雀在使眼色。

就氣氛而論，與上回、上上回見面的時候有所不同。最令他在意的是羅漢也來同席。這個天賦過人但我行我素的男人，令人摸不透他的行動原則。玉鶯讓這人來同坐，究竟有何打算？

「勞煩月君特地移駕。」

玉鶯起身說道。

沒帶馬閃來果然是對的。皇族進入房間時任何人還坐著就是不敬。附帶一提，羅漢繼續解他的殘局不理人。

「閣下有何要事？若是關於蝗災的事，我這邊帶了些檔冊過來。」

高順拿出文書。

內容是壬氏等人自己試算的糧食分配比例。此外也查出了糧食仍然不足時的救荒作物，以及收成較早的作物種類。這方面仰賴了貓貓與羅半他哥等人的知識。另外還整理出了藥品等重要性僅次於糧食的所需物資。

「關於蝗災，多虧月君鼎力相助。萬萬沒想到中央的救濟物資會來得如此之快。」

當然快了。因為壬氏早在向玉鶯陳報的數日前，就向中央申請救災了。這麼做是考慮到反正申請書送到了，也還得進行商議拖上幾日。

「應該還需要更多援助吧？」

壬氏也看過案卷。照現在的糧食狀況，恐怕只能撐上兩、三個月。救災也是有限度的，必須及早種植能夠較快收成的作物。

「是，我正想請中央援助。需要一些人力。」

「人力？閣下此話何意？」

人手不夠是事實，但胡亂增加人力也餵不飽。如果意思是想增加農民，不如訓練當地百姓比較好。

「想請中央加派武官。」

「武官？為了鎮壓盜賊嗎？」

糧食有無會如實突顯出貧富差距。窮苦人連果腹都有困難，便會鋌而走險。壬氏之所以急著發糧周濟，正是因為在窮苦人走上歪路之前餵飽他們，能夠壓抑這種衝動。

玉鶯咧嘴一笑。此人長得跟玉袁不太像，比較像是武官而非商人，屬於勇勝於謀的男子。

後面聽候差遣的官員將一大張紙交給玉鶯。

「想請兩位看看這個。」

玉鶯在桌上攤開的是地圖。是戌西州的輿圖，但有幾處以筆蘸墨圈起。圓圈分成紅黑二色，越靠西側地域紅圈越多。

「哦。」

本來在解殘局的羅漢抬起了頭來。

「指的是盜賊嗎？」

「正是如此。」

看來圓圈代表的是盜賊出現之處。
「從位置來看，紅色是夷狄來襲吧。」
「閣下果然有見識。」
玉鶯滿意地看著羅漢。雖然平素只是個無藥可救的中年人，但論解讀他人行動方式的能力無人能出其右。
換言之，紅圈就是疑似夷狄的盜賊作亂之處了。雖說戌西州地處邊陲，但壬氏覺得數量似乎也太多了。
「增加了嗎？」
「正是，去年已經出沒頻仍，但還是今年特別多。我已盡微薄力量修整武備，沒想到卻發生了蝗災。」
壬氏聽說過玉鶯在進行徵兵，但他選在這時候提起會讓人無法反駁。玉鶯也不是傻子。
「可以推測應該是鬧了蝗災，盜賊才會跋涉遠路入侵荔國。」
蝗災發生的範圍極廣，越是沒做對策災情就越嚴重。外國也一定災情重大……不，就算比荔國更嚴重也不奇怪。
「所以要鎮壓夷狄？」
幾年前也發生過相同的事，當時只把他們趕回去就沒事了。記得地方不在戌西州，應該是子北州的西邊。

「非也。」

玉鶯又拿了一份地圖來擺在一起。這次是範圍更廣的地圖，砂歐、北亞連與亞南都在範圍內。

「不如對此地下手吧？」

玉鶯指出的是砂歐。

「……什麼意思？」

壬氏看著玉鶯，想問個明白。

「就如同您所看到的。這次在戌西州當中，受災最嚴重的要屬西部地域。假設各國皆有災情，想從外國進口農作物會是件難事。但如果以陸路運送糧食，結果會是如何？」

那樣恐怕無法讓各地都得到足夠的糧食。此外不只是夷狄來襲，外國也有可能來犯。努力湊得的糧食，會白白被賊人搶去。

「要將糧食送到西部地域，最快的方法是什麼？我想應該不是陸路，而是海路吧。」

而貿易大國砂歐，無論海陸兩路皆可通達四方。的確，考慮到糧食的安定供給，能夠自由使用砂歐的港口會輕鬆不少，但同時也得支付鉅額的下碇稅。砂歐的糧食也有短缺之虞，為了保障國內所需很可能會獅子大開口。

「所以就要啟戰端？」

壬氏盡可能壓抑聲調。本來覺得功勞要被搶去多少都隨他，但這話就實在不能當作沒聽見了。

為了不讓百姓挨餓，用的手段居然是掠奪。這樣豈非與盜賊無異？

「嗯？您反對嗎？但我怎麼記得論與砂歐開戰的大義名分，就屬月君最有資格？」

玉鶯的語氣充滿自信。

壬氏聽懂他的意思了。說的是砂歐巫女一事。

去年壬氏讓砂歐巫女命喪他鄉，成了他對砂歐的一份虧欠。

只是玉鶯恐怕並不知道，實際上巫女還活著，並由壬氏暗中保護。

「巫女是被砂歐之女所殺。即便已作為中級嬪妃進入後宮，外國女子做的事卻全得由茘國來承擔，竊以為並不合理。」

的確看在旁人眼裡，茘國等於是單方面吃虧。甚至還害得皇族丟盡顏面。

「砂歐用殺害巫女的方式，要脅茘國屈從。這作為開戰名義夠充分了吧，**皇弟殿下**？」

開戰的名義，在特定的時代要多少有多少。因為光是聲稱皇族名聲受辱，就可以將對方滅族了。

「羅漢閣下，您覺得呢？」

玉鶯向羅漢問道。

羅漢不再解殘局，定睛注視著地圖，眼神與下棋時如出一轍。他向副手伸出手去，接過了袋子。袋裡裝的似乎是將棋棋子。

「我不懂什麼大義名分，只想下將棋下贏別人。」

說著，他就開始在地圖上擺棋子。副手歉疚地看著壬氏。

羅漢沒有惡意，但也沒有善心。只要自己與親人不受傷害，沒什麼事能打動他。然而如果有機會參加好玩的遊戲，他是不會錯過的。

壬氏這下明白玉鶯為何把羅漢找來了。無論是用人下將棋還是用社稷版圖下圍棋，對羅漢而言都只是遊戲。

「若能請月君領軍，西域百姓必定士氣大振。」

而玉鶯找來壬氏，目的就在這裡。

「您難道不認為群眾想看到的是身為領袖的您，而非客人嗎？」

玉鶯誤會了，以為壬氏想宣示他的權力。

說這些難道是想煽動他身為皇族的尊嚴？

「屆時我將竭力盡忠，成為您的左右手。」

炙熱的視線刺痛了壬氏。這人真的和玉葉后是血親嗎？她雖然也有不好惹的地方，但兩人截然不同。
玉鶯的眼神訴說著他亟欲開戰的熱情。
「……就算叫來武官，打仗仍然需要兵士。」
「的確。在我們西域，民眾個個忠心赤膽。就說農民，起事時大多數都願意出人出力。現有皇弟殿下領軍，又有羅漢閣下施謀用智，楊姓家族也願盡棉薄之力輔佐殿下。」
「楊姓家族是吧？」
玉袁原為商人，但權力遍及戌西州全境。現在的勢力或許甚至超越了十七年前滅族的戌字一族。
壬氏瞇起眼睛。
「那麼，玉袁國丈對此事知情嗎？」
儘管只有一瞬間，玉鶯的眉毛動了一下。
「父親從以前就常說，希望能讓勢力延伸至砂歐。」
「哦，也就是說玉袁國丈還不知情了。閣下卻說楊姓家族願意輔佐我？」
壬氏自始至終冷靜應對。
他想起待在後宮，面對嬪妃群魔亂舞的那段時期。但是比起女子的謊言，男子吹的牛皮隨便都能戳破。

「的確考慮到海路之便，砂歐海港令人垂涎。但是這麼做弊害太多了。陸路緊鄰砂歐的國家呢？那些地域的貿易品將不會再輸入我國。況且攻擊保持中立態度的砂歐說得過去嗎？如此無啻於向各國宣稱我國野蠻無信。我認為若是玉袁國丈，這些問題都會經過仔細考量。」

玉袁曾是商人，不會只看眼前的利益，什麼會形成障礙應該都會確認清楚。即使兒子寫信與他商量過，也應該會開導兒子現在不是時候。

聽到玉袁的名字，玉鶯的眼神似乎動搖了一下。

然後他感覺到玉鶯散發出一種快然的氛圍。

壬氏繼續繃緊表情。就算是皇弟，對玉鶯來說或許也只是活了自己一半歲數的黃口孺子。原本可能是想用氣氛強迫他入夥吧，但是——

「我是作為中央的代表來到此地，同時也是皇上的眼睛。眼睛擅自領軍，豈不怪哉？」

「皇上」二字，讓站在後面聽候差遣的官員們心生動搖。這些官員皆是西都人，也就是都站在玉鶯那邊，把壬氏當成了沒主見的傻子。

看到傻子忽然反抗主人，當然會驚訝躁動了。

大概是藉此出了口惡氣吧，高順看著壬氏，彷彿露出了淺笑。雀不用豎起大拇指沒關係。

但玉鶯也沒那麼容易死心。

「所以您是皇上的眼睛，自己無法下判斷了？」

沒讓馬閃跟果然是正確的。要是輕易中了激將法就麻煩了。

「我就是下了判斷才這麼說。就閣下的計算，攻打砂歐獲得的利益高於損害嗎？身為商人想必擅長此道吧。」

壬氏挑釁回去。此地全是玉鶯的領地，壬氏也不想掀起必輸無疑的爭執。是時候搬救兵了。

「一旦攻打砂歐，首先北亞連就不會坐視不管。」

「北方的蠻族集團讓您引以為懼了？」

「是啊，在北亞連捕得的赤鹿對我大有助益，因為鹿茸可補腎壯陽。我在後宮的那幾年夜夜為皇上與嬪妃們準備，堪稱一帖良方。」

壬氏帶著自虐回答。他充當宦官都不知幾年了，小小挑釁聽聽就算了。

「還有老虎也是。北方有大虎，骨頭可用來泡酒。」

稱作虎骨酒，據說飲之可延年益壽。

壬氏會變得對藥品如此了解，原因不言自明。

「這是一名深諳藥學的醫官教我的，作用十分威猛。」

正確來說並非醫官，但他這話是說給某人聽的，那人一定聽得懂。此外，其實他也不知道作用強不強。那類藥膳他都交由後宮廚師去安排。

「藥跟酒啊。」

羅漢嘟噥著。

「我說音操啊。一旦開戰，這些藥是不是都買不到了？」

羅漢向副手問道。

「應該是不至於買不到，但價格會漲得厲害。其實只要開戰，所有藥品皆會缺貨，醫師或藥師想必都會很為難吧。」

「這樣啊。」

羅漢把擺出來的將棋棋子收回袋中，起身離席。

看得出來這位副手很有才幹，自然而然地補充了壬氏想告訴羅漢的事。

「羅漢閣下，怎麼了嗎？」

玉鶯疑惑不解。

「抱歉，我要走了。」

羅漢說完轉身就走。

「羅漢大人，請等等我。」

喚作音操的副手去追羅漢了。

看著在座西都人愣住的模樣，壬氏也起身離席。

「看樣子軍師閣下沒有征戰的心情。我也要告退了，閣下不介意吧？」

玉鶯一句話也沒說。

壬氏逕自離去。

「看起來很不甘心喔。」

雀小聲說了。

很不巧，壬氏可比玉鶯要來得熟悉羅漢的性情。

十話　黃金比例

「怎麼辦才好咧……」

羅半他哥煩惱不已。藥房桌上攤開了一大份地圖。

「怎麼辦才好呢？」

庸醫也在煩惱。不能讓他閒著不做事，因此貓貓把搗藥棒與藥草放到他旁邊。

「羅半他哥怎麼會在這兒？」

這裡是藥房，一般來說外人不該隨便待著。但這裡沒其他地方的氣氛那麼僵冷，愛往這兒跑也是情有可原。

「不是啊，是老叔說我可以待著的。」

「小姑娘，羅半哥累了，咱們得體貼一點嘛。」

庸醫似乎錯把羅半當成了羅半他哥的名字，但貓貓懶得糾正。

羅半他哥則不知是連續累了幾天沒力氣糾正還是沒發現，或者是已經習慣了。

（他可是第一功臣呢。）

照常理來想，這名男子不知從蝗災當中救出了幾萬人的性命，本人卻完全沒發現。

等事情平靜下來，再問問壬氏能不能給他些賞賜吧。

「話說回來，兩位在看什麼？」

貓貓探頭看看地圖。仔細一瞧，圖上寫了相當豐富的註解。每個地方的不同土質或是氣候等，都寫得鉅細靡遺。

「這是我出發去撲滅飛蝗時做註記的地圖。難得有這機會，我就把田地的特徵等都寫上去，但還缺了一半。」

（糟糕，這老兄太有用了。）

然後只會被人利用，功勞被人占去，吃力不討好。

貓貓心想，至少這次的事一定要讓他得到讚賞。

「看這地圖，您是在考慮該在哪兒栽培作物嗎？上次不是才做過？」

「這次人家找我商量，想知道具體來說哪個地域適合哪種作物。也不能老是向中央要飯嘛？考慮到存糧問題，我在想有哪些作物可以盡快收成。」

「薯類呢？」

「不能讓人家種不知道種不種得起來的東西。還得做個幾年實驗才行。」

看來他不會照羅半他爹那種作法。

「就種小麥不行嗎？把那些沒能收割的田也趕快割一割，重新播種的話呢？」

「小麥會種啊。但是，只會種在原本就預定種麥的田地。小麥連作會影響產量。」

「啊。」

這貓貓倒是忘了，她點點頭。

「連作？產量？」

庸醫還是一樣總是跟不上話題，但每次都在。

「豆類的話可以，問題是收成太慢了。縱使撇開這點不論好了……」

羅半他哥的腦袋裡，好像有一本農作物栽培曆似的。

「最大的問題是留種。」

「留種？就是留下種子？」

「對。都沒飯吃了，當然沒有餘力替明年留種。那樣吃完不就沒了？而且有的還拿來種芽菜。苜蓿的話還好，大豆或綠豆要是全被拿光就傷腦筋了。」

的確，如果連能種的種子都沒有，便一籌莫展了。

「所以呢，我正在想一些可以盡早收穫的作物與種麥子的田地。」

而這麼大規模的事情，本人的思維卻像是在改良附近田地，實在可怕。

羅半他哥似乎不是想請貓貓等人出主意，而是用說給人聽的方式整理想法。有時說是商量，卻根本不求對方想出解決辦法。

「還是得把產量、人口與土質也列入考量才行。但我就是不太喜歡算數。」

「要是羅半也在，計算起來就快了。」

「別跟我提起那個煩人眼鏡。」

羅半他哥回得冷淡。沒辦法，誰教比起行事精明的弟弟，這哥哥老是走霉運。

「他是你弟吧？」

「那對妳來說是哥哥嗎？」

總覺得再講下去只會變成鬥嘴，貓貓保持沉默，當作什麼也沒提過。

「對了，那傢伙怎麼都沒來信啊。」

「信？羅半前兩天不是有來信嗎？」

「只有阿爹給我捎信啦。羅半寫信還滿勤的，本來以為會來更多信的說。」

貓貓都收到了，羅半他哥也該收到才對。

附帶一提，庸醫好像總算知道羅半他哥不是羅半，而是羅半的哥哥了。但沒問羅半他哥叫什麼。

「……」

「怎麼啦？」

「沒有。」

無意間，貓貓想起數日前收到的信。當時她沒多想，看完就算了——

「請等我一下。」

「喔，好啊。」

貓貓前往自己位於二樓的房間。走進房間，便看到花瓶插了朵小花。年輕姑娘會喜歡的家具都搬走了，但庸醫偶爾會像這樣來擺點鮮花。

「就是這個。」

貓貓帶著裝信的盒子回來。

「這啥？」

「羅半寫給我的信。」

「……那小子，怎麼用這麼好的紙？」

「我本來以為是為了承受遠途運送。」

貓貓盯著羅半的信瞧，信紙背面貼了油紙做補強。一起寄來的姚兒與燕燕的信也用了同一種紙。

「我說啊，這信是怎麼回事？」

羅半他哥臉色非常難看。

『姚兒姑娘她們還在我家裡，妳覺得我該如何是好？』

他指著這段文字。

「如此如此這般這般。」

貓貓簡短地說起姚兒她們的事。

聽到這件事，羅半他哥露出了什麼樣的表情？眼角直豎，環眼圓睜，鼻孔翕動，一副青面獠牙的模樣。不只如此，頭頂上更是怒髮衝冠。

「噫咿咿～」

庸醫縮成一團。

老實說貓貓也吃了一驚，沒想到平凡無奇的羅半他哥居然會如此怒形於色。若是照著這模樣刻個木雕，鬼神像可能就完成了。

「……那個混帳……把我……把我趕到這種僻壞窮鄉，自己卻跟年輕的未婚姑娘廝混，而且還是兩個……」

有燕燕在絕不可能發生什麼錯誤，但就算解釋，現在的羅半他哥大概也聽不進去。

「從以前，就是這樣……總是後來才出現，把好處都搶去……」

見庸醫嚇得面無人色，貓貓捉住了正好經過的家鴨，把家鴨的一身羽毛按在羅半他哥的臉上。

（這叫家鴨療法。）

過了半晌，羅半他哥的神情恢復正常了。家鴨好像不願做白工，在跟庸醫討東西吃。

既然羅半他哥多少平靜下來了，那就言歸正傳。

「不過這文章看起來怪怪的，您說是吧？」

「有嗎～哪裡怪了～」

羅半他哥連講話方式都變了。他雖出身羅家，但相貌五官還算端正，然而現在變成了難以言喻的鬧彆扭表情。家鴨不行就只能用貓了，無奈這裡沒有三花毛球可用。

「如果不是『還』而是『又』我就懂，她們倆之前早就回宿舍了。」

「之前？現在這是第二次？」

「羅半他哥，請不要把您那張臉靠過來。」

「不准提到羅半這個名字！」

「是是是，知道了知道了。」

看來對羅半他哥而言，弟弟跟女子的關係是觸不得的逆鱗。

或許是姚兒她們因為姚兒叔父的一些事情，又回去羅半他家了。這不是沒有可能。可是別人也就算了，羅半有可能把「又」錯寫成「還」嗎？

（總覺得哪裡不對勁。）

貓貓盯著羅半的信紙瞧。信跟油紙黏得很牢，似乎無法剝開。不對——

（好像有被剝過的痕跡？）

儘管只有一點點，油紙的四個角有翹起的痕跡。

（是撕開後重新黏了回去？）

貓貓也檢查一下另外兩封信。

如果羅半的信有經過檢閱，其他的信也很可能被比照辦理。

貓貓仔細檢查文章，發現字跡暈開了。大概是後來才貼上油紙，把正面文字也弄溼了。

三封信……之前好像也做過什麼機關。

如果是姚兒與燕燕出的主意，兩者之間應該會有關聯。

（比方說無字天書……不對。）

既然貼了油紙，用火烘烤會燒掉。刻意貼上油紙，也許是想讓檢閱者確認貼起的部分，疏忽地以為書信內容未牽涉任何機密。若是如此，油紙就只是個幌子。

貓貓盯著信瞧。

羅半他哥也看著信。

庸醫想加入他們，所以也假裝在思考。

「……這真是羅半寄來的？」

「為何這麼問？是羅半的字呀。再怎麼傷心也得面對現實才行。」
「扯到哪去啦！不是在跟妳說那個，妳也知道那小子對數字的堅持吧？」
「知道。」
這她清楚到都煩了。
「妳不覺得這封信醜醜的嗎？」
羅半他哥攤開羅半的信。
「我沒看出什麼奇怪之處。」
「怎麼會？明明就很怪。那小子寫信時，大多只用縱五橫八尺寸的紙來寫。」
「不，這我哪知道啊。」
大概就是羅半所謂的優美比例吧。
很不巧，貓貓對羅半的信沒那麼大興趣。
「不就是紙沒了嗎？」
「不，妳不了解那小子對數字的異常執著。有一次我稍微剪壞了瀏海，我自己沒放在心上，那小子卻趁我睡覺時擅自幫我剪齊。說是差了指甲尖那麼點長度，就把我的頭髮剪到幾乎快變和尚，妳能體會我那心情嗎？那小子當時才五歲耶。」
「您一扯到弟弟就總是在倒楣呢。」

與其說弟弟，其實全家人都是。

「照羅半那種性子，用這種紙絕對有他的理由在。」

羅半他哥盯著信瞧。

貓貓把另外兩封信也拿起來看看。姚兒的信比羅半長，但沒燕燕那麼離譜。燕燕這封信長篇大論，字又只有米粒大，她不想看第二遍了。

不像羅半與姚兒的字跡大小剛好，容易閱讀。

貓貓無意間把羅半與姚兒的信疊起來看看。縱長相符，橫長剛好多出三倍。

兩人的文字大小均等，疊在一起位置都差不多。只有姚兒偶爾寫到激動處時，字跡大小才會略有差異。

「這是……」

「怎麼了？」

有不少科舉的考生或及第者會造訪煙花巷的綠青館。據他們所說，應試時最難熬的就是坐在狹窄地洞般的座位上抄書，一抄就是數日。貓貓想起那些必須寫得跟範本一樣優美均等的文字。

「縱與橫……」

不只是文字大小，連直排的字數都一個不差。

貓貓把姚兒與羅半這兩封信的邊緣對齊，將姚兒那封信與羅半信中「還」字位置對應的字挑出來。然後移動信紙，繼續挑出「還」對應的字。姚兒的信紙正好比羅半長了三倍。她依樣畫葫蘆再次挑出文字，把這些字連成句子。

「找、石、炭。」

「石炭？」

「是石炭，就是種可燃的石頭。視使用方式可以入藥，但聽說害處也很大。」

貓貓的養父羅門，知道藥物同時也是毒物。他總是盡量使用無害的藥，因此貓貓對石炭並不熟悉。

「所以石炭又怎麼了？」

「我不太清楚。不過為了以防萬一，還是呈報一聲吧。」

貓貓一面在心裡祈求只是偶然，一面把信放回盒子裡。

十一話　石炭場

「貓貓姑娘，貓貓姑娘。」

「什麼事，雀姊？」

兩人之間的這種對話已經成了常態。但雀姊很少會在一日差事結束後，趁著貓貓就寢前來訪。

「這麼晚了，有什麼事呢？」

「來來，聽羅半兄石炭一事的報告嘍～」

貓貓已向壬氏呈報過羅半的書信內容。

只是，既然雀這麼晚跑來，她已經猜出幾分結果了。

「其實呢，羅半兄沒幾封信寄到月君手裡呢。」

「果然。」

「大概每兩封就會有一封送到吧。可是就算路程再怎麼遙遠，給月君的信有一半都在路上出意外也太奇怪了，對吧？」

「有道理。」

換言之，也許是有人把羅半的信給銷毀了。

如果羅半是有事想傳達才會寄打啞謎的信給貓貓，一切就不難理解了。可以假設那只是信沒寄到壬氏手上時的防備，用的是誰都看不出來，只有貓貓等人能理解的方式。

「大概當成被我們注意到就算撿到吧。」

「看來是嘍。這得要貓貓姑娘與羅半他哥湊在一塊兒才能解讀，況且貓貓姑娘要是二話不說把羅半兄的信給吃了就沒意義了。」

「我沒誇張到會吃信啦。」

貓貓有時聽不太懂雀的玩笑話。

「是，但雀姊的山羊有時會吃。」

「妳還養著牠們對吧？」

「是，隨時都能喝到新鮮腥羶的羊乳唷。」

「聽起來不大好喝。每當晚膳端出山羊肉，我都以為妳把牠們宰了。」

「媽媽山羊生了小羊可以擠奶。小羊是公的，要做另一頭山羊姑娘的夫君。爸爸山羊去了很遠的地方。來來去去的，還是維持三頭羊。爸爸山羊會永遠活在雀姊的心中與肚子裡的。」

簡言之，好像就是吃了一頭。上回天祐支解的家畜也許就是了。

「好，言歸正傳吧。」

「有勞雀姊了。」

陪雀閒扯淡下去可能會一直聊到天亮。

「關於石炭，其實戌西州以前似乎也能採到，只是數量少。」

「是這樣啊。」

「是。只是，那已經是將近二十年前的事了，這幾年來沒有留下開採紀錄。」

總覺得聽起來不大對勁。

「既然是二十年前，結果該不會是要說沒留下紀錄吧？」

戌字一族是在十七年前遭到肅清。當時的案卷等等也皆因此付之一炬。

「就是這樣。或許管理石炭場的負責人員也是被肅清的對象之一吧。」

「那真是傷腦筋了。可是，那也應該有一些直接挖過石炭的工人吧？」

「關於這方面，雀姊猜想可能是在戰後被埋沒了。石炭也可能是因為開採量不值得期待，而遭到棄置——」

「既然如此……」

「——就當成是這樣，大家都方便嘛。」

雀說出的話別有玄機。

「貓貓姑娘，妳知道玉鶯老爺把壬總管與軍師老頭請去談話嗎？」

「不知道，也不想知道。」

貓貓堅定立場，先拒絕再說。

「弄了半天，玉鶯老爺似乎是想跟外國開戰喔。」

「問歸問，雀姊妳還是照講不誤嘛。」

「是，雀姊是一定會把消息分享給該知道的人的。」

這些內容貓貓一點也不想聽見。

難怪她挑晚上來房間找貓貓。庸醫要是聽見一定會哇哇叫。

「問題來了，他是想跟哪兒開戰呢？」

「哎呀，我聽不見——」

貓貓摀住耳朵，結果雀瞇起眼睛搔她的癢。

「啊，別這樣……」

被她這樣一搔，貓貓撐不住了靠到床邊。雀欺上來把她推倒。

貓貓沒辦法再摀住耳朵了。雀在她耳邊呢喃。

「目標似乎不是北亞連，而是砂歐喔。」

（真不想知道。）

雖然不想知道，但既然聽到了就想問個清楚。

「為何是砂歐？照理來說攻打那個國家，應該是弊多於利吧。當然，無論是侵略哪個國家都只能說是蠢到家了。」

「這個嘛，從好處來說，攻陷地方最近的城邑就能順便得到海港。能夠隨心所欲把持海港，好處可是很大的。要把作物運進國內就輕鬆多了。」

貓貓覺得作為理由不夠充分。

「還有，砂歐去年在巫女一事上闖了大禍，要找碴兒很容易。若是讓月君這位最大的苦主領軍，就更是名正言順了。」

那事乍看之下像是找碴兒，其實背地裡應該早把條件談妥了。只是，若能從前巫女口中問出機密，對進攻者來說會是一大優勢。不知玉鶯知不知道巫女還活著？不，應該不知道。

「此外，緊張失和的氣氛會讓人性情變得暴戾。如果把洩憤的矛頭從掌權者轉向外國，結果會是如何？在蝗災當中失去營生的百姓會去偷去搶。而這些落草為寇的人只要成了戰爭的棋子，軍師老頭一樣能運用自如。」

這以開戰的理由來說並不稀奇。只是，貓貓也不是傻子。

「可是雀姊，砂歐是中立國，攻打他們的話，其他國家不會坐視不管吧？」

「妳說得對，尤其是北亞連會非常為難。別以為一口氣攻陷了海港好像能奪得優勢，其實情勢還是不利。更何況軍費也不容小覷。」

雀輕盈地跳了起來。

「然後呢，如果石炭礦山就在這裡的西邊，妳猜怎麼著？」

「西邊……」

換言之就是與砂歐相鄰之地。

「石炭在荔國不常被用到，但在木材珍貴的地區，可是能代替木炭的寶貴燃料呢。」

「我也是這麼聽說的。」

貓貓沒實際用過所以不是很懂，但若是不用經過燒製就能直接作為燃料的石頭，感覺用途的確很廣。

「只是燒起來臭氣薰天，所以沒木炭那麼值得推廣就是了。」

阿爹羅門在留學過程中，似乎也燒過石炭。他說燃燒石炭時得到的副產物，既是毒物也是藥物。

只是如果開採費時費力，就沒有意義了。中央曾經依循太皇太后的旨意禁止砍伐森林，但比起石炭，木炭仍是更為物美價廉的燃料。

「哦，是什麼樣的臭味呢——？」

「嗯——我沒有聞過，人家跟我說是一種獨特的刺鼻臭味，聞過就會知道。燒燒看就知道了吧？」

貓貓繼續坐在床上看著雀。

「原來如此。那麼，假設當地石炭埋藏量豐富，可以從砂歐境內開採，而且還能用海路出口呢？再假設砂歐尚且不知山中有石炭，也不知道它有多大價值呢？不過好吧，最起碼多大價值他們應該知道吧。」

開戰與否，取決於能不能獲利。

「假如石炭還有其他用途，情況就會有更大轉變了；不過這事就先擺一邊。」

雀用雙手做出把東西放到旁邊的動作。

「這下我知道羅半為什麼叫我找了。」

貓貓頓時變得疲憊不堪。

羅半必定是獲得了某些消息，得知戌西州有石炭，於是找出了中央留存的戌西州相關案卷。查閱之下，如果他發現戌西州在紀錄上從未開採過石炭——

（這跟多報農作物產量可不能相提並論。）

像這樣的事情，的確不能讓來自中央的貴客知道。

（意思是他們瞞著朝廷私採石炭嗎？）

行。

若是如此，確實會有多餘的財力施捨作物歉收的農民。而且很難認為這是玉鶯的獨斷專

相較於貓貓冷汗直流，雀依然老神在在。

「雀姊。」

「什麼事，貓貓姑娘？」

「這些應該都不出推測的範圍吧。」

貓貓的座右銘是：不能用個人推測當作行動根據。這種時候更應該想起阿爹說過的話。

「是呀。可是，可疑的根據多得是唷。」

雀立刻一句話毀掉貓貓的希望。

「石炭場是危險場所對吧？所以可以想像當時應該使用了很多奴隸。沒錯，比方說，一些過去被賣作奴隸的識風部族倖存者。」

「……」

憑著雀廣大的消息來源，說不定已經向石炭場過去的相關人士打聽過了。玉鶯的母親是識風部族出身，也是經由雀的消息來源所得知。

「救同胞於水火之中，夠當成大義名分了吧。好一個正義之師。這不就構成了十七年前戌字一族被滅的理由了嗎？」

雀說的這些貓貓全沒聽進去。只有一件事占據她的腦海，那就是——

「雀姊。」

「請說請說。」

「假設有利可圖，壬總管真的會出兵嗎？」

雀只是笑容可掬。

「妳覺得他能作主嗎？」

雀用問題回答問題。

（不可能自己作主。）

雀笑得像是看穿了貓貓的心思。

「月君就是要活在和平時代，才能展翅高飛啦。」

雖不知道這話是褒是貶，總之貓貓稍微鬆了口氣。

十二話　桃美教子

壬氏用完早膳時，山豬般的男子……非也，是馬閃到來了。大概是看習慣了，即使家鴨坐在他頭上或肩膀上也已經見怪不怪。

「這是怎麼了？走路這麼大聲。」

桃美教訓兒子。照理來說應該有其他地方更該喝斥，看來桃美也見怪不怪了。

「母親！遇到這種狀況誰能沉得住氣啊。」

彷彿替馬閃幫腔似的，家鴨呱的一聲張開翅膀。

「誰是你母親了！讓你來這兒是來當差的！」

馬閃被桃美打了一掌。家鴨嚇得振翅飛走，然後直接跑出了房間。雖然很沒道理，但這就是高順一家的日常生活，所以莫可奈何。壬氏也早就習慣了。是習慣了，但心還是很累。

「哎呀哎呀。」

水蓮手掌貼著臉頰，事不關己地笑著，雀罕見地乖乖待著，生怕災難落到自己頭上來。

順便一提，馬良還是老樣子，躲在帷幔後頭不出來。聽得見翻動紙張的聲響，應該是在先幫

壬氏整理公務。

高順恰巧不在房裡。在的話大概會用天底下最難受的神情看著妻兒吧。

「馬閃，你要有身為武衛的自覺。下屬驚慌失措，會丟了主子的顏面。」

「可是桃美閣下，您對現在這種情況能坐視不管嗎！」

由於桃美說了不准叫母親，馬閃換了個稱呼。雀在憋笑。

「中央來的官員都沒說什麼，就只有西都那些官員欺人太甚！竟然笑著說『月君就是個有名無實的頭子，什麼事都不做。真該跟玉鶯好好看齊』！」

桃美的手又揮了過來，這次是反手拳。雀哀叫一聲，用手包住雙頰，縮起臉頰。馬良從帷幔縫隙裡探頭出來，大概是想看看怎麼回事吧，但純粹只是旁觀。

「講話放尊重點。再怎麼令人不齒，人家官階也比你高。要是別人拿這來跟你找碴，會害月君顏面掃地的。」

聽到桃美說「令人不齒」，壬氏就知道桃美其實也快按捺不住脾氣了。

不巧的是，壬氏在宦官時期對這類侮辱早已習以為常，全然無動於衷。

繼續讓母子吵下去也不是辦法，不得已壬氏只好出面解決。雖然也能讓水蓮來勸架，但水蓮只是盯著壬氏瞧，非得讓他來解決不可。

「你們倆該適可而止了。」

「『可是！』」

就只有這種時候，回話完全是同個調調。

「簡言之，就是我在西都的名聲不佳吧。這是早就知道的事，有何必要現在又多提？」

「可是，就連月君您的作為，都成了玉鶯……閣下的功勞。竊以為您應該在眾人面前表明立場才是。」

「……我去表明立場有什麼好處？」

「……」

眾人無不沉默。

壬氏先看著水蓮。

「那得再多加派護衛才行。」

接著看著桃美。

「基於立場，可能得先問過玉鶯閣下。」

看來桃美也只會稱玉鶯一聲「閣下」而非「老爺」。

「既然要慰問病患與傷患，是否該派醫官隨行？」

馬閃難得說了句人話。

「最近都把這事給忘了，但不知有多少人抗拒得了月君的容貌？恕我直言，恐怕還是繼續過著足不出戶的生活比較輕鬆吧？」

聽到雀這麼說，「唔！」眾人無不語塞。

「……微臣實在不願處理妻子或情人由於見了月君的身姿而變心之類的民怨。那種的最是讓胃裡翻攪。」

帷幔後頭傳出馬良嘀咕的聲音。

「……」

眾人無不沉默。

外頭的喧鬧聲傳進屋裡。今天大概又有哪裡起了爭執吧。

「那麼這樣如何？」

雀先開口了。雀從壬氏的衣箱裡取出一條衣帶，拿到馬閃面前。

「噢，是這個意思啊。」

水蓮似乎光看這樣就知道她想說什麼了。

「這是做什麼？什麼意思？」

馬閃似乎還沒跟上狀況，歪頭不解。

雀咧嘴一笑。

「用不著月君去出頭露面，只要看起來像是月君有在做事就沒問題了吧。」

壬氏也聽懂雀的意思了。

「馬閃。」

「是，月君有何吩咐？」

「那條衣帶是你的了。你立刻繫上它，代我去做點事吧。」

「嗄啊？」

馬閃當場愣住，盯著衣帶瞧。

十三話　慰問

第四十九天。

又送來了一批藥草，但還是不夠用。用來代替茶葉的蒲公英也沒了。

第五十天。

輪到貓貓他們給白布條消毒了。布條已經破破爛爛，不堪使用。得多找些不要了的布來才行。

第五十一天。

雀要貓貓明天空出一天。

第五十二天。

在西都的廣場附近，一棟以空房子改建而成的屋子成了簡便的病坊。還沒開始看診就已經大排長龍。

據說這裡免費醫治在蝗災騷動中受傷或生病的人。加上位置鄰近施膳處，病坊門庭若市。

「咪咪也來幫忙啦？」

還以為是誰在說話，原來是李醫官。就是一位性情莫名地一板一眼又不知變通的中堅醫官。但他記錯了貓貓的名字。

楊醫官、李醫官與天祐都在這病坊裡為傷病患看診。是壬氏做的裁奪。

「小女子是貓貓。」

「……貓貓嗎？」

「是貓貓。」

看來對方願意改口。下次見到劉醫官時，也跟他更正一下好了。並沒有某種像羅半他哥那樣的強制力量來作梗。

（聽到要前往西都時，本來還有些擔心……）

這位個性認真的醫官如今被太陽曬得黝黑，可能是一連勞動了幾日的關係，臉頰有些凹陷。但給人的印象與其說是消瘦更像是變得精悍，起初那種白面書生的氣質中添了點粗獷。

「小女子領月君之命，來當助手。虞淵大人不便離開月君身邊，因此由我代為前來。」

貓貓也是有長進的，她已經記住庸醫的名字了。

（雖然庸醫正在糊里糊塗地當阿爹的替身……）

反正這房間裡除了貓貓，就只有擔任護衛的李白、雀、馬閃與李醫官四人，說出口應該也不妨事。雖然只是致個意，把患者擺第二還是讓貓貓過意不去。

附帶一提，之所以由貓貓開口是因為馬閃早已致過意了。馬閃神色侷促地在病坊裡東看西看。房間外頭尚有兩名護衛保護馬閃，坦白講這種氣氛也讓人沒辦法說馬閃不需要護衛。

（當然會坐立難安了。）

馬閃身上不是平素的武官服，換上了比較入時的穿著。而且腰上繫著壬氏賞賜的衣帶。那種用貝殼染成的鮮紫絕非庶民所能入手之物，最適合用來明示自己的身分地位。

換言之，他是代替壬氏來慰問民眾的。

（說是慰問……）

但貓貓覺得做事要看適任與否，只是在這種狀況下，壬氏也不便出頭露面。

李醫官看著貓貓。

「關於藥品，我聽天祐說妳帶頭做了一些。」

「這樣啊。」

貓貓心裡做好防備，等著聽他抱怨像樣的藥不夠多。

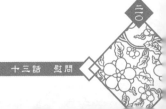

「送來的藥都還堪用，以替代品來說已經盡力了。」

看來算是在嘉許她。

「有沒有什麼事是小女子能幫忙的？」

「要做的事情多得是，像是洗滌煮沸白布條，還要醫治這些每天鬥武鬧事的傷患。除此之外，也開始有人罹患營養失調造成的壞血病與腳氣病等。」

「我明白了。以治療傷患為第一優先對吧？」

貓貓放下隨身物品，洗了手。營養失調她幫不上忙。

「那麼我去洗白布條嘍。」

雀從旁冒出來說道。

「那我該做什麼？」

「請侍衛安靜地坐著就好，這樣最有幫助。」

李醫官眼神有些嚇人地回答。

「好，不過椅子就免了。」

李白到門口站著。

「那、那我……」

馬閃由於自己的立場與平時不同，一副無處容身的模樣。他看著李醫官，等著直接聽命行事。

「我想想，馬侍衛您……」

本身謹守法規的李醫官似乎不太敢回答。看得出來他很緊張，生怕下這命令會變成犯上。

（怎麼說馬閃也是賜字一族出身嘛。）

而且既是壬氏的副手，官位也必定高出李醫官一大截。

「不如就請馬侍衛在這裡坐下，將藥交給患者如何？藥方我來開，請馬侍衛將藥品裝進袋中交給患者。」

「知道了。」

既然不能叫他做太複雜的差事或勞動，就只能這麼妥協了。

「還請馬侍衛給藥時慰勞患者兩句。」

「該、該說什麼才好？」

「嗯——您可以說『希望茘國百姓都能過得健康』呀。如果讓馬侍衛說『請保重』，感覺好像怪怪的。」

雀插嘴道。即使對小叔也還是尊稱一聲侍衛。

「說得有理。尤其是『茘國百姓』這幾個字還請一定要提到。」

李醫官這話，讓貓貓感覺有些奇怪。

「請問楊醫官現在人在何處？」

貓貓向李醫官問道。

「大人他去給一些來不了病坊的患者巡診了。那位大人原為西都出身，熟悉這兒的地理嘛。」

「是這樣啊。」

李醫官講起楊醫官，口氣似乎微微帶刺。

「楊醫官做了什麼嗎？總覺得您似乎對他略有微詞。」

貓貓忍不住嘴直地問了一句。她也覺得平時這樣多問的話很失禮，但這時的李醫官一副就是想找人吐苦水的表情。

「楊醫官並非玉鶯老爺的親屬，然而患者可不這麼想。楊醫官是值得尊敬的醫官，卻不了解政治權謀。這就是我想講的。」

貓貓捶了一下手心，這才恍然大悟。也就是說，西都人把楊醫官當成了玉鶯的親族，楊醫官雖然無意冒充，但也沒特別去否認。

楊醫官做得越多，被當成親族的玉鶯就越是受到讚賞，而不是壬氏。

（可能找錯人選了。）

不對，當初選出的就是最好的人員。只是時機不巧罷了。
說到人選，讓貓貓聯想起了天祐這個人。
「天祐兄呢？」
「今天陪楊醫官巡診。需要他動刀與縫合傷口的本事。」
貓貓也知道他是真的本領了得，替玉鶯孫女動的手術無可挑剔。孫女手術動完到現在，貓貓已經替她拔了線，不再出診了。
看來天祐因為年紀最輕，被使喚著做了很多事情。
「那麼患者都在等著，差不多可以給病坊開門了吧？」
李醫官這麼說，貓貓等人都點頭。

李醫官說得對，病坊忙到誰來幫忙都高興。看來僅僅只是能夠免費就醫，就已經是相當寶貴的機會了。而且還有當差的武官們順路造訪，忙得沒空休息。
主要的診療交給李醫官來，貓貓等人照著李醫官的指示做事。診療出病因後，再由貓貓包紮傷口或是開藥。
馬閃顯得侷促不安，但把藥袋拿給患者時並沒忘記出言慰問。貓貓看他漸漸上手了，就拿紙跟剪刀給他想請他幫忙剪包藥紙，結果他還真的剪了。似乎是覺得大家都在忙，有事做總比閒著好。只是做這種侍女的差事不太好看，所以都是請他避開患者的目光做。

（其實還是做得來的嘛。）

一般文官的差事馬閃也做得來。只是身為壬氏的副手會被認為比別人能幹三倍才說得過去，總是被比來比去的著實值得同情。縱然考慮到武官才是他的本分，還是有種身為皇弟直屬部下本來就該有那本事的氛圍。

恐怕是因為高順做起這些事來總是毫不費力吧。

令人不解的是雀雖然常常多做一些搞怪又無益的動作，做起事來卻很俐落。累積了一大堆的白布條，她一個上午就洗滌消毒完畢，後來就幫忙貓貓做事，又開始用現有的材料煮飯。偶爾還會給孩童患者變些戲法，逗他們開心。

最清閒的是李白，就只是作為護衛站在門口。其餘兩名護衛偶爾會被雀使喚，但李白就真的只是站著。

「我完全成了個木偶了。」

李白笑著說，但坦白講非常有幫助。儘管現在變得粗獷了點，李醫官比起西都百姓仍然相當細瘦。聽說之前還有不少地痞流氓拿看病當藉口來鬧事。門口光是站個六尺三寸（一百八十九公分）以上的大漢，就能形成相當好的嚇阻。有任何患者想找人麻煩，他都是一言不發直接上前，幫了很大的忙。

如果只是找李醫官或貓貓的碴還好，要是去招惹馬閃就麻煩了。他是代表壬氏前來，性情急躁會壞事，更重要的是誰敢無故挑毛病，倒大楣的是那人自己。

那些人論本事不可能贏過馬閃，斷一、兩根骨頭都還算是輕傷了。而且雖不知西都刑罰規定如何，但好歹也是皇族專使，嚴重起來搞不好要殺頭。

忙著忙著，楊醫官與天祐回來了。

「我們回來啦！」

楊醫官打的招呼活像是回到自己的家，淺黑的膚色還真猶如當地人。顯得有些疲倦的天祐從他背後出現。

「恭迎老爺回府。您要先看診、用膳，還是看診？」

不知疲倦為何物的雀第一個回話。乍聽之下像是慰勞，結果還是在叫人做事。

「是很想吃飯，但李醫官還沒吃吧？」

「嗄，不能就開飯嗎？」

天祐看起來很累。右手拿著治療器具，左手拎著布包。雖然這男的既囂張又讓人生氣，腦袋裡不知道在想什麼，但似乎還是鬥不過像楊醫官這樣的上司。老實講，貓貓心裡覺得很痛快。

「那就吃飯吧。從現在開始算起，限於兩刻鐘內吃完。」

雀拍了兩下手。不知何時輪到她來管事了。

「好耶，有什麼菜？」

「哪裡有什麼菜？太奢侈了。是有什麼放什麼的雀姊特製炒飯，加了點本來想當下酒菜的珍藏江瑤柱提味。」

雀姊挺直腰桿，拿著炒勺與盤子擺姿勢。說是有什麼剩的都加進去了，但也放了佐料與雞蛋下去一起炒，令人食指大動。

她說過她喜歡吃飯勝過煮飯，但廚藝還是有的。

「附帶一提，飲料只有葡萄汁或山羊奶。水有點濁，還是別喝為妙。」

沒辦法，井裡滿是飛蝗浮屍。雀都是用竹筐把水過濾了才洗衣服。

（或許也該分配乾淨的水給大家喝。）

喝腐壞的生水會腹瀉。止瀉藥之所以用得快，也許原因出在水上。

（把水過濾一下，能煮滾的話更好。）

其實在西都清洗並煮沸白布條，是相當奢侈的一件事。此地無論是水或燃料，都比中央珍貴多了。水無需贅言，就連燃料也很少用到木柴或木炭，常常都是家畜糞便。

（石炭啊……）

假設中央只把它當成木柴或木炭的替代品，這跟戌西州對價值的認知也許大有差異。

（為了使用它不惜挖山取炭，好處是什麼？）

金礦或銀礦無可取代，所以非挖不可。但樹木隨處可得，中央無意開採只有同等價值的石炭。而戌西州想要光靠家畜糞便不夠供應的燃料。

的確有它的好處。只是——

（作為開戰的理由，似乎還有其他事情。）

貓貓正在沉吟時，有人拍了一下她的肩膀。

「貓貓姑娘，貓貓姑娘，妳怎麼好像常常陷入沉思，魂不守舍的呢～？」

「雀姊，雀姊，我真的這麼常恍神嗎？」

「與其說恍神，不如說常常都說出口了。」

「……」

貓貓默默地伸手遮嘴。

「好了，貓貓姑娘也來吃飯吧。楊醫官好像有事要跟馬閃小叔說。」

「哦，聽起來似乎是麻煩事。」

「是，聽起來似乎很有意思。」

她跟雀對事情時常有不同解釋。

放了炒飯的餐桌旁，坐著笑容可掬的楊醫官與垮著臉的馬閃。天祐一臉饞相，但兩人不開動他就不能吃。沒想到天祐也懂點禮貌。

「哈哈哈，馬閃閣下當專使啊。」

「哪裡好笑了？」

楊醫官與馬閃才剛見面就鬧得氣氛不愉快。早知道或許該把家鴨帶來緩和氣氛才好。

貓貓用手肘頂頂雀。

「怎麼了？」

「他們倆認識嗎？」

「沒有，就我所知應該是頭一次碰面。」

兩人竊竊私語。

「楊醫官是個什麼樣的人？」

「不曉得耶～雀姊也想打聽到消息～」

「別賣關子了，跟我說吧。下次我會提議上街蹓躂的。」

「哦，那可真吸引人！」

貓貓外出時雀都會跟來。雀似乎很喜歡在外頭閒逛，貓貓就知道她聽了會感興趣。

「楊醫官這人相當活潑開朗，但做事認真，表裡如一，跟誰都能立刻打成一片。可是坦白講，像他這樣的人跟我家夫君一輩子都不可能結為知己。就是屬於光明面的那種人。」

雀的夫君也就是馬閃的哥哥，到現在連出來見貓貓都不肯。要是被那種與人沒距離的類型靠近，大概會瀕臨發狂吧。

「既然說表裡如一，就表示……」

「李醫官說得對，他似乎對政治權謀不感興趣。熟悉西都的氣候與風土，又有醫術知識，而且還是個對權謀術數不感興趣的人物，這麼好的人選本來是沒有第二個的。」

她說成「本來是」，其中含有人算不如天算的意味。

「沒想到忽然發生蝗災，月君又不在乎自己在外頭的名聲，然後還有個在當地廣受民眾愛戴的玉袁老爺長子，這種事情誰料得到嘛。」

「那麼，楊醫官呢？」

「嗯，他絕不是會背叛月君的那種人。」

聽到雀這麼說，貓貓不知為何鬆了口氣。但就算貓貓放心，還有一個人無法接受。

「敢問醫官這麼做用意何在？」

馬閃故作鎮定，但鼻孔微微張大。

「什麼用意？」

楊醫官的神情像是真心不懂這話的意思。

「您是奉月君之命才來到西都的。但是請您告訴我，月君在西都的名聲如何？施膳的米糧不用說，能開這間病坊不也是拜月君所賜嗎？」

「說得對，月君真是慧眼獨具。發生了這麼大的蝗災，西都卻能這樣平靜度日，讓我深覺月君真是英明。」

楊醫官真心誠意地讚賞壬氏，而且還不經意地說出了一件重要的事。

「聽醫官口氣如此冷靜，好像您親身經歷過蝗災一樣。」

馬閃替貓貓問了她想問的事。貓貓在心中叫好，給馬閃鼓掌。

「豈止有過經歷，都不只一次了。」

「楊醫官您經歷過蝗災？不只一次？這數十年來不是都沒發生過蝗災嗎？」

「哪裡沒發生了？只是規模沒大到要跟中央呈報罷了。」

楊醫官的說法確實不算誇張。但馬閃繼續追問：

「隱瞞不報豈不是怠忽職守嗎？」

「怠忽職守？那麼我請教馬閃閣下，究竟要有多少穀物被蟲子吃了，才能稱為蝗災？」

「……到了食不充飢的地步不就是了？」

「何謂食不充飢？麥子自己夠吃就不成問題了嗎？有其他東西可賣，能彌補損失就不成問題了？那麼，假如耕種面積加倍，但遭逢蝗災使得收穫量最後與往年相同呢？」

「唔，這……」

馬閃語塞了。

楊醫官不愧是上級醫官，非常聰明。他講得像是打比方，但應該是曾經發生過的實際例子。

即使收穫量不變，耕種面積擴大就需要更多的勞動力與經費。但如果什麼補助也沒有，只是一律比照去年收取同樣稅額，農民生活自然會變得困苦。

「荔國幅員廣大，但也因為廣大，使得中央對西方邊陲鞭長莫及。假若朝廷只看數字上的收穫量，西都即使呈報蝗災發生也無人理睬。既然如此，就只能由戌西州內部自行解決，竊以為這是不言自明的事。」

楊醫官表裡如一，所以面對馬閃，講話照樣心直口快。

（原來楊醫官也是這麼覺得？）

壬氏在西都之所以遭到批評，一大原因似乎是當地百姓認定了中央什麼忙都不會幫。

「但是，月君的所作所為是真的很公道。讓我想起了戌字一族。」

「戌字一族？」

貓貓忍不住問了出口。

「是啊，妳知道那個家族？」

楊醫官並不介意貓貓插嘴。馬閃可能得先把腦袋裡打的一堆結解開才能回來繼續論事，於是貓貓來代替他開口。

「這樣吧，我們邊吃邊聊如何？喏，開飯吧。」

「吃飯！」

天祐臉上寫著「總算能吃上飯了」。他剛才一直沒說話，也許是因為已經累到沒力氣了。

「戌字一族每當蝗災發生時，總是會出來帶領人民，指示救災。」

「……恕我失禮，但他們不是逆賊嗎？」

「逆賊？哼，好吧，就算真的做了什麼，我看那也是為了戌西州。至少就我所知，那個家族沒有一個人有叛心。」

楊醫官用湯匙舀起炒飯往嘴裡送。

「戌字一族都是些什麼樣的人？」

貓貓也吃了一口。米飯與雞蛋粒粒分明，而且調味下得很足，佐料與江瑤柱也都鮮香有味。她悄悄豎起大拇指稱讚雀。

「個個都是美女啊，經過身邊時那可是香氣襲人。」

「香氣襲人……不過我也聽說她們是女系家族。」

「對對對，戌字一族正是女系家族。茘的建國傳說不也提到過王母的故事嗎？像那樣的女中豪傑，就算有個同性的女英豪成為心腹也不奇怪吧。所以戌字一族就是王母心腹的後裔了。」

貓貓聽到沒心情吃飯。天祐可能是對這故事沒興趣，專心吃他的飯。

「真佩服妳知道她們是女系，年輕小夥子對戌字一族幾乎是一問三不知耶。」

楊醫官坦率地表示佩服。

「我也知道喔～」

「我也知道。」

這對侍奉皇族的人來說，應該是一定會學到的常識。但大多數的中央百姓，不會去關心治理遙遠西域的領主是什麼人。如果已經被滅就更無人聞問了。

「大概正因為是女子才能強悍地守住邊疆吧。戌字一族不招人為婿，但生下的總是帶有異國神貌的漂亮娃兒。據說戌字一族生下的孩子，女的將來會成為領主，男的則會被送出去遊歷四方。」

也就是說她們是因為反覆與異族通婚才會生下美人，同時也對外國達到牽制之效？

「她們和巫女之國砂歐相處十分融洽。不過，即使同樣都是女子，與人稱女皇的太皇太后或許就沒那麼投緣了。」

「關於女人之間的糾紛恕我不予置評。」

不過，還真是聽到了令人意外的事。壬氏也從來不提，所以說不定真的就只有貓貓一人全然不知情。

「那麼楊醫官，請問您十七年前人在何方？」

「很不巧，當年我已經在中央做醫官了。」

「這樣啊。」

貓貓與楊醫官談話時，馬閃似乎把炒飯吃完了，猛地擱下湯匙。吃飯似乎有助於他解開腦袋裡打的一堆結。

「我明白楊醫官的意思了，姑且當作月君是在替至今束手旁觀的中央還債吧。只是，關於目前月君的功績全落入了楊玉鶯閣下手裡一事，我有些不能苟同。楊醫官，您也是幫凶之一。」

「幫凶？您說我嗎？」

「您出身西都又同為楊姓，您做任何事都會歸功於玉鶯閣下。」

「真的嗎？」

楊醫官向天祐作確認。

「呃——李醫官也有說過，要我們先聲明自己『來自中央』再開始診治。我本來以為那句話的意思是我們是奉月君之命在行醫。」

天祐懶洋洋地回答。臉頰還黏著飯粒。

「要我說自己『來自中央』豈不是很奇怪嗎？我是這兒的出身，而且來看診的熟人還不少耶。」

「那您補一句『依皇弟之命』不就得了？」

「那樣講的話，怎麼說……好像成了皇族的近侍，不是怪難為情的嗎？」

「嗄？」

這位老兄在說什麼啊？也就是說上京之後飛黃騰達要衣錦還鄉了，被熟人讚美卻會不好意思？

「貓貓姑娘，貓貓姑娘，我可以把楊醫官跟庸醫叔歸到同一類別嗎？」

「就算都歸到『討喜老叔』一類性質仍有點不同，我看還是分開來吧。我想醫官大人分類上應該比較接近家鴨等。」

「我明白了。」

貓貓可以想像雀所說的類別是什麼類別。

「真要說的話，當地人應該分得出舊楊家與新楊家的差別吧？」

「舊楊家？新楊家？」

貓貓偏頭不解。

「行醫的楊家是舊楊家，玉袁老爺他們是新來乍到的楊家。雖說如今新楊家似乎子孫滿堂，但當初來到此地時，還只有玉袁老爺、夫人與年紀尚小的長子。佣人倒是不少就是了。」

「不不，即使是當地民眾，沒超過四十歲應該不會知道這些吧？」

尋常百姓的壽命大多在五十上下，四十幾歲的人並不多。

更何況玉袁家族是西都的代表人物。對年輕人而言，講到楊家當然就是玉袁或玉鶯。

「這樣啊，都是這樣看的嗎？」

「我本來以為他們是當地望族，沒想到家族世代這麼淺。」

「他們好像從以前就會順道來此逗留做買賣，是到了那時候才住下來。更確切的時期就得看版籍才知道了。」

「版籍沒得瞧，都燒掉了。」

雀邊喝山羊奶邊回話。

「那就沒轍啦。」

「總之就是這樣，請醫官不忘告知患者您是在月君的指示下行醫。」

雀代替馬閃，把最主要的意旨清楚告訴他。

「……不說不行嗎？」

堂堂一個七尺之軀，還低眉垂眼地這麼說。

「楊醫官，地痞流氓都嚇不著您了，我不懂就這麼點事有什麼好害臊的？」

「天祐，你少多嘴。」

看來這位醫官醫術是很了得，但一讓他出風頭就害羞了。或許是因為上司是只看實力的劉醫官，他才能當到上級醫官。

「打擾一下——」

有一雙半睜的眼睛瞪著貓貓他們。

「飯吃完了就快點跟我換班，好嗎？」

一臉哀怨的李醫官，從門縫裡盯著他們瞧。

十四話　天祐

眾人針對如何解決楊醫官的怕羞問題商議一番之後，最後的解決辦法是請壬氏賞賜點東西給他。

「好吧，只是穿戴在身上的話還好啦！」

楊醫官也接受了。

貓貓覺得這樣反而更容易成為拍馬屁的對象，但本人可能沒想到。

（給他個衣帶或玉環就是了。）

李醫官也沾光得到賞賜，但對此惶恐不已。看診結束後眾人對他提及此事，他卻力辭不受。

「沒、沒必要連我也領賞吧！」

「喂喂，淨丟給我一個人啊？」

楊醫官纏著李醫官瞎鬧。李醫官煩不勝煩地看著這位上司。

「只有兩位能領賞嗎？」

天祐插嘴道。

「李醫官不收，那就給我好了。反正都姓『李』嘛。」

李醫官與天祐同姓，很容易搞混。再者，貓貓不可能知道李醫官叫什麼名字。附帶一提，他們這兒還有李白這號人物，所以在座就有三位李兄。

「沒你的份！」

李醫官生氣地說。大概是上司下屬都是些奇葩，就不免要吃苦吧。

「那麼，時候不早了，都回去歇著吧。」

下午的診療也結束了，雀開始收拾隨身物品。說來說去這位侍女還是能幹，房間也已經幫忙整理好了。

「請問一下——這布包是什麼東西？」

雀詢問道。記得是天祐白天帶回來的。

「啊，那個啊……」

天祐想從雀手中接過布包，一不小心弄掉了。裡頭的東西滾了出來。

「……」

眾人啞然無言。幸好馬閃與其他護衛剛好離席去解手了。

「我說啊，小姑娘。」

李白面色嚴肅地看著天祐。

「我是不是該把這傢伙捉拿起來？」

李白的眼神是認真的。

「不，還是先把事情問清楚吧。」

貓貓又看了一次從布包裡掉出來的東西。那是一條人的手臂。就只有一條手臂，人體的一部分掉在地板上。雖然血腥恐怖到了極點，但在場只有幾位醫官與貓貓、李白還有雀。

「這條手臂是哪來的？」

「啊——你們看嘛，這斷口已經接不回去了不是嗎？」

天祐撿起手臂，隨手就把斷口對著眾人眼前。的確皮肉已經破爛，就算縫回去也不可能成功接回。

「有塊招牌的綁繩被飛蝗咬斷，掉下來把人的手臂砍斷了。原主說不要了，我就領回來了。」

「什麼領回來……」

患者斷了手臂，心情想必正絕望得很。貓貓認為人家讓他拿走，應該是希望他能代為好好埋葬——

「咪咪也來一起解剖……」

天祐話說到一半，李醫官便把斷臂沒收去了，然後對著天祐的頭頂就是一拳。

（哦，真夠凶悍。）

「痛死了～我不過就是想多學著點……」

「少跟我囉嗦，這拿去好好埋了！還有，這種東西別放著不管！不怕發臭啊！」

「啊——」

天祐依依不捨地看著李醫官的背影。

（李醫官變堅強了呢。）

一個人在瀕臨極限時，有時能脫胎換骨。李醫官原本是個心靈搖搖欲墜的人，想不到竟變得如此令人刮目相看。不，如果是劉醫官早就看出他有天分才挑中他，那就太厲害了。

相較之下，天祐在這種狀況當中雖然有點嚇人，但遇事不為所動的心志或許倒是值得稱讚。還有，絕對不能賞賜任何東西給這傢伙。

天祐被李醫官拖著，去埋手臂了。病坊不再收患者，只等兩人回來。要是被患者瞧見兩名醫官在掩埋人的手臂，西都百姓不知道會如何議論。他們請一位護衛去站崗，避免掩埋時被人看見。

楊醫官笑咪咪地看著李白與雀。

「方才的事你們就當作沒看見啊。」

「是，雀姊不會多嘴長舌。」
「明白了。」
醫官們進行解剖是犯禁忌，自然得保密。這兩人想必是明理人。
貓貓看著面帶笑容堵人嘴巴的楊醫官。
「嗯？怎麼了，咪咪？」
「小女子不叫咪咪，叫貓貓。」
「是喔？知道了，貓貓是吧，貓貓。好，我記住了。所以怎麼了嗎？」
「也沒什麼，只是覺得您似乎很照顧新進醫官。」
貓貓不禁講得帶點酸味。但楊醫官沒有不高興，還是笑咪咪的。
「噢，妳說天祐嗎？因為是我和劉醫官讓那小子習醫的，所以覺得自己得負點責任。天祐動不動就把投門路掛在嘴上，但其實他才是最靠人提拔的那一個。」
楊醫官雙臂抱胸點點頭。
「楊醫官與劉醫官讓他習醫？投門路？」
貓貓偏著頭。
「哦，妳不知道嗎？」
「因為天祐兄比較屬於愛管他人閒事的性情，但不愛多聊自個兒的事。」

貓貓也沒打算問。

「那麼為了今後方便，妳想聽聽那小子的身世嗎？」

楊醫官一邊收拾出診用具一邊說了。

「跟我說沒關係嗎？」

「照天祐那性子，應該只是沒被問到所以才沒說吧。」

「的確。」

貓貓在這方面也有共通之處，沒資格說別人。

「那小子家中是獵戶。劉醫官和我去要熊膽時，看到一個還沒加元服的小孩，一個人在那兒支解一頭熊。那種面不改色、準確地只割取所需臟腑的本事，就連劉醫官看了也吃驚。那小毛頭就是天祐。」

劉醫官邊說話邊做事，因此貓貓也邊做藥邊聽。

「但若是這樣發掘了他的才華而提拔成為醫官……我覺得那算是實力，不能說是投門路。」

「不，就某種意味來說，確實是投門路沒錯。當時我對他那做獵師的爹半開玩笑地提了一下，說『不如讓你兒子做醫官吧』，結果他爹霎時臉色發青、渾身哆嗦。的確，假若知道醫官背地裡當的是什麼差，或許是會覺得這玩笑不能亂開。但那種害怕的反應實在太不尋常了。」

（一聽到做醫官就害怕？）

看在一般人眼裡確實是令人作嘔的行為沒錯。但貓貓以為若是獵師，應該會比較能夠諒解。

「我問他為何驚恐，他非但不說，還立刻趕我們走。」

「這是怎麼回事？」

「不得已我們正要離開時，天祐追上來了。說是不顧他爹反對要離家出走，請我們收他為徒。當然貓貓妳也知道，劉醫官不是會隨便答應這種事的人，對吧？」

（的確。）

那場面彷彿歷歷在目。

「但天祐說了。『我是華陀後人，醫官不就是我的天職嗎？』」

「他說華陀嗎？」

貓貓不由得放下手邊的事，看著楊醫官。

「對，不是傳說中的名醫，而是過去曾出於對知識的好奇而切開皇子的遺體，被處死的那個華陀。既然要跟醫官做同樣的差事，這事妳也有聽過吧？」

「聽過。」

過去那位醫官由於醫術舉世無匹，被美譽為華陀。然而儘管身懷神技與上進心，卻因為人性面輸給了好奇心而被處死。

的確如果是實際存在的人物，即使子孫還活著也不奇怪。同時，子孫也會警惕自己不重蹈祖先的覆轍。

「華陀的子孫後來成了獵師？」

「沒什麼好奇怪的。醫官的修業與蒐集藥材，向來都有獵師參與。就算說獵師的女兒與華陀有了男女之情也不見得是假話，況且要欺世盜名，也該挑個更像樣的對象才是。」

經他這麼一說，貓貓也覺得能夠理解。

「因為天祐是華陀的子孫，所以才收他做醫官？」

「不，並非如此。就算天賦異稟或者真是華陀後人，我們也不會擅自讓人成為醫官。要說理由的話，就是他那雙眼睛吧。」

楊醫官大嘆一口氣，手裡拿著被人體脂肪弄髒的小刀。想必是出診時用到了。

「劉醫官說了，如果他就這樣一輩子靠打獵維生，遲早會把人當成熊或鹿來支解。」

「……」

貓貓無法否定。她甚至還有種預感，覺得天祐一定會那樣做。

「人初生順從欲望而活，爾後經過哺育教化，方知倫理。即使如此，還是有人不敵欲望。」

楊醫官把小刀擦乾淨，放進籃子裡。

「天祐是贏不過好奇欲望的人。劉醫官認定他一旦對獸類厭倦，就會對人出手。一個獨居深山的獵師，確實有辦法不為人知地支解幾具人體。」

「就算當了醫官，不也有問題嗎？」

貓貓誠實地問。

「照劉醫官的說法是，那要看怎麼開導。別擔心，加以循循善誘就是了。醫官他雖然為人嚴厲，說來說去還是挺仁慈的。」

「真的嗎？」

貓貓覺得半信半疑，但對天祐的身世倒是恍然大悟了。

「您為何跟我說這些？」

貓貓論立場不過是醫佐，沒必要跟她說這些才是。

「沒什麼，只是看到羅門兄教導有方，想聊兩句罷了。」

（他認識阿爹啊？）

楊醫官已擔任醫官多年，即便與羅門認識也不奇怪。

（我要不是被阿爹養大，搞不好看在別人眼裡也是那樣。）

貓貓不想承認，但天祐跟她在某方面上性情確有共通之處。若不是羅門在煙花巷開藥舖教導貓貓，真不知自己會長成個什麼樣的人。

「好，差不多埋好了吧。可以回去了。」

「是。」

貓貓也整理東西準備離開。

天祐垂頭喪氣、無精打采地回來了，但貓貓並不特別同情，只想踹他的屁股叫他快點回去。

慰問之行乍看之下像是順利結束。但就像人家說的，萬事常於幾成而敗之。

貓貓一走出病坊，事情就發生了。

「小姑娘！」

李白冷不防地抱起貓貓往後退。

一團泥巴掉在貓貓腳邊，砸了個稀巴爛。

「是你們把蟲子帶來的！都是你們害的！」

是小孩子的聲音。貓貓四處張望，想找到說話的人。

「貓貓姑娘。」

雀就站在她後面。

「我看清楚那人的長相了，現在要逮住也行，妳覺得呢？」

雀之所以問貓貓，是因為泥團子是往貓貓扔來的。

（幸虧是我。）

大概是挑上了看起來最遲鈍的貓貓吧，但幸好不是馬閃。

「反正也沒扔中，雀姊就別麻煩了。」

貓貓用眼神示意：千萬別去捉人。

「明白了。」

這對雀來說應該也是最輕鬆的選擇。一時氣不過把小孩子捉起來，又能怎麼樣呢？一旦捉到了人，就非得處罰不可。倘若打兩下屁股嚇唬嚇唬就好是無妨，但萬一鬧到最後變成是對皇弟專使的貼身侍女施暴，少說不打個一百下不會放人。

那樣貓貓心裡會不舒服，雀想必也是一樣。

（雖然只要我要求，雀姊應該會照辦。）

但沒必要就別旁生枝節了。

貓貓自知這樣太心軟，但她感覺世間也需要這樣的心軟。

（那孩子說：是你們把蟲子帶來的。）

「可是蟲子是自西邊飛來的呀。」

這樣說不通。

「是呀，我們是打東邊來的。」

雀也跟著回話。

小孩子所說的「把蟲子帶來」並不是這個意思。

對於深信吉凶或詛咒的人來說，本來不在的人來到西都，又湊巧發生了蝗災，就會變成是來訪者的錯。

坦白講，貓貓也很想解釋清楚讓對方信服。但恐怕對方不會諒解，也根本無意諒解。

「真是劍拔弩張啊——」

貓貓側眼看著那團泥巴，往馬車走去。

十五話　暴動

火花嗶剝嗶剝地響。

貓貓給爐灶添些麥稈。

（家畜糞便可能還比較好用。）

大概是出於好意，才把燃料從家畜糞便換成了麥稈吧。可是麥稈不像糞便是一整塊，有時會被熱風吹走。木柴或木炭要價昂貴，在西都難以購得。

她用鍋子煎藥，濃縮了要做成藥丸，但就是昏昏欲睡。

（真的累了。）

她覺得自己只是照常當差，但也知道為何會累成這樣。

真正疲倦的時候，不會發現自己有多累。要等到超過了疲倦的頂點，身體稍稍得到休息時才會整個累癱。

缺糧，缺藥，缺營養。

什麼都缺。缺了什麼就拿別的東西來代替補充，代用了之後又再找其他東西代用——

羅半他哥在田裡一下子高興一下子憂愁。甘藷不敵夜裡的寒冷，種不起來。他說還是決定種馬鈴薯。又說雖然甘藷葉枯了，但莖稱為薯藤，可食。小麥則是栽培得很順利。

芽菜似乎已經慢慢用在施膳上了。小麥麩皮說是對治腳氣有良效，於是加在麵包裡烤，但聽說大家不愛吃。

怪人軍師不時會來別邸。貓貓決定以後都好心跟他禮貌性點個頭。據雀的消息指出，怪人如果去跟著玉鶯會造成嚴重後果。

經過調查，西都各地都有使用石炭，包括冶鐵廠以及燒陶窯。說是會有獨特的臭味，一聞就知。兩種設施據說都與玉袁有關。

有太多事情需要思考。

害得貓貓一時沒發現火花飄出燒著了備用的麥稈。難怪覺得怎麼這麼熱，往旁一看竟然起火了。她急忙撲滅才沒釀成大禍，但害得庸醫為她擔心，又被來拿藥的天祐取笑得好慘。

（不行不行。）

火總是會在疏忽大意時燒得特別猛。

她重新打起精神。

而這裡所說的火，不只是普通的火。

第七十五天。

事件發生了。

夜半，貓貓被外頭的吵鬧聲驚醒。她披件氅衣從窗戶往外看，在中庭看到衛兵的身影。閃現的火光逐漸聚集，教人心裡發毛。

貓貓睜開睡迷糊的眼睛，立刻換了衣服。

到了樓下，她看見李白早已起床，在那裡待命。抱著枕頭的庸醫還穿著寢衣，大概是硬被李白給叫醒的。

「發生什麼事了？」

貓貓向李白問個清楚。

「我也搞不懂發生了什麼事，但猜得到幾種可能。」

「比方說呢？」

「呼咿～」

耳邊傳來庸醫睡昏頭的夢話，她不予理會。

「幾日前，西寨傳令兵來報，說夷狄大舉進犯，襲擊了糧倉。」

「糧倉嗎……那就是……」

即使是不懂政事的貓貓，也猜得出幾成。

「對，就是千辛萬苦到處籌措的儲備糧食。」
既然說是西寨，想必位處此地與砂歐的邊界。
「所以了，這幾日來，上頭那些高官都在商議如何解決此事。」
「難怪覺得這陣子差事告了一段落，原來……」
壬氏也沒把她叫去。這就是所謂的暴風雨前的平靜了。
「就算想救濟，眼下也沒這餘力。雖說靠壬大爺四處疏通關係，從各方送來了救濟物資，但若是都被搶走就沒意義了。於是他們商議解決對策，談著談著火藥味就重了起來。」
「您說的火藥味是？」
「就是開始說到要打仗了。」
（我想也是──）
食不果腹了就會襲擊別人的土地。這是自古以來世人……不，是動物的必經之路。
「可是，壬總管反對吧？」
「對。然後，現在──」
這時就聽到外頭一陣叫囂。聽得不甚清楚，但好像有聽到「把皇弟交出來」幾個字。
「外頭吵著要找不知民間疾苦的膽小皇弟殿下理論。」
這是早就知道的事，貓貓也覺得只是早晚的問題。反而可以說拖得夠久了。

（那麼現在該怎麼辦呢？）

貓貓能做的事情有限。她姑且先弄來一台農事用的板車，鋪上一塊墊子。

然後，她拉著睡眼惺忪的庸醫的手過來。

「小、小姑娘，我還想睡……」

貓貓拉著點頭如搗蒜的庸醫，讓他坐上板車。幸虧他還沒睡醒，搞不清楚狀況。要是整個人清醒了，一定會嚇得六神無主、大吵大鬧。

「醫官大人，要睡就請您在這上頭睡。」

「嗯，嗯嗯……」

庸醫任由手腳露在板車外頭，再次沉沉睡去。

李白納悶地看著整個過程。

「這是怕醫官大人來不及逃跑。就算真讓他跑，也跑得不比纏足的後宮侍女快。」

「也是，小姑娘也就算了，畢竟沒法橫抱著老叔走嘛。這麼做或許是對的。」

「可是，竟然想找皇族理論……」

貓貓一面跟李白說話，一面把治傷藥與白布條塞進佩囊。李白更是拿了油甕過來。

「要是在京城裡這樣做，主謀可是死路一條，共犯也要吃鞭子的。」

「大概這就表示群情是真的太激動了。」

民眾現在是集體激動到行為失常了。

「這下難辦了。與其要我坐以待斃，我寧可先下手為強。」

李白一面苦笑，一面撕下布條捆在棍子上。由於沒有木柴能拿來當火把，他折斷了椅子腳拿來用。不愧是武官，兵法必定學了不少。他只是不好戰，不代表沒本事。

「只是，發生了這麼明顯的暴動，問題就出在當地的統治者身上了。」

「您說得對。」

貓貓不懂政事，但知道眼下這狀況是滔天大禍。

坦白講，心臟撲通撲通地吵得她心煩，但是有李白擔任護衛的安心感，與自己還得照顧庸醫的責任感支撐她繼續行動。

「就算說是民眾獨斷專行，至今置之不理的還是玉鶯老爺。即使交出一、兩個平頭百姓的腦袋，以傷害皇族名譽的代價來說仍舊太便宜了。」

這貓貓也明白。皇族與黎民的性命價值就是有著如此差異。

「玉鶯老爺擺明了一直在收買人心。就算壬大爺為人再怎麼厚道，依然讓人看不過去。即使大爺出面相勸，大夥兒也嚥不下這口氣。我看事情應該早就傳到中央去了吧？」

就連平素為人平和溫順的李白都這麼想了，中央想必會更加憤恨不平。

「……您說得對。不知玉葉后或玉袁國丈對此有何看法？」

「一般來說應該會勸勸家裡人才是。」

「是應該會勸勸才對。」

兩人礙於身分立場，不能前來西都。但還是可以寫信或派使者前來。

而且除了壬氏與怪人軍師之外，尚有一位高官來到此地。貓貓不認為那人會疏於與中央的聯繫。

「我想想，叫什麼來著？就是另一位待在西都的高官。」

有聽過幾回名字，但她一如平素地忘了。

「我看小姑娘就是一副不會記人名字或長相的樣子。我想想，嗯嗯，我一下子好像也想不起來？只記得是個沒啥存在感的人。」

「李白大人還好意思說我？」

「等我一下！記得應該是掌理祭祀的官員。」

「既然是祭祀就是禮部……啊，是魯……魯侍郎！」

貓貓總算想起人家叫什麼了。

「對，魯侍郎。就相信那位老爺已經在設法解決了吧。」

「還說信不信，現在就已經發生暴動了呀。」

「是沒錯。」

兩人正在嘆氣時，只聽見一聲巨響。難道是蜂擁而至的百姓想硬闖別邸？

「這該怎麼辦呢？」

貓貓若是看到傷患也願意幫忙治療，但得先顧好自身安全才行。要是有個萬一，她唯一能做的就是點燃趕製的火把丟出去。

（實在不太想這麼做，但為了自保無可奈何。）

正在思忖時，一陣沙沙的腳步聲靠近他們。

貓貓與李白準備迎戰。

「貓貓姑娘——妳在嗎？」

原來是雀。

「需要我解釋目前的狀況嗎——？」

「有勞雀姊了。」

雀講話聲調還是一樣輕鬆自在。手裡拿著旗子。

「民眾化作暴徒找上門來了。一如之前所料，感覺就像是累積已久的怨氣爆發了。他們大聲喊著要月君滾出去，或是出來面對。」

「是，我大致能夠想像。都聽見了。」

「然後呢，我想兩位剛才應該有聽見一聲巨響。」

「聽見了。」
「那是玉鶯老爺來了。」
貓貓連忙一把抓住裝有醫療器具的佩囊。
「放心，玉鶯老爺還不至於會對皇族出手，但事情的發展很有意思喔。」
「雀姊所說的有意思，感覺都不會是什麼好事。」
「總之你們來看看吧。」
貓貓照著雀說的來到外頭。李白也跟來了。
「那醫官大人呢？」
「嗯，就把他也帶上好了～」
雀懶洋洋地推板車。她頻頻給李白使眼神，於是李白跟她換手。
來到外頭，便聽見一陣嘹亮的男聲。
「各位鄉親，可知各位面前的這位月君為西都百姓付出了多大心力？」
民眾頓時議論紛紛。
「用來施膳的米糧都是月君遠從中央帶來的。我們現在能不用挨餓，都得感謝月君仁慈！不收錢的病坊也是月君的安排，有去過的鄉親都知道吧。」
（這是在幹什麼？）

如果聲音來自壬氏的自己人還能理解，但就貓貓聽起來像是玉鶯的聲音。嗓門寬闊洪亮，真的就像是戲子在說台詞。

貓貓加快腳步。必須靠得更近才看得見，但靠太近又有危險。她東張西望，想找個視野開闊的位置。

「貓貓姑娘，貓貓姑娘。」

雀爬到樹上向她招手。貓貓也學她往樹上爬。

「別摔下來啊！」

李白推著載庸醫的板車，看著她爬樹。

爬到樹上，整個狀況便盡收眼底。

壬氏背後站著馬閃。玉鶯站在壬氏面前，擋在他與民眾之間。周圍就像簇擁著舞台那樣，擠滿了圍觀的民眾。

「最早對蝗災做出因應的也是月君。我也已經盡力救災，但受災情形能控制在目前這個程度，全都得感謝月君英明。中央之所以立刻送來救災物資，也是因為月君人在西都。各位鄉親難道不懂這個道理嗎？」

這是在做什麼？貓貓心想此人也太會見風轉舵了。至今搶盡壬氏功勞的男子，現在才來讚揚壬氏的所作所為，在這種場合曉諭民眾。

而且，這是壬氏初次在西都民眾面前亮相。若是高官權貴還另當別論，壬氏應該從未在這麼多平民百姓面前露過面。凜然難犯的身姿與天仙似的容貌，對西都百姓一樣管用。可以看到好幾名女子如痴如醉地望著他。

（平常他在這種時候應該會謙虛辭讓……）

但這些的確都是壬氏的作為，沒有理由否認。要說誰有資格向壬氏抱怨，恐怕只有搏命踏上滅蝗之旅的羅半他哥吧。

附帶一提，羅半他哥成了從別邸內看熱鬧的圍觀群眾之一。由於整個人實在太平凡無奇，要不是手裡拿著鐵鍬，貓貓根本不會注意到他。他拿著那個似乎是萬一暴動發生的話可用來護身，但就沒有比鐵鍬更像樣的東西了嗎？看起來反而像是農民起義的一分子。

玉鶯的聲音相當嘹亮。與其說是演講，看起來更像演戲。民眾看著玉鶯這個男人看得目不轉睛。

但是，當中也有人舉手想說話。

「皇、皇弟殿下怎知蝗災要發生了？不、不就是殿下帶來的嗎？」

與這個問題相呼應，一些人連聲喊著「就是啊，就是啊」。

（這很難解釋。）

換作是羅半，大概會提出過去數年的統計結果、氣候以及周邊地區的蟲害等紀錄做解釋吧。可是，無論握有多悉心調查的案卷檔冊，會看數字的人並不多。百姓聽不懂，就不可能心服口服。

壬氏向前踏出一步。

「這就讓我來說明吧。我在京城卜卦，見西方有凶兆。近年來，西都讓玉字一族治理得繁榮昌盛，我認為能想到的災害就是蝗災了。」

皇弟親自向百姓開口，讓民眾為之譁然。悅耳的嗓音依然不變，只是在這裡玉鶯的嗓門能傳得更遠。

（卜卦啊。）

莫非帶主掌祭祀的魯侍郎一同前來，就是為了這個目的？拿農作物或近年的蟲害數字出來壓人，也不知道有多少百姓能理解。說成占卜反而能得到較多民眾的理解。

（既然有人相信迷信，用迷信安撫他們就是了吧。）

貓貓覺得這麼做有道理，但隨即發現這是做錯了。玉鶯的表情像是早就等著壬氏說出這番話。

「正是如此。我等現在最需要的，便是月君的力量。」

玉鶯向民眾振臂疾呼。

「有了上天之人通於天意，西都的光明未來……不，是戌西州的繁榮富庶將指日可待，各位說是不是？」

玉鶯這番話讓民眾喧嘩起來。剛才還敵視壬氏的那些人，這會兒都轉怒為喜，對年輕皇弟投以期待的目光。儘管也有很多人仍然面帶不滿之色，但不到高聲主張的地步。

「我等必恭請月君主祭，各位說對不對！」

玉鶯很擅長煽動群眾的情緒。民眾舉手呼應。

「哎呀——竟然來這招。」

雀像是心有不滿。

「月君原本帶著魯侍郎來就是為了行祭祀之事，大概會回答……」

雀還沒說出答案，壬氏先有了動作。

「好。」

壬氏應允了此事。這事沒別的選擇，舉行祭禮原本就是預定的事項之一，只是因為蝗災而延期。但是——

玉鶯笑了。是一種愉快明朗，就好像勝券在握般，帶點傲慢神態的笑臉。然後他說了：

「那麼，讓我們祈求上天保佑戌西州蓬勃發展吧！您願意祭告上天，消滅來自西方的災厄吧？」

壬氏表情不變。但是服侍左右的親信想必都能看出，他的神色當中帶有自覺走錯了一步的焦慮。

儘管四下一片漆黑、位置又遠，就連貓貓也確定他就是這種表情。

「說得沒錯！」

民眾當中有人大聲說了。

「真要說起來，把蟲子來襲怪到月君身上又能怎樣？怎麼可能是月君把蟲子帶來的？蟲子是從哪兒來的？西方嘛，是從比咱們這兒更遠的西方來的。」

「就是啊，就是啊。」

民眾表示同意。

貓貓聽不太懂，但這句話似乎有笑點。西都百姓都在小聲竊笑。

「正是如此。真要追究的話，錯也不在月君，而是在受任治理西都的我，不是嗎？所以，請月君恕罪。任何人對貴為帝子龍孫的月君有所冒犯，都是我的責任。」

玉鶯轉向壬氏，猛地低頭致歉。

「老天爺啊。」

雀一臉為難。

「然後，如果要追究未能防範蝗災的責任，現在代表家父玉袁治理此地的我難辭其咎。讓百姓挨餓，罪責在我。各位，是我對不起你們。」

玉鶯也對民眾低頭賠罪。

「玉鶯老爺！請快快抬起頭來。」

「就是啊，一切都是我們擅作主張。玉鶯老爺何罪之有？」

民眾想讓玉鶯抬起頭來。

貓貓覺得舞台就在這時換了場面。

剛才還擔當主角的壬氏，此時戲份都被玉鶯占去了。

「……說得對，皇弟殿下沒有任何過錯。」

「要怪就該怪把蟲子送來的那些西方人！」

「沒錯，豈止如此，他們還搶我們的糧咧！」

民眾又再次喊著「就是啊，就是啊」。

玉鶯說過是「來自西方的災厄」。貓貓以為他說的是蝗災。然而——

（這，怎麼回事……）

民眾憤怒的對象，從蝗災變成了西方國度。與戌西州西陲相鄰的國家，便是砂歐。

「這下燃起了另一種火苗了。」

雀眼神冰冷。

「另一種火苗……」

「真是了不起啊。才在猜想背後有鬼，原來至今的鬧劇全都跟這一刻環環相扣啊。」

「什麼鬧劇？」

雀轉動手指，一隻鴿子從她手裡蹦了出來。

「之所以請來月君與軍師大人、刻意對月君無禮，又對民眾灌輸負面印象，都是為了這一刻做的算計啦。要是萬一連送養女入後宮都是早就算好的，只能說真是好心機唷。」

鴿子離開雀的手心，拍拍翅膀飛去。

「饒不過西方那些人！」

「把糧食搶回來！」

「討伐夷狄！」

民眾握拳朝天。剛才還衝著來自中央的皇族釋放的殺機，現在全轉移到了別的對象上。

「羅漢大人說過他正在努力成為武生，看來演起配角一樣行啊。說不定配角反而演得更好呢。」

「雀姊此話何意？」

「就是說，這裡便是玉鶯老爺布置的舞台。而月君就在不期然的狀況下被拱上舞台，甚至還被迫飾演主角。對皇族的冒犯當眾謝罪一筆勾銷，與民眾之間的誤會也渙然冰釋。不只如此，還有一位鋒芒內斂又如戲子般容貌秀美的男子站在台上呢～不過以目前這情況來說，比較像是與玉鶯老爺兩人同台演出就是了。」
貓貓明白雀的意思了。玉鶯讓皇弟與西都代理領主扮演主角，再將異邦人設定為反派。自己不說什麼斷定的話，只是誘使群眾產生這種想法。
「壬總管如果現在出言否定呢？」
「……辦得到嗎？現在可是被剛剛氣氛還一觸即發的民眾大舉包圍著。而且自己這邊還有不堪一擊的弱者呢。月君沒有說錯什麼，玉鶯老爺也沒妖言惑眾。只不過是民眾此時已經把注意力從『蝗蟲』轉向『搶了儲備米糧的異邦人』那邊去了。」
貓貓知道雀想對她說什麼了。
「不弄髒自己的手，也不用挾持誰，手裡就握有人質了。真是會使腦筋。」
雀不住點頭，像是對一切了然於心。
果不其然，壬氏雖然開口了，但沒有明確否認任何事情。
只告訴民眾即將舉行祭祀，袚除災害。
壬氏講話向來是這麼四平八穩，但不足以用來徹底解開民眾的誤會。
貓貓吞吞口水，看著雀說：
「……那麼玉鶯的目的是……」
貓貓已經把該有的尊稱給忘了。

「假如說他的確正在努力成為武生，那麼舞台或許並不在西都喔。」

雀往更遙遠的西方望去。

「大概是有某些理由讓他就是想跟西國砂歐開打吧，不單只為了政治利益。」

貓貓也望向西方天空。

在那遙遠的他方有著砂歐，以及北亞連之地。

十六話　玉袁的子女

當著貓貓的面前，壬氏用頭去撞柱子。

在金碧輝煌的房間裡，身邊伴著一群隨從，自己去撞頭的模樣只能說滑稽可笑。

「小殿下，中間用這擋著吧。」

水蓮悄悄拿了件棉襖，揉成一團塞進壬氏的頭與柱子之間。撞擊聲頓時變得軟噗噗的，笨得好笑。但她沒有阻止壬氏繼續撞柱子。

「我被坑了！」

「是被坑了呢。」

「開什麼玩笑！」

「就是啊，開什麼玩笑。」

貓貓一個勁地幫腔。與其亂給建議不如一個勁地附和，這招用來對付亂發脾氣的娼妓，總是能讓她們平靜下來。

「喂，妳有在聽我說話嗎！」

「有在聽。」

看來是選錯方法了。以這種情況來說，應該提出解決方法，而不是安分地當應聲蟲。可是貓貓目前又給不出個具體的好主意來。

其他隨從似乎也是如此。

「月君，後來玉葉后可有來信？」

高順先開口了。

（後來說的是什麼事之後？）

兩邊似乎有為了玉鶯的養女一事互通音信，不知高順說的是不是這事。

「有來信，但皇后恐怕很難插手解決玉鶯閣下這事。這次的事皇后不可能知情，就算火速通傳也來不及應對。不過皇后早在很久以前，就介紹了另一個人脈給我。」

（我想也是。）

即使是血親也不是上下一心。另一個人脈不知說的是誰？

「那麼，玉袁國丈那邊呢？」

這次換馬閃提問了。

「……我猜想，這應該不是玉袁閣下的意思。我已主動將狀況告知了，但玉袁閣下似乎也想交由兒子自行裁奪，總是回覆得曖昧不明。玉鶯閣下與我收到的信，內容恐怕南轅北轍吧。」

「玉袁國丈的回信內容，與壬總管接到的呈文之間可有任何不一致之處？」

桃美問了。應該是在確認信件是否有安然寄到玉袁手上。

「……目前應該是沒有。」

「我想也是。」

帷幔後頭傳出了聲音。一瞬間貓貓沒想到是誰，隨後才知道是高順的另一個兒子——馬良的聲音。雀左蹦右竄，在帷幔上戳來戳去。

（已經適應到可以出聲說話啦。）

但不知道貓貓還得來訪多少次，他才會願意露臉。如果貓貓把自己打扮成家鴨模樣，不知是否能讓他敞開心扉？高順接著說了：

「玉袁國丈的作法是一面與鄰國交好，一面進行牽制。用計拉攏或勾心鬥角是在所難免，但從不會直接宣戰。竊以為這次必定是玉鶯大人獨斷專行。同時也看得出來玉袁國丈有所遲疑，不願批評兒子的作法。」

「畢竟玉袁閣下年事已高，想必是覺得該放手讓兒子去做了吧，這心情我能理解。」

（也是啦——）

「是。另外還有一個原因，就是有不少民眾對玉袁國丈的作法並不服氣。支持玉鶯老爺的主要朋黨當中，也包含了許多被玉袁國丈剔除的人物。」

「可想而知。」

壬氏放下棉襖，坐到椅子上。

「畢竟鄰人不見得都是善人啊。」

貓貓想起去年西都的那場婚禮。在那場事件當中，新娘不願嫁去鄰國砂歐，試圖偽裝自殺隱藏行蹤。當時全家人都涉案，即使破案了仍讓人內心惆悵。

（成為異邦人的妻子，就得像家畜一樣被燙上烙印啊。）

世上沒幾個傻子樂意讓人往自己身上烙印。貓貓知道的也就一個。

（不，那還是他自己烙上去的。）

貓貓半睜著眼看著那傻子，同時針對眼下的狀況釐清頭緒。

（民眾對皇弟心有不滿，玉鶯做了和事佬。不知道為什麼整件事變成了異邦人的錯，現在得由壬氏當主祭。）

就當時的現場氣氛來說，此番祭神與其說是驅災除病，感覺更像是被民眾當成了保佑日後征服敵國的戰前祭祀。

現在壬氏就是在煩惱該如何處理延遲至今的祭禮。

「要是玉袁閣下能回來該有多好啊。」

壬氏說出不可能實現的願望。

「很遺憾，恐怕沒這可能。」

「依賴別人是不行的。」

高順夫婦婉勸壬氏。

事情好像沒得平息，最大的疑問是自己怎麼這麼倒楣也在場？貓貓覺得頭疼。貓貓好幾日沒被叫來了，但還沒開始治療壬氏腹部的燙傷，壬氏就開始像這樣抱怨個沒完。

（雀姊……）

都怪那個促狹鬼侍女把她帶來。

見事情講了半天一直在原地打轉，貓貓決定拉回正題。

「看總管如此煩惱，但祭祀的方針已經確定了吧？」

「……就是這個。」

壬氏拿張紙給她看。

「地鎮？」

紙上寫著地鎮二字。

「這是魯侍郎跟我提的，建議我就用這個名目舉行祭祀。」

「意思我懂，但好像沒聽過這個名稱。」

「祭祀妳知道吧？」

「知道，就是皇上舉行的祭祖儀式吧？」

「正是。但當皇上國事繁忙時，常常由我來主持祭祀。」

過去也曾經有人企圖趁機要壬氏的性命。如果貓貓在當壬氏的貼身侍女時認真準備過女官考試，應該會更早察覺壬氏的真實身分。

「需要我跟妳說明祭祀的細節嗎？」

「不，總管不用費心。還請只告訴小女子地鎮儀式的具體內容就好。」

貓貓清楚明白地拒絕。

「好。祭祀原本指的是祭天地、祀祖靈，不過這次由於來到遙遠西域，魯侍郎建議不妨採用鎮撫當地土地神的形式。換言之，就是祭祀荒蕪貧瘠的大地，祈求五穀豐收。」

「恕小女子斗膽一問，意思是否就是要新創一個祭祀名目？」

「話別說得這麼直。據說東方群島就有這麼一種祭祀。」

「皇弟祭祀過祖靈之後，如果玉鶯老爺旋即對外國公開宣戰就傷腦筋了。所以各位大人認為只要改成祭祀當地的土地神而非祖靈，即使情況再糟也能將祭祀對象局限於戌西州以內，不知小女子這樣理解是否正確？」

「貓貓，妳都說自己不懂政事，其實明白得很嘛……」

壬氏在奇怪的事情上佩服貓貓。

「壬總管似乎也被排除在祭祀對象之外？」

「提議的魯侍郎本人也是。然而無論如何，只要玉鶯閣下不輕舉妄動就沒事。」

若要講得再具體點，怕就怕玉鶯在祭祀的最後階段公然宣布與外國開戰。

「但就目前來說，若要問他是否有公然做出什麼膽大包天的事，其實也沒有對吧？」

「是啊。他只是找我與羅漢閣下提過開戰之事，並未公開宣布。因為那說到底只是提議，形式上得不到我與羅漢閣下的贊同就無法真的動手。」

這便是玉鶯這個男人難對付的地方。不是自己一人主張開戰，而是把旁人都捲進來，硬是讓事情發展下去。

玉鶯深受西都百姓的信賴，要求自己為政時多方傾聽百姓的意見。聽起來像是最理想的領主代理，無奈世間的道理沒那麼簡單。

倘若要顧慮到西都百姓的心情，就非得找個對象來讓眾人洩憤不可。原先衝著皇弟來的怒氣，如今轉向了外邦。

作為一時的逃避之道是很簡便，從長遠的觀點來想卻是後患無窮的選擇。

「我說反對開戰，他就使出強硬手段來了。」

「是啊，手段非常下作。那麼好戰的話，自己光明正大去宣戰，慷慨赴義就是了。」

「不，萬萬不可。」

聽到桃美語氣凶悍，高順回嘴了一句。馬閃長得像高順，但火爆脾氣也許比較像母親。

（戌西州明明有很多異邦人。）

貓貓同情起那些身陷險境的異邦人來。

「對了，目前西都大約有多少異邦人？」

看民眾那種氛圍，一見到異邦人搞不好會上前圍毆。不知他們都在何處藏身？

「說到這方面，或許只能說軍師閣下果然有遠見吧。」

「那個老傢伙？」

貓貓歪扭著臉孔追問。

「第一波蝗災發生後，軍師閣下立刻讓異邦人商團等聚集到一處提供庇護。照軍師閣下的說法是因為全部混在一起好像會很麻煩。」

「……他做這些事情時，真的知道自己在做什麼嗎？」

那個單片眼鏡怪人，什麼事情都是靠本能察覺，很難理解他的思維。

「許多商團已經沿海路歸國，或是走陸路前往華央州了。即使如此，仍然有大約一百人留在西都。」

「有地方藏匿他們嗎？」

「西都百姓並非都是同一個心思。有人對異邦人懷恨在心，也有人認為他們是與生活密不可分的鄰人。海港附近有個做異邦人生意的驛站，我們把那裡包下來了。」

「要包下那裡不容易吧？」

「是啊，正好有個人脈可以請託。那人就快來了。」

「……抱歉，既然客人即將到來，能否讓我早早將差事做完離開？」

事情鬧得那麼大，藥房裡卻只有從頭睡到尾的庸醫一人。不只是藥，白布條也開始不夠用了，她想割開不再使用的褥子再做一些。

「貓貓姑娘話都還沒說完，那位客人已經到嘍。」

雀通報了她不想聽的事情。

壬氏露齒微笑。

「妳也聽到了。到後頭去等我吧。」

「……是……等等，後頭是哪兒？」

貓貓東張西望。

「來，貓貓姑娘，這邊請。」

雀把她帶到了房間後頭，一個用帷幔圍起的角落。裡頭有圓桌與兩把椅子，還準備了茶點。雖然狹小但坐著不悶。

「只有我家夫君可以蝸居斗室不公平，所以雀姊也布置了一個。」

「被妳布置得舒舒服服的。」

「是呀，茶點沒了的話上頭架子上還有。妳要喝茶還是果子露？」

「茶。」

「馬上來～」

雀掀開另一頭的帷幔走了出去。

「貓貓。」

壬氏隔著帷幔來跟她說話。

「孤接下來會有點費神，想來點補充。」

壬氏從帷幔縫隙間很快地把手伸進來。

「您說補充嗎？」

貓貓看看雀說的架子。她從架上籃子裡拿起一個用紙包著的月餅，想塞進壬氏的手裡。

「！」

「……」

月餅掉到地板上了。包裝紙剝落，月餅碰到了地板。貓貓想撿，但右手被壬氏的右手抓住了。壬氏的手指滑進她的指縫間，十指交纏著像是要確認手中的觸感。兩隻手都是右手，沒辦法握得很緊密。

修長的手指緊緊按住貓貓的手背，手心與壬氏的手心緊貼在一起。

貓貓感覺到了血脈的鼓動。指甲修得整齊漂亮，但手心觸得到硬硬的繭。指尖留了點墨水漬，手掌微微冒汗。

貓貓也開始流手汗了。她想在手汗淋淋之前放手，於是開口說：

「總管您這是做什麼？」

「就說是補充了。」

「補充……」

搞半天不是要補充糖分啊？貓貓看著掉在地上的月餅。

「開始硬撐之前得先補點元氣才行。」

「……不要硬撐不就得了？」

貓貓緩緩地呼吸，以免自己的臉與身體發熱，心臟狂跳。但怎麼樣就是無法抑止心跳與出汗，手心一點一點地慢慢變溼。

「在孤這樣的身分地位，不硬撐不就成了昏君了？」

「倘若功績都讓人搶了去，結果還是會被當成昏君的。」

「無妨，孤只求知己懂孤。」

壬氏更加用力地握住她的手。

「客人來了。」

壬氏的聲調變了。

「煩擾月君了。」

貓貓聽見一名男子的聲音。

「好說，有勞尊駕來這一趟，著實過意不去。」

壬氏平淡地回話。

但依舊緊緊握著貓貓的手不放。

（他想就這樣跟客人說話？）

壬氏背對著貓貓。貓貓被帷幔擋住，連壬氏的背都看不見。唯獨緊握不放的右手手心冒汗，彷彿暴露出壬氏深藏於心的情感。

壬氏眼前的客人是誰？壬氏此時是用何種表情看著對方？希望對方別察覺他的背後躲著貓貓才好。

貓貓開始覺得如坐針氈，忍不住用空著的左手掐了壬氏的手背肉。

（這可不能算是不敬，我說不算就不算。）

「……那麼，請坐。」

不知是不是貓貓多心了，壬氏的聲調聽起來有點不開心。他總算是放開了貓貓的手。壬氏的手消失在帷幔後方。

貓貓舉起右手看看。手背留下了淡淡的紅色瘀痕。

「什麼補充……」

「補充什麼呀？」

「！」

貓貓沒大聲尖叫就已經很了不起了。雀端著茶具站在那兒。

「沒什麼。」

「是嗎？哎呀呀，有個月餅落在地上嘍。」

雀撿起掉在地上的月餅，吹個幾口氣拍掉灰塵後把它吃了。

「貓貓姑娘，怎麼看妳好像坐立難安的？」

「是雀姊多心了。」

貓貓一邊小聲說話，一邊盡可能佯裝平靜。

「好吧，那就當作是這樣嘍。」

「……」

誰也不知道雀究竟有多少事情了然於胸。

貓貓坐到椅子上，乖乖啜茶。從帷幔縫隙可以看見客人的身影。

「我們在這兒旁觀，不會被客人發現嗎？」

「請放心，我還請水蓮嬤嬤檢查過了，不會穿幫的。像這樣小聲說話也不會被客人聽見。」

既然水蓮都說沒問題了，一定沒問題。

客人大概三十五歲上下吧。膚色淺黑，一頭紅髮。但應該也不是異邦人，只是頭髮與皮膚被陽光或海風曬吹得變色了。

壬氏與男子隔著桌子對坐。從貓貓她們的位置可以看見兩人的側臉。

「他是？」

「玉袁國丈的公子之一啦。」

也就是玉葉后與玉鶯的兄弟了。

「跟兩位長得不像呢。」

「是呀，因為母親不同。玉袁國丈有著十一位夫人，以及十三位公子千金。」

「……」

都說家世富豪的除了正室之外還會納一、兩個妾室，看來那位和顏悅色的慈祥老人也不例外。

「那位官人是三公子。說了名字貓貓姑娘妳大概也記不住，總之就先稱他一聲玉鶯他弟吧。」

雀講這話還滿失禮的，但畢竟是事實，貓貓就不反駁了。

「不錯，就像羅半他哥一樣好懂。」

「是呀。不過人家不像羅半他哥，是有名有姓的。」

雀講得好像羅半他哥沒名沒姓似的。

「玉鶯他弟負責掌管海港事務。月君之所以能租下驛站，也是受了玉鶯他弟的幫助。他弟似乎跟玉葉后感情很好，那時才願意聽月君怎麼說。」

「原來是這麼個人脈啊。」

「嗯？」但貓貓隨即偏了偏頭。

「聽起來這位公子似乎很有權力，那為何對西都的現況不聞不問？還有，其他的公子千金呢？」

目前十三個孩子當中，貓貓只知道三人。既然是高官權貴之子，應該可以多插手管點事才對。

「這可能是玉袁國丈的家規問題吧。玉鶯他弟的令堂原本是船家女，其他夫人也都是各自從事不同方面的行業。」

「那麼兄弟姊妹就是各自繼承了親娘擅長的道業了？」

「正是這樣。玉袁國丈的厲害之處，在於他不單單只是廣納妻妾，而是拉攏擅長特定行業的人物成為家族的一分子。就跟皇族的通婚外交是一樣的。」

真是商人作風，講求實際。其中講到玉葉后，就是以才貌雙全作為武器成了後宮的霸主。

「但是讓我誠實問一句，玉袁國丈的繼承人就只有玉鶯老爺一人吧？雖然也是因為身為長子，但其他兄弟都沒有意見嗎？」

家族與財產越是雄厚，越是容易引發骨肉之爭。他們家有著多達十一名妻妾與十三名子女，難免讓人心生臆測。

「關於這方面，玉袁國丈的夫人們似乎是有分階級的。玉鶯老爺的令慈是正室，其他皆是側室，關係劃分得十分明確。」

「原來如此。」

所以真正的夫人唯有玉鶯母親一人，其他都只是為了結為姻親才娶進門？

（看起來像個老好人，想不到這麼薄情。）

玉袁溫厚慈祥的長者形象，一口氣全變了樣。

「我懂玉袁國丈這麼做的道理，只是覺得其他眾多妾室的親屬好像會有怨言。」

「這方面大概就是國丈懂得打點吧。」
雀一面塞得滿嘴的月餅，一面繼續偷窺。
玉鶯他弟正在將異邦人暫居驛站的現況告知月君。
「事情就是這樣，目前還勉強撐得過去。」
「多謝相助。雖說情況緊急特殊，但民眾若是襲擊了異邦人，有可能演變成邦交問題。」
「邦交問題是吧……」
被太陽曬黑的壯士，帶著諷刺意味彎起嘴唇。
「不過視家兄的方針而定，我再怎麼藏匿異邦人可能也是白費力氣。」
玉鶯他弟講出教人驚駭的話來。外表像是個跑船的粗人，但在皇弟面前說話並未失其分寸。
「……恕我失禮，但我覺得玉鶯閣下似乎一心想挑起戰端。他在你們兄弟之間態度何如？」
「……這不好說，但在下心裡有點頭緒。」
玉鶯他弟交疊起節節分明的手指。
「長兄的母親……我們兄弟姊妹都喚她一聲西母夫人，月君可知西母夫人原是識風之民出身？」

「知道。」

西母不知是取自「西王母」女神，或者指的是西都之母。也有可能是名字裡有「西」字。

「西母夫人為人慈愛，向來關懷過去同族的其他識風之民。每當她陪同父親一起出外從事貿易，總是走訪各地的奴隸商人，解放每個見到的同胞。」

「……這麼說來，玉鶯閣下莫非也和她一起……」

「正是。識風之民大多數都是在砂歐找到的。據說西母夫人他們還曾經為受盡異邦人的虐待，瘦得只剩皮包骨的同胞餵水送終。」

貓貓聽了這事，覺得一半理解一半不解。雀面孔扭曲，似乎也心有同感。

「貓貓姑娘，妳怎麼看？」

「我不知該如何回答。的確，這好像能構成啟戰端的理由。但我感覺它充其量只能算是理由之一。」

貓貓直話直說。就是這點可疑。作為理由可以理解，但就這麼個理由又不夠充分。雖然可說是為同胞報仇，但原本襲擊識風之民的是同一草原的部族。況且也不是只有異邦人才會虐待奴隸。從國交觀點來看，與無故找碴差不了多少。

貓貓與雀都覺得有疑問了，壬氏自然也不例外。

「就只有這個理由嗎？」

壬氏開門見山地問了。

「縱然是長兄，你們幾個弟弟也不至於對玉鶯閣下噤若寒蟬吧。不過我想大海閣下也是因為心懷不滿，才會來傾聽我的說法。」

玉鶯他弟似乎名叫大海。很像是船家會取的名字。

（名字裡沒有「玉」字。）

貓貓心想，這就表示他不在繼承人之列了。

玉葉后的名字有「玉」不知是因為自幼聰慧過人，抑或是進入後宮時才改了名？

「玉鶯閣下想必也不能因為是弟弟，就不把港主放在眼裡。他給了你什麼好處？」

大海的神情一瞬間顯得退縮，然後微微一笑。

「月君您應該多找機會嶄露鋒芒，這樣就不會再有人說您是空有外表了。」

「露鋒芒能有什麼好處？讓人來吹捧我嗎？」

壬氏那張尊顏神色不變，但聽起來口氣變得輕鬆許多。大概只是貓貓不知道，其實兩人已經見過幾次面了吧。否則大海不可能無禮地說出這種有失言之嫌的話來。

「長兄是拿砂歐海港的使用權來釣我。砂歐向來對外國船舶抽取高額的下碇稅，國內又有各國貨物往來熱絡，即使被趁機收取高額入口稅，還是不得不入港。如今長兄說換成我們來收這個稅，並將稅務交由我管理，隨便估計也有這個數字。」

大海用五根手指比出了金額，但貓貓連那有幾個零都想像不到。

「所以？」

「怎麼還問我所以呢？」

「乍看之下像是給你利權，但在我看來只是增加你的重擔。大海閣下再有本事，要管理蕃舶進出的兩座大港恐怕還是有困難吧。還是說，閣下能把自己一分為二，變成兩人？莫非大海閣下能使仙術？」

壬氏挖苦地說出荒唐的話來。大海表情不變。

「我也有部下堪任左右手甚至是左右腳，交給他們處理就是了。」

「把心腹留在可能成為戰場的地方？原本以為船家最講義氣，看來是我太抬舉你了。」

壬氏擺明了在挑釁。

（這……）

光是待在一旁，就覺得心神都被耗光了。說的人跟聽的人都累。

（難怪他想補充。）

繼續用這種方式談話不把人逼瘋才怪。

「海港的利權就是有如此大的價值。」

「那麼，大海閣下以外的兄弟又為何保持沉默？他們可得不到像海港這麼大的甜頭吧。毋寧說考慮到攻打外國時必須負擔的軍費，怎麼想都是弊多於利。」

「……我想是家兄對每個兄弟都解釋過益處吧。」

貓貓與雀還在從帷幔後頭偷窺。月餅已經沒了，雀小口小口地啃麻花。

「我就這麼繼續看下去沒關係嗎？」

「沒關係的。」

「不是，我是怕那個大海大哥知道了會不高興。」

換作是貓貓，要是知道在密談的房間裡躲著這麼些侍女可不會高興到哪去。

「我想那個人啊，光是要他跟月君談話就已經很不樂意了。尊貴的皇弟過於自謙，但說來說去還是很有才幹的。」

（的確。）

大海這名男子的年紀可能比壬氏大一輪以上，但看起來整場談話是由壬氏主導。彷彿他手中握有某種重要的線索。

（是玉葉后給他通風報信了嗎？不對……）

壬氏把一塊黑色的東西輕輕拋到案桌上。

「你說的益處就是這個嗎？」
黑色的塊狀物似乎是石頭，斷面的光澤彷彿黑曜石，但不是那種礦石。
「這在戌西州稱為燃石吧。」
（燃石，可燃的石頭，所以那是石炭？）
貓貓想起某個捲毛眼鏡捎來的信。
「據聞蘊藏石炭的礦山就位於砂歐的海港附近。若是海港到手，下一步當然便是採礦。」
壬氏確認般地說道。
「戌西州比起中央，似乎很缺燃料啊。你們這兒晝夜寒暖溫差大，每至冬天總有不少人凍死。此地缺乏木材，而將麥稈或家畜糞便當成燃料使用，但產量時多時少。玉鶯閣下提起的條件若是將安定供應燃料列入考量，不光是大海閣下，其他兄弟必定也會感興趣。現在問題來了——」
（啊，我最討厭的表情來了。）
壬氏露出了拿問題給貓貓解決時的那種表情。在後宮當差的那段日子，她不知有多少次用瞧翻肚死蟬的眼神看他這張心術不正的笑臉。
「玉鶯閣下與大海閣下，對石炭的事都隻字不提。不知道是為什麼？」

（啊——這張臉有夠討打——）

看得貓貓都同情起大海來了。壬氏做這種事時六親不認，會事前做好萬全準備，等封殺了對手所有退路後才付諸行動。

「根據紀錄指出，戌西州過去曾開採過少量石炭。然而據說現今已不再開採，這是為什麼？」

「山中礦藏也有枯竭的一天。」

「真是如此嗎？」

「……不知月君此話何意？」

大海的聲調中開始帶有不悅。

「沒什麼，只是在想萬一中央重新看出石炭的價值，派人來監察的話會是什麼狀況。開採的石炭本來理當呈報中央，若是蓄意隱瞞會有何後果？」

看來羅半那封弔詭的書信，是想通知他們戌西州開採石炭卻隱瞞不報。

「石炭的開採從十七年前便不再上報朝廷了。在戌字一族的那場動亂當中，你說發生了什麼事呢？」

「在下不知。」

「不知道卻繼續使用？」

「月君這是要一口咬定了？」

大海與壬氏針鋒相對。方才越是相談甚歡，現在這樣就越是讓人心驚肉跳。

「據說西都的冶鐵廠內是又黑又髒啊。」

「既然是在冶鐵，髒不是理所當然的嗎？」

「是啊，不管是燒木頭還是石炭，煤煙都是黑的。但是——」

貓貓感覺壬氏似乎往她瞥了一眼。

「獨特的臭味就藏不住了吧？再說，我已經查出有大量石炭被運進冶鐵廠了。」

雀跟貓貓問過石炭的臭味。而壬氏就從臭味的特徵推斷出冶鐵廠在使用此物，並搜集確鑿不移的證據。做事真是萬無一失。

不過，大海可不會就此認罪。

「從外國輸入石炭不是什麼稀奇事。竊以為您不該斷定那是在戌西州開採的石炭。」

「既然如此，就拿帳本來給我看看如何？既然要從國外輸入石炭，總得用到船吧。」

壬氏形狀優美的嘴唇，咧起嘴角形成了弧線。

「您對我這個做弟弟的態度倒是很強硬呢。」

大海一副不敢恭維的表情。

「有證據態度就能強硬。」

身為皇弟這樣辯解是有些窩囊，但也就表示他不會專橫濫權。

「而且，我也準備了好處來拉攏你。」

「……月君果然精明狡黠。」

「關於石炭的使用，你們和先帝……不，是和『女皇』之間有過密約吧？」

「您這麼想的根據是？」

「就算族滅之後局勢如何混亂，掌財政的官署一樣是錙銖必較。直至去年都還在徵收的稅今年說沒就沒了，官署定然追問。」

貓貓腦中浮現羅半敲算盤的模樣。那傢伙分明善於心算，卻總是隨身攜帶算盤，老實講啪啪啪的吵死了。

「那就表示朝廷默許了石炭這事。既然如此，月君何故還要置喙？」

「我不是說了？那是你們和太皇太后——『女皇』之間的密約，與當今皇上無關。無論皇上是不知情或是知情默許，其他人看到我插手管這事會如何行動？為了抽取到每一分稅，戶部那幫人想必會虎視眈眈吧。十七年來的開採量會被計算得分文不少，同時石炭的價值也會被重新評估。」

（好討厭的嘴臉。）

真的有必要補充嗎？貓貓倒覺得他講得生龍活虎的。

「您這是在威脅我嗎？還以為您是來救濟蝗害哀鴻的，結果逼得我們民不聊生才是您的來意？」

「我是想跟閣下提議，不是說過準備了好處來拉攏你嗎？我不知道石炭有多大價值，也不知道此地有這東西，不過就是塊石頭罷了。就當作是這樣吧。」

「……得您網開一面的代價是什麼？」

大海瞇起眼睛。

「坦白講，我不認為開戰有益處。個人玩賭博無妨，但殃及社稷我就無法苟同了。假若玉鶯閣下在祭禮上暗示宣戰，西都百姓必將志氣昂揚。屆時我就算阻止，你們仍有可能在局勢所逼下攻打外邦。」

「您的意思是要我去阻止長兄嗎？」

「正是如此。戰爭一打起來，不用等中央追究石炭的事，更大的損失自然會等著你們。首先為了戰事所需，大海閣下還得拿出進攻外邦所需的船舶呢。」

壬氏說得有理。貓貓模糊地想起此地的地圖。戌西州草原廣大，糧食有限，光靠陸路不足以進攻外邦。

「再說就我來看，你們兄弟姊妹當中就屬大海閣下最了解興兵動武的壞處。我的名字在閣下勸說其他兄弟姊妹時，應該能有幾分助益吧？」

「……我能從中得利嗎？」

「我已經說過了，石炭對中央而言是毫無價值的石頭。」

貓貓啜飲早已涼掉的茶，覺得大海很可憐。被這個年紀比自己小了一輪的黃口孺子大放厥詞，他會有多不甘心啊。可是一看大海的神情，卻又好像不怎麼懊惱。

貓貓偏著頭，看看不捨地盯著最後一根麻花的雀。

「雀姊雀姊。」

「怎麼啦，貓貓姑娘？」

「我只是忽然在想，這該不會根本是合謀吧？」

貓貓忍不住問了。

「呵呵呵，高官達貴真是不好當呢，連勸說兄弟都需要正當藉口。」

貓貓這下明白大海為何鬥不過壬氏，卻還顯得心平氣和了。

打從一開始，大海就是站在壬氏這一邊的。但礙於兄弟姊妹間有尊卑之分，不能公然反對。所以他來這一趟，只是要得到被迫與壬氏合作的藉口。

貓貓覺得自己剛才還緊張老半天，簡直像個呆瓜。

（還補充咧。）

冷汗都白流了。

（為政真是囉嗦。）

貓貓重新痛切體悟到，自己說什麼都不想跟政事扯上瓜葛。

十七話　祭祀的背後

第八十天。

這次壬氏主持的祭祀，聽說是依中祀制定。

貓貓不是很熟悉祭祀之事，只知道皇帝主持的祭祀似乎分為大祀、中祀與小祀，並依據祭祀規模改變祓濯作法。

（中祀的話要淨身三日。）

貓貓記得擔任壬氏的直屬侍女時看壬氏做過。就是沐浴時須按照禮儀規範，並且茹素。她想起那時壬氏正值成長階段，吃那些飯菜總是一副沒吃飽的樣子。

「明天要辦祭典了呢。」

總是過得悠閒自在的庸醫，一邊把割開的褥子捲起來一邊說了。

「說是祭典，但可不會擺攤喔。」

貓貓把木模壓出的藥丸重新搓圓，一顆顆放在竹篚上。生藥不夠了，這些是用替代材料做的健胃藥。改天見到怪人軍師的副手時，也給他幾顆吧。

祭祀將在西都中央的廣場舉行。那裡有間廟，很好認。

「李白大人。」

「嗯？怎麼了？」

大狗脾性的武官，正在用小刀把褥子割成整齊的布條。

「在這種時期辦祭典，不會反而引發暴動嗎？」

「這點的確是兩難。只是就廣場的情況來看，應該很容易守衛。廣場是圓的，可以派人團團圍繞起來，地方也夠大，不容易用弓箭行刺。」

看在李白眼裡似乎不是危險地點。

「要說需要擔心的地方，大概就是發生暴動被民眾一擁而入吧。」

「要是變成那樣也無法可想了。」

縱然是訓練精良的武人，碰上大批暴民也一籌莫展。

能夠避免受傷當然最好，但事情難以預料。萬一民眾暴動把壬氏的衣服扒了，腹部的燙傷會被看見。

「只不過，這數日來，暴動的次數減少了。」

李白把割開的布拿給庸醫。

「可能是那夜鬧了一場，說來說去還是有點幫助，民眾現在慢慢平靜下來了。」
「是因為玉鶯老爺直接向民眾做解釋嗎？」
「是啊。再來就是玉鶯老爺的其他弟弟，好像也幫忙講了些好話。」
（那方面就是壬氏直接跟弟弟交涉的了。）
玉袁一家總領西都百業。誰敢反抗他們，就別想在西都繼續過活。
「話雖如此，依舊有些傢伙堅稱蝗災是皇弟帶來的，所以戒備仍得森嚴就是了。」
李白是武官，關於當天的警備職務似乎都聽人說了。
「那麼，祭祀時玉鶯老爺會做什麼？」
這是貓貓最想知道的事。
那個磨拳擦掌準備大動干戈的男人會有什麼舉動？貓貓不認為他會乖乖被弟弟們勸退，就怕他在祭禮上冷不防宣布開戰。
「登台致詞當然是要的了。只是考慮到警備需求，他似乎會待在官府，等輪到自己登台再現身。據說會等到典禮後半儀式大多結束了才現身。」
官府離廣場不遠，待在官府等候並不奇怪。只是——
「感覺比較像是用來讓玉鶯老爺成為矚目焦點的手段。」
「我也覺得——」

說是因為警戒不易，但把侍衛分成兩隊似乎值得商榷。更何況深受西都百姓信賴的玉鶯待在廣場，應該更具有遏制民怨之效。

還有，地位較低者後來才到場，本來是相當失禮的行為。之後才帶著隨從或侍衛從官府來到現場的模樣，想必能深深打動民眾的心。

「這是玉鶯老爺的要求嗎？」

「不，不是。」

李白摩娑下顎，閉上眼睛。他的下顎長有鬍碴。如今市場上買不到能用來剃鬍的上等剃刀，想好好剃個鬍子都難。

「聽說是在祭祀之前，玉鶯老爺的弟妹們會齊聚一堂共商大事。好像是大家都忙，只有明天有空共聚。」

「這樣啊。」

貓貓感到很佩服，沒想到大海幫了這麼多的忙。

「聽說幾個弟弟妹妹，也分成了長兄派與么女派哩。」

「么女？」

貓貓一時沒反應過來，但旋即想起那位紅髮皇后。

「是玉葉后嗎？」

貓貓現在才知道她是么女，不過玉鶯與玉葉后的年齡確實相差很大，一個最長一個最幼並不奇怪。

「沒錯。雖說由長兄繼承家業，但就算是么女說到底也是皇后，發言怎麼想都很有分量。聽說姊妹們都支持玉葉后，兄弟裡也有幾個是玉葉后派的。」

「李白大人，您知道得真多啊。」

貓貓用手肘輕輕頂了頂人高馬大的武官。

「那是當然了，來到這兒的其他護衛都會去各處巡視，所以我也聽說了不少。本來他們都羨慕負責護衛別邸的我差事最輕鬆，上次發生暴動後就沒人來講我了。」

「我在想，玉鶯老爺看起來似乎施行許多偏激政策，西都百姓對此沒有任何不滿嗎？」

「那就是支持族群的問題了。只不過是小姑娘看到的族群，有很多人支持玉鶯老爺罷了。從不同的角度來看，就會看出很多的差異。」

「怎麼覺得之前都不是這樣說的？」

貓貓一面幫庸醫解開纏在身上的布條，一面反駁。

「日子一久，各種問題都會浮上檯面啦。民怨一高漲起來，就敢對當官的講話大聲了。都是放馬後炮，事後才說他們早就看不慣那人的行為了。」

「是這麼回事啊。」

貓貓一面把布捲好，心裡一面擔心祭祀能不能順利結束。

翌日，天空晴朗無雲。這對乾旱少雨的西都來說不足以稱之為吉兆。只是儘管徒具形式，畢竟就是要辦祭典，連續幾個月死氣沉沉的氣氛似乎多少變得明快開朗了些。

「小姑娘，要不要上樓看看？」

庸醫拿著蒸薯走上樓梯。貓貓留下來守著別邸，不過從三樓可以看見廣場，她決定到那裡去觀摩觀摩。

以防萬一，貓貓有想過自己是否也該前往祭壇，但被壬氏回絕了。壬氏考慮到的是貓貓受傷比他自己受傷更麻煩。

（壬氏其實也沒那麼容易受傷，況且怪人軍師也在。）

要是貓貓跑去，怪人軍師搞不好會妨礙祭祀進行。

三樓視野遼闊，且涼風送爽。

房間裡有庸醫、雀、李白與家鴨，不知為何羅半他哥也在。

「不是，我在不行嗎？」

羅半他哥半睜著眼瞪貓貓，家鴨也學他把喙抬得老高。馬閃去做壬氏的護衛了，不在邸內。

「我說出來了？」

「我看妳一副就是那種表情所以說說看而已，沒想到妳還承認了，真傷人。」

「對不住了。」

貓貓想拿蒸薯餵有點氣餒的羅半他哥，但被他以吃膩了為由冷漠拒絕。家鴨上前安慰羅半他哥。

「看是看得見，但還是遠了點，什麼都小小一個呢。」

庸醫瞇起眼睛。是看得見舞台，然而臉孔就看不清了。只是壬氏無論如何都很顯眼，一看就知。

「是呀，距離這麼遠，即使來個神箭手也射不中吧。」

雀講出嚇人的話來。貓貓檢查了一下廣場周圍的樓房。

除了別邸之外，夠高的樓房就只有官府與本邸了。

「但我覺得就算離得比這幢宅邸還遠，弓箭應該還是射得到吧？」

庸醫凝目細看。從這個房間到廣場中心，直線距離大約有一百四十多步（兩百公尺）吧。

「長弓或弩的話或許射得到，問題是如何瞄得準？就算萬一真射中了，也不見得仍有那威力能一箭奪命。這叫有效射程，一般來說連七十步也不到。」

李白用武官的方式做說明。

「哦，那就可以放心了呢。」

庸醫鬆了一口氣，開始吃蒸薯。

「這樣就放心了？」

羅半他哥提出了異議。他盤腿而坐，讓家鴨坐在兩腿間撫摸牠。

「弓箭這玩意的飛行距離與命中率是看射手的本領高低吧。假如有人發明了一把厲害的勁弩，李白兄所認為的常理恐怕也會被全盤推翻吧？」

羅半他哥大多數的事情都能做得很好。雖然沒有特別出色的長才，但很能活學活用。

「羅半他哥說得有理。但就我的看法，用弓還是不行。弓是歷史悠久的兵器，今後也不可能有啥巨大變化。可是，如果把突火槍經過多次改良可能就危險了。」

「突火槍嗎？真沒想到您會這麼說。」

貓貓很驚訝身為武官又相信自身本領的李白，居然會承認突火槍的價值。

「是啊。它現在的威力是不比弓箭，但可以用那麼小一個筒子隨身攜帶，不是很可怕嗎？任何兵器都會在多次改良後提升威力。不受個人本領左右的兵器，只要經過改良就有它的價值在。」

「我想想，所以如果有人帶那個叫什麼突火槍的來就危險了嗎？」

庸醫似乎不太清楚突火槍是個什麼玩意兒。

「可以這麼說！」

李白滿不在乎地肯定這個說法。結果依舊搞得庸醫緊張不安。

「我說李白兄啊，講半天要是有人想下手，還不是等死？」

羅半他哥一臉傻眼地把家鴨抱到一旁。

「是啊。不過，要把突火槍用來行刺，就目前來說問題還太多，在這次的祭祀更是派不上用場。我想大家可以放心。」

既然李白講得如此肯定，貓貓也決定相信他的看法。

「暴動比較讓我擔心，不過目前民眾都還算安分。」

「他們只要有東西吃就願意放過我們啦。」

羅半他哥半睜著眼說。

「看，就在那邊，看得見嗎？」

「什麼東西？」

雀凝目細看。貓貓也看了一下，只見那兒好像擺下了攤子，聚集了不少人潮。

「那是在分配追加送來的物資啦。哎，就是薯類啦。」

「薯類……」

羅半他爹究竟種了多少薯類？羅半的祖父與母親在鄉下過得不開心，但光是強行推銷那些薯類，賺得的家產恐怕已經超越欠下一屁股債的怪人軍師了。都可以靠賣薯錢蓋豪宅了。

「好像是雇用了平時擺攤的小販來發糧喔。因為他們做習慣了，也能藉此增加營生機會。」

「哦。」

貓貓啜飲回沖到已經淡而無味的茶。薯類只要有燃料烤了就能吃，不用剝皮輕鬆得很。不只是發糧賑濟，且考慮到從各方面重振百姓生計，真像是壬氏的作風。

「而且聽說還蓋上了烙印，跟民眾宣傳說是皇弟發的糧咧。」

貓貓忍不住把茶噴了出來。由於噴得實在太激烈，不只是口鼻，好像都往上流進眼睛裡了。

「喂，妳怎麼啦？」

羅半他哥摸摸貓貓的背。

「沒、沒事。只是覺得給薯類蓋上月君的烙印怕有所冒犯。」

「所以好像只是烙個簡單的蛾眉月。也沒辦法做出多精細的圖案嘛。」

他這麼做是在順便譏諷自己嗎？搞得貓貓很不安。

「烙印薯？挺有意思的。雀姊去要一點來。」

雀身手矯健地站起來。

「要薯類這兒不就有了嗎？」

「順便去看看有沒有什麼吸引人的點心。實話實說吧，我看膩了。」

「雀姊，妳很詐耶——所以我就得留下來守著？」

「就是這樣嘍～請您加油～」

雀離開房間了。

貓貓一面用手絹擦臉，一面望向廣場。

一個衣冠楚楚的男子在廣場上走動，應該是壬氏。

聽不見聲音，唯有些許絲竹樂音隨風飄來。

貓貓內心希望什麼事都別發生，吃了一口蒸薯。

十八話　兄弟姊妹會議

我為什麼會在這裡？陸孫待在議事堂，心裡感到納悶。

在官府裡的一個房間——最寬敞的廳堂裡，陸孫及玉袁的眾子女齊聚一堂。包括玉鶯在內，共有八人圍著圓桌而坐。

就陸孫所知，玉袁共有十三名子女。其中一人是玉葉后，並聽說次女留在中央輔佐玉袁。

如此尚有十一人，但有三人未到。也許是要湊齊所有人有其難處，也有可能是同母兄弟就省點事不用來了。

陸孫將玉鶯兄弟姊妹們的長相與記憶做比對。

長男玉鶯左邊坐的是次男，右邊是三男。三男與玉葉后感情融洽，與皇弟應該也見過幾次面。兩人偶爾都會來到官府。

長女與三女，分別坐在次男與三男的旁邊。西都式的座位順序是由身分地位較高者坐在遠離門口的位置，但長女比次男年長。可見這裡按的不是年齡大小，而是男女之別。

四男、四女與五女未到。另有三人的長相陸孫沒見過，想必就是沒數到的五男、六男與七男了。從順序來想，坐在玉鶯正面的男子或許就是七男。

兄弟姊妹們背後各擺了一張椅子，讓各自的親信就座。只有玉鶯背後是兩把椅子，一把讓玉鶯的親信來坐，另一把不知為何是陸孫坐著。

陸孫覺得自己完全來錯了地方，但既然玉鶯叫他來，陸孫只能聽命同席。陸孫本來是要在廣場觀賞祭禮的。

「請問兄長有何要事？」

長女說話了。是個有點鷹勾鼻、年過四十的女性。

「之前不是先解釋過了？叫大家來是為了商議西都……不，是戌西州的將來大事。」

玉鶯說話時大動作地張開雙臂。相較於玉鶯人高馬大且體格健壯，長女體態纖細清瘦。畢竟各為不同母親所生，即使都是兄弟姊妹，相貌體型卻各有不同。

「大哥，我沒辦法聽從你的決定。」

三男說話聲調堅毅。皮膚與頭髮都被太陽曬得變色，一看就是個標準的海上男兒。記得曾聽聞此人一手承擔海港事務，發言有時甚至比次男更有分量。

「怎麼了，大海？哥哥講話都不好好聽了？」

玉鶯規勸三男大海。但對方並非幼童，而是已經三十好幾的漢子。

「我已經猜到大哥要說什麼了，就是之前提過的那事吧？」

大海瞥了一眼陸孫。

「不用在意。在座所有人都可以聽到這件事。」

玉鶯難道想說陸孫是他這一派的嗎？抑或是這件事即使傳進皇弟耳裡也無妨？

大海將視線轉回來。

「阿爹若是聽到要攻打砂歐，絕不可能默不作聲。即使大哥代理領主之職，這判斷下得也過分了。」

「我也和大海持相同意見。」

次男也說話了。是個虎背熊腰、膚色曬黑的男子。記得這位承擔的應該是陸運事務。

「大哥你所說的利益，不像軍費所需是明擺在眼前的。我是個商人，不樂意讓工人去服兵役，更何況萬一戰敗，敢問損失會有多慘重？」

其他兄弟姊妹也都同意次男所言。

相較之下，玉鶯穩如泰山。

「哎呀哎呀，看樣子你們事前都串通好了要來對抗我是吧？之前不是還有幾個人對這事感興趣嗎？」

「我從未贊成過此事。」

「我也是。」

長女與三女說了。三女容貌五官分明，身材豐滿。看起來還年輕，但應該已經三十五上下了。

兩位姊姊所言，讓五男以下的弟弟們一臉尷尬。

長女斜眼瞅著弟弟們的這種表情，繼續說道：

「一旦開戰，我舖子裡的地毯不就沒人買了嗎？好不容易才把國內的販路大幅擴展到砂歐啊。」

接在長女之後，三女也有意見。

「我那邊也會釀不成葡萄酒的，反正一定是要跟農民徵兵吧？我不會讓任何人把葡萄農家的人帶走的。好不容易才有人說我們的酒比異國產的更醇，中央的主顧也與日俱增啊。」

長女與三女橫眉豎目。兩人雖為巾幗，但都被賦予了職責。面對玉袁的女兒唯利是圖的秉性，幾個男子理屈詞窮。

「兩位妹妹真是得理不饒人。」

玉鶯臉上浮現苦笑。

「怎麼能說我得理不饒人呢？我是西都紡織業的負責人，一旦開戰，高級品就乏人問津了，你認為有多少工匠要流落街頭？不能因為我的判斷，讓成千上百的工匠與他們的家人挨餓。不能保證他們今後十年間的工錢與安全，這事就沒什麼好談的。」

「真是貪婪啊。」

玉鶯神情顯得很為難，當下看起來像是說不過能言善道的妹妹。但他隨即改變表情，說：

「這麼聽起來，陸運、海運、紡織與釀酒業似乎都一帆風順啊。至少即使遇到蝗災，也還經營得下去。」

玉鶯一面摩挲下巴，一面看向保持沉默的三個弟弟。

「那麼冶鐵、陶瓷與畜牧呢？」

一名年紀與陸孫相仿，或是比他再小一點的男子怯怯地舉手了。此人個頭矮小，但全身肌肉發達。從座位順序來看應該是五男。

「……坦白講，很難撐下去。我聽爹說的在西都蓋了高爐，但一直沒賺頭。不可能有賺頭。」

「為什麼？你有在認真經營嗎？鐵器的話應該有需求吧？」

三女瞇起一雙大眼睛看著弟弟。

「夠認真了！可是啊，沒妳想的這麼容易。西都鄰近海港，所以是很容易進口鐵礦，問題在於沒燃料。火力要大到能熔鐵的話，用家畜糞便或麥稈都不夠。木柴或木炭又太貴了，更何況市面上滿是貿易品，客人都只買品質更好的異國貨。即使接到了生意，也都得削價跟便宜貨競爭才賣得出去。」

「那你就做些商品價值更高的東西啊。」

三女一副拿他沒轍的表情。

「有在做了！但妳知不知道那得先要有多少本錢？阿姊妳在西都產的葡萄酒開始有販路之前，明明也跟阿爹開過口！」

「好吧，是沒錯——」

三女神情顯得尷尬。

「我也有話要說。」

這次換成看起來話不多、二十五歲上下的男子舉手。如果是依年齡順序發言，便是六男了。

陸孫只能當個擺飾，旁觀這家兄弟姊妹的談話。

「陶瓷器也得有燃料才做得起來。西都日漸繁榮是好事，但同時物價也在上漲。尤其是人口一多，數量有限的燃料價格更是飛漲。這是沒法解決的問題。」

六男不像五男，講話口氣比較冷靜，但說的幾乎是同一件事。

「那麼，最後換我了。」

七男開口說道。此人面如童子，但在臉頰與耳朵上可看見清晰的傷疤。

「誰要反對開戰就去反對，我無所謂。但是我那兒批售的羊毛，價錢要比現在漲三成。」

「為、為什麼啊！」

聽到七男的發言，做紡織生意的長女火氣來了。

「我那兒的羊毛價格從來沒漲過。我想大概是娘跟外公與阿爹之間做了各種協議，請他們算自家人便宜一點。但是到了我這一代，我希望能用公道價做生意。坦白講，三成都算是良心價了。阿哥他們不也說了？西都的物價正隨著城邑發展而上漲。既然這樣，作為紡織原料的羊毛也該漲價吧。」

對於七男的意見，五男與六男點頭同意。

「一下子漲三成太蠻橫了，就不能循序漸進慢慢來嗎？」

「都要餓死了，還搞什麼循序漸進！」

七男嗓門大了起來，凶巴巴地瞪著長女。

「蝗災嚇跑了家畜，帳篷又被啃得破破爛爛。就算想買糧食人家也不肯賣，這狀況妳懂吧？沒逃走的家畜已經有一成準備變賣了。至今阿姊妳殺價購買的那些羊毛我都不計較了。但是，現在賣掉剩下的羊毛或自製的酥(奶油)已經不夠買糧了。順便告訴妳，冶鐵與陶瓷等需要作為燃料的家畜糞便，也是我那兒廉價批售的。今年冬天可能會很冷，我沒有餘力賣燃料，光是蒐購食糧就讓我焦頭爛額了。你們只會說都是自家人所以算便宜一點，但要是賠上我們自己的性命就太不值得了！」

在場兄弟姊妹當中就屬七男最小，但陸孫已經看出此人也是最好戰的一個。長女臉孔僵硬抽搐。

七男似乎還有話想講，他看著玉鶯。

「大哥，所以請你今年把那個拿出來。」

「那個嗎？」

「對，我就當著在座的面明說了，可以吧？」

七男環顧圓桌一圈。一瞬間，陸孫感覺他似乎與自己對上了眼。

「只要羊毛漲價再加上**石炭**，我那兒就能度過難關。我會設法度過。」

聽見七男此言，陸孫勉強裝作毫無反應。他驚愕到心臟重跳了一下，但硬是擺出了「什麼東西？」的表情，但願能騙過眾人。

「你說燃石嗎？我那邊也需要。」

「我也是，我也是。」

六男與五男接連著說。

石炭、燃石。顧名思義，就是能點火燃燒的石頭。這種石頭在中央無人開採也沒多大用途，被當成不值錢的東西，但在戌西州就不同了。哪一年有寒流來襲，民眾常常燒石炭取暖。這對當地居民來說是不可或缺之物。

陸孫看出這家兄弟姊妹們的關係了。事業有成的兄姊追求安定，不願開戰。但底下幾個弟弟遭逢蝗災，使得原本維持收支平衡的生意開始虧損，無計可施。玉鶯就是抓住了這個弱點。

「只要打下砂歐，鄰近的礦山就會到手。如此便能從海港輸出石炭，也可減輕輸送物資到內陸的負擔。冶鐵與陶瓷業都能擴大規模，而且從此再也不會有人凍死。從長遠的觀點來看，必然有利可圖。」

玉鶯說話聲清晰嘹亮，像在朗誦台詞。

大海從座位上站了起來。

「大哥的意見豈止是紙上空談，根本是畫餅充飢。你怎麼會以為砂歐唾手可得？怎麼能斷定他們國內有石炭礦山？砂歐是中立之邦，茘國無故侵犯，其他外邦不會坐視不管。屆時不只是阿爹，皇上也將震怒。就算葉妹妹如何受寵，或是外甥將成為東宮都無濟於事！難道不只是戌，你連自家也要搞到滅族嗎！」

陸孫的心臟再次激烈地跳動。

「戌字一族的事是迫不得已。」

看到玉鶯悲痛地垂首，弟妹們一陣譁然。

陸孫深吸一口氣，安撫自己激烈的心跳。

他看看眾人，發現兄弟姊妹當中分成了兩種神情。年長者面有不安，年少者則似乎感到困惑。陸孫看出五男以下的弟弟，對十七年前那事並未聽說得太詳細。

「戌字一族已經被『女皇』盯上了。放著她們不管，禍事難保不會殃及西都。腐爛的果子必須扔掉，否則整箱都要爛掉。那是迫不得已。」

玉鶯不提為什麼被盯上。

次男呼出了一大口氣。

「你們倆都冷靜下來。」

次男從座位上起身，岔入玉鶯與大海之間。

「冷靜點，大海。就連我也聽得出來，大哥為了西都的繁榮用心良苦。蝗災已經搞得大家心浮氣躁，連你這個該做為表率的都大動肝火怎麼行呢？」

「可是，二哥……」

「當然，我也反對玉鶯大哥的意見。燃料確實是重要的問題，但並非當務之急。現在首要該考量的，應該是天災的善後處理才對。接下來可能會有一段難熬的日子，但阿爹不是教過我們兄弟姊妹必須互相扶持嗎？大哥也是，就不能稍微放寬心，等東宮長大成人嗎？」

次男的這番發言，讓玉鶯忍俊不住。

「呵呵，哈哈哈！弟弟啊，你這是要我等多少年啊？你敢保證我們的外甥一定能平安登基嗎？」

「鶯哥哥，您這話踰越了吧！」

三女拍桌說道。玉鶯頓時怒目相對，說：

「叫我玉鶯！」

這是玉鶯第一次發脾氣。

這聲怒罵讓三女大吃一驚，睜大眼睛露出「糟了」的表情。看來她發現自己說錯話了。

「……請玉鶯哥哥原諒。」

「沒事，妹妹明白就好。」

玉鶯即刻變回笑容。

其他兄弟姊妹重新看看玉鶯。

看在陸孫的眼裡，直到剛才兄弟姊妹們似乎都還能無所忌憚地發表意見，不分長幼。但是，從玉鶯此時的口氣與其他兄弟姊妹的反應來看，雙方之間像是有著巨大的隔閡。

玉袁共有十三名子女，但僅僅只有玉鶯與玉葉后的名字有「玉」字。

身為這十三人的父親，玉袁打從一開始就只看中玉鶯一人作為傳人。因此兄弟姊妹之間最為強勢之人，早已確定是玉鶯這個繼承人。玉鶯的弟妹們剛才之所以能對他出言頂撞，終究只是因為玉鶯允許。

玉鶯一動怒，似乎讓玉鶯的弟妹們重新理解了狀況。

他們能夠像這樣共商大事，不過是因為玉鶯允許罷了。他們全是玉鶯主演的舞台找來的配角。

因此，跑龍套的無名侍從們都得不到半句台詞。陸孫同樣也只是個跑龍套的。

議事堂的氣氛變得十分凝重陰鬱。次男困惑地坐回椅子上。

陸孫猜想平常他們議事的氣氛應該沒這麼火爆，但畢竟蝗災已經讓眾人苦撐了將近三個月。玉袁的子女們應該不至於淪落到要挨餓，只是肩上扛著重責大任，對心裡造成的負擔也就特別大。

「我說的都不是胡亂猜疑，是千真萬確的事。」

玉鶯出聲說道。

「你們可知當今聖上的後宮，已有多少皇子早夭？」

「……」

弟妹們都沒說話，只是面面相覷。

「不知道是吧？那就來問問中央出身的人吧。陸孫，目前已有幾位皇子夭折？」

陸孫在這時受到眾人矚目，自以為是跑龍套的陸孫得到了名字。被這家兄弟姊妹們盯著瞧讓陸孫十分尷尬，但不回答也不行。

「東宮時代夭折一人，登基為帝後又有三人夭折。」

「大家都聽見了。現今東宮年方幾何？娃兒沒長到七歲，能不能健康長大都還不能放心。」

皇族的孩子能受到比平民更好的照顧。即使如此嬰兒還是容易早夭，就連長大了的小孩也經常在時疫流行時溘然離世。

「我們的妹妹葉生了東宮與公主。但也另有妃嬪生下與東宮歲數相仿的孩子。即使已經立為東宮，難道就能安心了嗎？」

玉鶯故意提及另一位嬪妃，以暗示除了病死之外，還有遇刺的可能。

「……所以大哥的意思是梨花妃想要東宮的命？」

大海如此詢問，但玉鶯搖搖頭。

「哈哈哈，那兒不就有一位比梨花妃更可怕的大人嗎？」

玉鶯大大揚起右手，指向窗戶。

正在舉行祭祀的廣場就在那一邊。

「大哥說的這是什麼話！」

次男往桌子一拍站了起來。

「玉鶯阿哥，這話我們就實在不敢苟同了。」

長女與三女也在搖頭。其他兄弟姊妹同樣神情尷尬，看著自己帶來的侍從。陸孫原本只顧著看這些兄弟姊妹，但侍從們聽了玉鶯所言也都驚惶萬狀。

「為什麼？皇子一個個無法長大的理由也不難猜測吧。難道不是因為皇上比起後宮的幾個年幼皇子，更溺愛月君這個同母弟弟嗎？」

玉家兄弟姊妹頓時鬧嚷起來。

「！」

「這怎麼可能……不，可是……」

「溺愛月君？」

有人驚訝，也有人理解。

陸孫猶豫著不知該作何反應。

月君長年以來以體弱多病為由，極少在眾人面前現身。皇族沒有其他親眷，加上月君又是皇帝的同母弟弟，陸孫是聽說過當今聖上寵溺月君。月君未得到一官半職，向來也被認為是當今聖上護弟心切。

然而實際上現身的卻是一位容貌確實如天仙般柔美，但同時也文武雙全的青年才俊。而眾人之所以心中驚惶，除了月君並非不值一提的小小皇弟之外，尚有一個原因。月君過去曾以壬氏之名，假扮宦官擔任後宮總管。不只如此，他還選在興兵肅清子字一族的時機登上政壇。

月君由於容貌出眾，在宦官時期不只受到女性青睞，想必也有眾多男子獻殷勤。宦官壬氏的真實身分揭曉造成了極大衝擊，陸孫看過無數官員為了此事驚惶無措，搞到鬧隱居、上吊甚至是切腹。

皇上被問到為何讓皇族假扮宦官時，答覆是：「為了擠出毒膿。」事實上治理子北州的子字一族圖謀反叛而遭到族滅一事，也的確記憶猶新。

「說、說什麼溺愛……」

三女不知為何羞紅了臉。她好像理解成了另一種意思，但沒人糾正她。因為也的確有此一說。

「你們沒聽說過嗎？懷疑月君是否真為先帝之子？」

「那只是流言蜚語吧，阿爹也說月君相貌與年輕時的先帝神似。不然你說誰才是親生父親？」

次男傻眼地說。

然而，玉鶯面不改色。

「當年皇太后尚為皇后，能接近她的男子有限。不是先帝就是自家人了。」

玉鶯得意風生的笑容，看在西都百姓眼裡大概像個英雄好漢吧，說出的內容卻邪惡至極。

「例如當今聖上。」

「……你是說，月君是皇上的兒子？」

五男臉色大變。不只是這個弟弟，侍從們也都一陣騷然。

戌西州由於多為遊牧民，親屬之間的婚姻是無可避免。但親子之間的近親婚姻仍被視為禁忌。

「這並非什麼不可能的事。先帝只愛狎玩幼童，皇太后當時又還年輕。從年齡差距而論，比起先帝與皇太后，皇太后與當今聖上不是比較接近嗎？皇族的近親婚向來已成慣例，過去還有皇帝與姪甥或異母姊妹之間生下孩子的紀錄。」

「簡直荒唐透頂！再怎麼想也太離譜了！」

大海大聲說道。對長兄的敬意已經蕩然無存。

「但是說得通吧。皇弟若是皇上之子，就可以解釋他為何與先帝神似，並受到皇上溺愛。而後宮之所以長久以來養不大皇子，如果說是為了將皇位讓給最屬意的嫡子就不奇怪了。」

「難道阿哥的意思是，皇上根本無意讓其他皇子長大成人？現今的東宮與其他皇子也註定要死？根據……說這話可有根據？」

長女逼問玉鶯。長女的侍從滿臉困惑地勸阻主人。

「是呀，請拿出根據來。要是被人知道阿哥僅憑個人臆測就如此妄言，我們可是會落得跟戌字……不，是跟子字一族同樣的下場啊！」

「根據是吧？那就告訴你們一件事吧。」

玉鶯對眾人驚慌的模樣無動於衷，慢條斯理地換蹺另一條腿。

「當年皇弟出生時，侍奉皇后的侍女們幾乎全被辭退。其中一人嫁到戌西州來，她的丈夫與我是故知。後來女子不幸喪夫，就來投靠我了。她說有一件關於皇弟的大事要告訴我。」

玉鶯講得故意吊人胃口。

「此、此話當真？」

長女慢吞吞地向後退。

「千真萬確，是去年才發生的事。那時皇弟恰巧才剛來到西都。」

「這事我怎麼是頭一次聽說？」

大海用懷疑的目光看著玉鶯。

「這是我初次提起此事。我覺得不可信，但決定先聽聽女子的說法，豈料這個前侍女忽然死於非命。是被運貨馬車給撞死的。」

玉鶯面帶遺憾至極的表情張開雙臂，講話口氣與動作好像前侍女是被人封口了似的。

陸孫出了一身微溫的汗。

玉鶯這個男人，表面上很會做人。

玉鶯這個男人，擅長登台演戲。

玉鶯這個男人，很會攻擊對方的弱點。

沒有明確根據，卻能讓這議事堂裡的所有人，對月君的身世產生疑問。能夠巧言哄騙眾人，誘導思考的方向。

「月君會傾聽我說的這些嗎？還是我應該保持沉默？月君究竟是知情，抑或不知情？」

清晰嘹亮的嗓音響徹議事堂。比手畫腳的豐富動作就像戲子登台，整件事分明荒唐無稽，卻自然而然地流入耳中。

「父親期望的是西都的繁榮昌盛。請問各位弟妹，乖巧地向皇族搖尾巴就能坐享榮華富貴嗎？如果要當走狗，為何不索性在十七年前滅亡算了？」

狗與戌同義，他藉此舉戌字一族為例。

原先反對長兄意見的弟妹們，臉上閃過不安之色。看起來像是在猶豫，不知是否該安分地繼續支持皇弟。

陸孫心想：就是這樣才可怕。

玉鶯會闖下大禍。會在他自己意想不到的地方闖下大禍。

陸孫這下明白自己被叫來的理由了。這是在挑釁，意思是不怕被皇弟知道。所以，身分不上不下的陸孫才會被挑中。自己這個不屬於中央或西都，牆頭草一般的存在就這麼被挑中了。

玉鶯的「有膽量就去通風報信啊」與「說了諒你也不能怎樣」的聲音在陸孫腦中迴盪。

「好了，該準備上台了。我們兄弟姊妹沒有齊聚一堂，祭祀就不能圓滿結束。你們也都去準備吧。」

玉鶯宣布各自解散，耗盡心神的弟妹們一臉困惑，離開房間。

最後剩下大海在走出議事堂前，看了玉鶯一眼。

「大哥……今天的祭祀——」

「今天我不會招惹是非，畢竟你們現在正心煩意亂嘛。」

不知道這值不值得高興。

只是，陸孫無法從椅子上起身。他始終低垂著頭，不曾看向正面——

十九話　風在哭泣　前篇

沒事的，沒事。玉鷲一再如此告訴自己。

就快結束了。再過不久，所有事情就會有個收場。

他感覺一輩子纏住自己雙腳的絲線，正在一根根地斷開。而他現在所做的一切，就是為了斬斷纏住自己脖子的無數絲線。

總算能除去折磨了他將近三十年的噩夢了。

就快了，用不了多時了。

玉鷲拿起放在架子上的撥風羽。這是母親曾經疼愛有加的老鷹留下的。母親死後，那鷹也像是殉主般斷了氣。他還記得母親託他照顧那鷹時，他不知該如何是好。玉鷲從來沒想過要去照顧什麼鳥禽。

「你得守護這座城鎮，知道嗎？」

他想起母親說過的話。母親溫柔慈祥，一輩子從沒恨過誰。父親玉袁喚這樣的母親為西母。這同時也代表了父親的決心，要讓母親成為戌西州最受尊敬的人物。

他們說玉鶯的名字取自棲息於遙遠東方的鳥禽，但他寧可得到鷲鷹之類的強悍名字。

「你娘這條命是你爹救下的，就像戲曲裡的武生一樣。」

既然這樣，為何要給自己取名叫什麼弱小的鶯鳥？他真希望能有個更高傲不屈的名字。

玉鶯放下撥風羽時，聽見了敲門聲。

「進來。」

「玉鶯大人，有人求見，要見他一面嗎？」

副手來了。玉鶯此時正來到官府的書房準備更衣。方才談話拖延了點時辰，他急著前往祭壇，沒那閒工夫見客。

「是誰？」

「西北村莊一個叫拓跋的人。大人覺得呢？」

問玉鶯意下如何，意思是要不要派人在房間護衛。玉鶯則是一刻也不能停留，有話早早說完便是。

「護衛就免了，你也退下。」

拓跋是玉鶯的奶兄弟。拓跋的母親是識風部族出身，曾為奴隸。玉鶯母親西母看在同族之情的份上贖了她，帶回自己的宅邸照料。拓跋的母親與西母情同姊妹，就這麼成為了玉鶯的奶娘。

玉鶯想起過去西母與奶娘一同照顧鳥兒的那段回憶。

「叨擾了。」

被副手領來，拓跋來到更衣已畢的玉鶯面前站著。這男人體格乏善可陳，黑髮有些捲翹，淡色眼睛讓人感覺到異國血統。奶娘還在做奴隸時就有了孩子，拓跋的父親是奶娘從前做奴隸時的主人。

拓跋與母親一同在本邸伺候，後來母親身體有恙，便請辭了。

父親玉袁給了奶娘一筆錢感謝她至今的辛勞，母子二人便遷居至農村，遠離塵囂。

自此以後，玉鶯與拓跋幾乎是斷了音信。

拓跋大概是忙著適應新環境吧。玉鶯也不在乎，事事都愛裝大哥的拓跋離開讓他耳根子清靜多了。

只是西母告訴他，奶娘遷居至農村之後似乎就一病不起，變得神智不清。似乎是當奴隸時吃了太多苦，辭了職後就一口氣衰老了。

拓跋在生活困苦時，一次次地來找過父親濟急。父親給了拓跋工作。然而後來漸漸有許多農民學拓跋來向父親借錢。這些農民，大多是母親贖回的奴隸。

玉鶯一直覺得這就叫做恩將仇報。他不懂父親為何這麼好講話。

「怎麼了？你竟然也會直接上門找我。」

玉鶯想責怪拓跋為何挑在這種忙碌的時候來拜訪，但按捺住脾氣。父親現在人不在西都。雖說兩人是奶兄弟，但已有好一陣子沒見面了。

坦白講，玉鶯很想早點把話講完。他一點也不想看到拓跋的臉。

「抱歉突然來找你。只是有件事，無論如何都想跟你問個清楚。」

不知上次跟拓跋見面是何時的事了。奶娘是在玉鶯十五歲時離開本邸的。在那之前，比他大一歲的拓跋總愛跟他擺大哥架子。

以前玉鶯並不放在心上，但現在被惹得極其不悅。但也不想因為這樣就跟他大聲。

玉鶯想拿出成熟的態度做應對。

「請你有話直說，我也是很忙的。等會我必須去參加祭禮。」

「那我就直接問了。你打算跟砂歐開戰嗎？」

拓跋的兩眼嚴厲地瞪向他。

「勢在必行的話也只能一戰。這是莫可奈何的事。」

玉鶯一面整理衣襟，一面回答。

「分明就是你把事情弄到這步田地！為什麼？你以前不是常說，要像玉袁老爺那樣行遍天下，結交各路友人，讓生意蒸蒸日上、西都日益強大嗎？你也有子女與孫兒，難道想讓家人身陷險境嗎？兵戎相見就是這麼一回事啊。」

拓跋聲色俱厲地說。玉鶯以前覺得拓跋很高大，如今一看卻如此寒傖。奶娘痴呆使得這個奶兄弟做不了像樣的營生而日漸窮困，總是來找父親要錢。

還以為今天又是來找玉鶯伸手要錢了，原來是要說這事。

「我是說過沒錯，但那都是過去的事了。更何況如果想保護家人，就更該付諸行動才是。」

說那些話的玉鶯年紀還小，對任何事情都沒有疑心，以為天空永遠是藍的。

「你也看到了，西都如今正面臨危機，蝗災導致民不聊生。為了救民水火，不就只能做一些犧牲了嗎？」

「你身為父母官，該做的就是避免這種狀況發生！換做是玉袁老爺，一定會想想有沒有其他方法。你真的有仔細思量過嗎？皇弟殿下不也在盡力救災嗎！」

刺耳的聲音傳進玉鶯的耳朵裡。捲翹的頭髮、淡色的眼睛。異國混血的男子。

拓跋這個男人不管是長相還是行為，全都讓玉鶯覺得礙眼。

「這事跟你無關。我還有公務在身，現在急著去參加祭祀，沒這閒工夫跟你吵。」

「然後你要號召百姓共赴戰場，是不是？只要舞台布置好了，你向來擅長煽動人心。剛才好像也唬得弟妹們一愣一愣的嘛？」

「住口！」

玉鶯不由得提高了嗓門。雖說已經屏退左右了，但聲音太大也許會把人引來。那樣就麻煩了。

這是因為——

「誰說跟我無關了？我是你哥啊。」

玉鶯眼神冰冷地看著拓跋。

拓跋說出了絕不能讓任何人聽見的事情。

「你胡說什麼？我跟你的確是兄弟，但只是奶兄弟。你想裝大哥，我不跟你計較。但你不是我的哥哥。」

「……對，我知道你想當成是這樣。玉袁老爺與西母夫人也都是這樣把你養大的，就連我娘也是如此打算。」

拓跋把一本冊子丟到了桌上。這疊又舊又髒的羊皮紙正是版籍。老舊的版籍，看得出來已是幾十年前的東西了。眼前的奶兄弟把冊子翻到了某一頁。

「但是，這兒都寫得清清楚楚。」

冊子上有西母的名字，子女的部分有個陌生的名字。但生年與玉鶯相同。

「我娘因病離開玉袁老爺身邊是騙人的。是玉袁老爺為了藏匿我們母子，才讓我們離開了府邸。」

拓跋細說從前。

「結果我爹似乎是砂歐商人。後來那商人因為孩子接連死於時疫或不測之禍，失去了所有家人，才想起跟一個早已遺忘的奴隸之間生過孩子。」

玉鶯不作聲。他得趕快去參加祭祀，卻又無法對這個不識相地大談往事的男子置之不理。

「有一次那個商人不是來找過玉袁老爺嗎？你見到那商人，心裡都沒有任何感觸嗎？」

「……」

當時奶娘與拓跋離去後還沒過幾天。一名陌生的異國人來到府邸，抓住了玉鶯的雙肩。那人對他連珠炮般地講了一串砂歐語。他聽得不是很清楚，只知道喊的是「兒子，兒子」。

異國人有著一頭紅髮與淡綠色眼睛。髮質就像拓跋一樣捲翹，眼睛顏色也很相像。唯有結實的體魄與相貌五官，簡直像是玉鶯將來老了的模樣。

異國人把玉鶯與拓跋搞混了。玉鶯還沒甩掉異國人的手，西母已先岔進了二人之間。西母抱住玉鶯的頭，害怕地看著異國人的臉。

玉鶯聽過西母是識風之民出身。說是後來不再在草原生活，開始與父親一起做起行商

——然後四處贖回淪為奴隸的昔日同族——

不對，順序反了。

是玉袁先贖回了西母與奶娘等曾為識風之民的奴隸。爾後，西母嫁作玉袁之妻，才開始一起經商。

西母與奶娘昔日為奴時，侍奉的是同一個異國主人。而當她們得到玉袁贖買時，西母腹中已有了異國人的骨肉。異國人不知情，就這麼把女奴西母賣給了玉袁。

「我與你是同父的兄弟。」

玉鶯不想聽，光是摀起耳朵還不夠。可是，拓跋卻照講他的。

「娘都跟我說了。要不是娘神智不清了，本來應該是想把這事帶進墳墓吧。我娘本來並不想提起你親生父親的事，因為她好像是打從內心為了玉袁老爺與西母夫人的姻緣高興。」

拓跋得知玉袁與西母本為舊識，且已約定終生。後來遭其他部族襲擊，西母與奶娘被賣作女奴。異國主人染指一個又一個的女奴，奶娘生下拓跋，西母懷了玉鶯。玉袁贖買奴隸，給了他們營生與住居。西母得玉袁求婚，但以已有身孕為由回絕了。

「這才是你的本名。」

在戌西州定居，須於版籍登記戶口。在冊戶口收藏於西都官府，由戌字一族管理檢驗。

玉袁向西母約定，會將這個沒有血緣關係的孩子當成親骨肉養大。西母拗不過他，之後孩子改名為玉鶯。

奶娘也在這時進入玉袁府邸做事，拓跋直接成了玉鶯的奶兄弟。

那時玉鶯年紀尚幼，記不得這些事。

在案桌底下，玉鶯用力摳抓自己的膝蓋。

他知道。他早就知道了。

用不著現在才來聽這些，玉鶯早就知道真相了。明知真相如此，玉鶯仍然必須是玉袁的長子。

父親行事秉持公理正義，守護西都就是父親的公理正義。這也是西母的心願。為此，玉鶯身為玉袁的長子必須無可挑剔。

為了維護公理正義，不得不為的惡事比起其他官員還算寬厚的了。全因父親為人仁慈。

玉鶯想起作過奴隸的那些人不習慣種莊稼，每次失敗都來向父親借錢。父親仁慈，有求必應。無力償還的，就在農忙期雇用他們幹活抵債。以利息來說算是便宜了他們。毋寧說考慮到操練的麻煩，借債的才是占了便宜。可是，父親從不貪心。難道一個寬大為懷的男人，僅憑胸懷就能養活眾人？

但是事情都有個限度。第一批被贖回的奴隸毀了約。他們知道玉鶯的真實身分。

野雞不叫不會挨打。

父親疼愛玉鶯，貪求無厭的人一個個消失了。有的是奴隸出身，有的是認識西母的其他識風之民。

他們必須消失。白玉不能有瑕疵。

為了繼承父親的志業，礙事的東西都得除掉。

「這本版籍是哪裡來的？」

「林大人藏起來的，被我找到了。」

說的大概是好一段日子之前，別邸鬧過的那場小騷動吧。事情也傳進了玉鶯的耳裡。

「失蹤的什麼林小人就是你嗎？你似乎從很久以前就在四處行動，為的是什麼？」

「……是玉袁老爺要我做的。老爺說假若林大人藏有過去的文書，希望我向他稟報。又說若是找到什麼，就由我統統燒毀。老爺偶爾會把我找來，就是為了這事。」

玉鶯恍然大悟。

「原來如此。」

玉鶯的父親玉袁果然是關心他的。玉鶯在十七年前對戌字一族幹下那事之後遭到父親嚴斥，但並未因此失去繼承人的地位。玉鶯做的一切都是為了玉袁。他贏得民心，拯溺濟危，努力讓自己成為受人仰仗的無敵武生（英雄）。

父親一定會原諒玉鶯的所作所為。因為繼承了父親志業的玉鶯，是毫無瑕疵的為政者，時刻不忘西都的繁榮發展。

所以，玉鶯現在的作為也是對的。

「你如果是為了西都好，請你不要再說什麼要攻打外國了。否則——」

拓跋從懷中掏出小刀。

玉鶯毫不退縮。但是，也不能再跟他耗下去了。玉鶯暫且安撫自己沸騰的熱血，呼出一大口氣。

「知道了，這事就算了。」

「真的嗎？」

「真的，不過還是讓我去參加祭祀吧。我不現身，會把氣氛弄糟。我不願讓皇弟失了面子。」

「……好吧。不過，版籍暫時由我保管。此事我還是打算請示玉袁老爺。」

拓跋說完便將小刀置於案桌上，拿起版籍。拓跋應該不是會擅自洩密的那種人。

「拓跋，只有一件事我得跟你說明白。為了西都——為了戌西州，我什麼事都願意做。」

「我知道。因為你總是說，希望自己能成為像玉袁老爺一樣的偉人。」

拓跋露出了笑容。

「是啊。」

「玉袁老爺對你來說是偉大的父親吧。對我來說，老爺也是比誰都值得尊敬的父親。」

「……」

玉鶯的心中，有一條底線應聲而斷。

玉鶯原本打算此刻無論發生什麼事都要保持冷靜。然而拓跋不但說玉鶯是他弟弟，竟然還稱玉袁為父親。

玉鶯必須是玉袁的長子。必須是治理西都、令他引以為傲的兒子——

「喀啊！」

拓跋大叫出聲。

玉鶯一回神才發現，自己右手握著小刀，左手拿著刀鞘。滑溜的觸感流過手背。

「為、為什麼……」

拓跋睜大雙眼，口吐血沫。流出的血弄髒了案桌與地板。拿在手裡的版籍掉到地上，被血染紅。

「因為你礙我的事。」

玉鶯用刀子往拓跋身上捅，意識卻在回想過去發生的事。

他很想變得像父親一樣，很想得到父親的讚許。

玉袁的背厚實寬闊。如今玉鶯也長大了，但是，並不一樣。

起初他並不覺得特別介意。

玉袁與西母一同經商，身邊佣人成群。玉袁做生意有一套，西母也聰慧。西母看出玉袁需要什麼就會去幫他打理，是個賢內助。

玉鶯度過了衣食無缺的童年。只是，當玉鶯五歲時，除了西母以外又有別的女人帶著小孩來跟他們成了一家人。

玉袁很疼新來的小孩，是個才兩歲大的妹妹。西母也很疼妹妹。第二個女人也待玉鶯很好。

過了兩年，又來了第三個女人跟弟弟。

第四個，第五個……

家人越來越多。每次多出新的家人，玉鶯心裡都著急。感覺就像滿滿一壺蜂蜜漸漸摻水變淡一樣。

玉袁挑中的女子都很賢慧。有人馬術一流，有人擅長算術。每個女子都把她們擅長的技藝，傳授給她們自己的骨肉。女人們扶助父親，女人們的孩子則輔佐他們的親娘。

藉由名為家族的情誼，新來乍到的楊家在西都日益壯大。

但是同時，玉鶯也感到自己與玉袁的緣分日漸淡薄。

可是，並非如此。玉袁選了玉鶯為繼承人。西母無庸置疑地仍是玉袁的正室，其他女子無非是側室。

照理來講，應該只有玉鶯能像玉袁一樣治理西都。弟妹們都沒那資格。

即使察覺自己其實並非玉袁的親生骨肉，玉鶯尚且還能保持鎮定。縱然自己與玉袁沒有血緣關係，玉袁最珍愛的仍舊是玉鶯。即便不是血脈相連的親骨肉，玉袁的父愛更勝於此。

所以，玉鶯還能善待自己的弟妹們，還忍得下這口氣。儘管只有玉鶯就像布穀幼雛那樣在弟妹之間成了異類，但只要父親當他是長兄，他願意繼續做個好哥哥。

可是，對於玉袁最後娶進門的女子與繼女，他實在忍無可忍。她們有著一頭紅髮與淡綠色的眼睛，跟那個曾經折磨西母的奴隸主具有同樣的色彩。

如同墨水在羊皮紙上暈開，詛咒一點一滴落在心頭。

滴答。

鮮血滴落地板的水聲，喚回了玉鶯的神智。

「……玉……鶯……」

拓跋用布滿血絲的眼睛看著玉鶯。

「……」

他小聲說了些什麼，但玉鶯沒聽懂。

玉鶯反握小刀，挖大拓跋腹部的傷口。

拓跋恐怕已經無法作聲，只能以含恨的眼神看著玉鶯。

「看在奶兄弟的情誼份上。」

玉鶯拔出小刀，然後避開肋骨刺穿拓跋的心臟。拓跋受到這致命一擊，發出呻吟痙攣了一陣後，就這麼一命嗚呼了。

小刀是拓跋帶來的。只要說是他想對玉鶯下手，反被擊退就足夠瞞得過去。

玉鶯拿起版籍，用布包好放進抽屜。

鬧得這麼大聲，不免還是讓人聽見了。一陣腳步聲響起，停下後有人敲門。

「玉鶯大人，發生何事了？」

「進來吧。」

「玉、玉鶯大人！」

來人不是副手而是陸孫。大概是因為讓他在議事時同席，此時見玉鶯遲遲未到才來看看情形吧。

「請問這究竟是怎麼回事？」

陸孫心裡吃驚但故作平靜。此人是父親自中央派來輔佐玉鶯的，果然有點能耐，不會難看地大呼小叫。

「還能是怎麼回事，你看不出來嗎？」

「……這是方才前來求見玉鶯大人的那人，對吧？」

看來他方才跟副手一起見到了拓跋。

「正是。看在此人與我是奶兄弟的份上，我對他一向忍讓。他此番來向我要錢，見事情不如意就惱羞成怒了。」

玉鶯把拓跋的小刀拿給他看。

「是玉鶯大人做的？」

「嗯。你總不會以為我會輸給這種蠢漢吧？」

玉鶯的臉部肌肉還在抽搐。這全怪拓跋不好，錯在他不該講得好像自己是玉袁的長子一樣。

玉鶯把小刀放到案桌上。得趕緊更衣才行，還有必要焚香掩蓋血腥味。

「是，玉鶯大人勇武過人，此人絕非對手。」

陸孫蹲下去觀察拓跋的屍首，像是在檢驗傷口。

「我無過失，不得已只能痛下殺手。本來是想息事寧人的，還得趕去參加祭祀呢。錯在他不該礙我的事，真該早點滾蛋。」

玉鶯按捺不住，竟唾棄般地說了。

陸孫的視線，空洞地在玉鶯與拓跋之間來回。

「是，您說得對。」

就在一瞬之間，玉鶯發現陸孫不見了。他轉頭想找到陸孫的蹤影，發現陸孫的臉近在眼前。

「我會如此告訴大家。」

陸孫面色冷漠，唯獨雙眼像是帶著火苗般目光灼人。他是怎麼了？

「玉鶯大人遭逆賊襲擊，然後——」

玉鶯的身體忽然一陣發燙。

「不幸遇害了。」

怎麼回事？玉鶯心中疑惑，身體卻一個不穩倒了下去。

拓跋的臉就在眼前。泉湧的鮮血流滿地板。血流汩汩、汩汩地湧出。

「我來時已經太遲，不得已只好將逆賊就地正法。」

陸孫在說什麼？無法理解。玉鶯想開口說話，但發不出聲音。血沫從嘴裡冒泡湧出。

「！」

叫不出聲音，只發出鳥鳴般的呻吟聲。

「請別露出這樣不明就裡的表情。您要成為主角了。」

陸孫面無表情，只是兩眼噙淚。

「悲劇的主角。」
淚珠從陸孫眼裡滑落，滴在地板上濺成了小水珠。

這下萬事皆休了。再也不能為西都效力了。
無法再作為父親的長子治理西都了。
遺憾無法前往砂歐，像父親一樣拯救奴隸。
本來是想嚴懲過去凌虐過母親的那個主人的。
玉鶯是玉袁的兒子，不能讓任何人奪走這個位子。
否定兒子身分的證據，全都消除掉就是了。
為此他不擇手段。
縱然要陷害為了西都違法犯紀的戌字一族——
他認為有朝一日，當一切都消失時，他才能安心代替玉袁治理西都。

馬車的聲響、馬兒的嘶鳴、車輪的轆轆聲、車夫的吆喝。
市場的聲音、商人的叫賣聲、朝氣蓬勃的人群、孩童的笑聲。
即使身處於空氣乾燥、土地貧瘠的困苦環境，人們依然堅強地活著。而他本來想讓大家過上更豐衣足食的日子。

現在萬事皆休了。所以他才如夢初醒。

玉鶯心想：怪了。

為什麼會這樣？玉鶯只要作為玉袁的繼承人接管西都，應該能讓此地繁榮發展——但為什麼，他竟讓西都為此陷入險境？

長年以來纏在身上的絲線，彷彿此時此刻才了無罣礙地解開。

糾結了幾十年的絲線應聲綳斷，不受阻礙地解開。

將玉鶯的生命跟這些絲線一同剪斷的男子，就在他的眼前。臉上浮現哀恨交加的表情。

——你是何人？

玉鶯的意識只維繫到這裡。

他無法再思考任何事情，也成不了任何事。

更無法像父親一樣讓西都蓬勃發展。

一個矢志成為武生（英雄）的男子，就此奄然而逝。

二十話　風在哭泣　後篇

「等你長大，就必須化身為風。」

這是母親對他的教誨。他將在十五歲加元服的同時出外歷練。母親說在那之前，他必須多學習世間的道理，要他再努力兩年——

要他化身為風四處飄泊，好讓西域的空氣常保清新。

那是陸孫的名字還不叫陸孫時的回憶。

女子保護城鎮，男子奔行草原。這是陸孫學到的道理。雖然有朝一日必須離家令他心裡寂寞，但又覺得若能化身為風幫助母親與姊姊，也是一件好事。

陸孫上午聽先生授課，下午上街散步，入夜後讓母親或姊姊教他家族的職責所在。

白天的散步很有意思。如何才能把拿到的零花用得對，買到最好的商品？用在什麼地方能讓自己滿足？這些也都是學問。親族當中離家獨立的男子大多會成為商人，陸孫大概也會選擇這條路吧。

陸孫逛過許多攤子，比較每一攤的口味、價格與分量，買了最平價的果乾與山羊奶。買了之後就去將棋館看看。

館內擠滿了閒來無事的大人熱鬧地下棋。這裡同時也是消息傳遞的場所。雖然在酒樓能聽到更多小道消息，但陸孫還沒到加元服的年紀，人家不放他進店。

將棋館大多是些閒著沒事做的酒鬼，但偶爾也能遇見真正的高手。

「喲，小伙子你來啦？」

坐在將棋盤前的老人，是在官府當差的前書記官。如今一半算是退隱了，但還在蒐羅冊籍編纂新的史書。老人在西都是將棋的第一好手，眾人都喚他一聲林大人。

「嗯。」

陸孫坐到林大人的旁邊看盤面。只要待在林大人身邊，就不怕被難搞的醉鬼糾纏。

「嗯？」

陸孫歪著頭。林大人竟然居於劣勢。陸孫心想真難得，看看林大人的奕棋對手。

對方的年紀還稱得上是青年，但衣衫襤褸，不修邊幅。滿臉的鬍碴，皺巴巴的衣服，頭髮也與其說是挽起，不如說只是拿繩子隨便紮一下。衣服本身料子不錯，但已被糟蹋得差不多了。皮膚也沒曬黑，瘦巴巴的體格看起來不像是西都人。只有狐狸般的細眼目光灼灼。

「怎麼有個小不隆咚的『步兵』？」

狐眼男戴著單片眼鏡。這是一種洋貨，但讓這樣一張老臉戴著，從頭到腳就像是個邪門歪道。

陸孫一開始沒聽懂步兵是指什麼，原來好像是在說陸孫。隨便就被人說成步兵，陸孫雙手掄拳要與他理論。

「你說誰是步兵了！」

「小伙子，別氣。羅漢兄就是這樣的人。」

林大人安撫陸孫。

「可他說我是步兵……」

「步兵有什麼不好？其他那些傢伙，還被他叫成圍棋棋子咧。」

「圍棋棋子……」

陸孫不懂步兵與圍棋棋子有哪裡不同，看了看將棋盤。羅漢這個可疑人物，瞧不起其他人是有道理的，將棋本事強得厲害。陸孫還是頭一次看到林大人下棋輸人。雖說已不像年輕時那麼有體力，但他想都沒想過人稱棋聖的林大人會輸。各局加起來似乎是輸贏各半。

陸孫被激起了好奇心，隔天與後天又來到將棋館看看。羅漢不知道是不是連個正經營生也沒有，天天都來。沒來將棋館的時候好像就在圍棋會館。成天只知道玩。

某天，林大人沒來，羅漢一副閒得發慌的神情在跟其他人下將棋。

「戍家小兒又來嘍。」

陸孫一落單，就會聽見這種林大人在的時候沒人敢講的話。

戌家小兒，意思就是戌字一族的孩子。戌字一族雖是西都的地方官，卻因為獨特的世襲制度而受人嫌惡，很多人說他們的壞話。

戌字一族代代由女子成為家長，生下的男兒加了元服後就得離家。戌家女子不嫁丈夫，孩子也不知道父親是誰。也有人輕蔑地說跟畜生沒兩樣。

西都向來多有習俗上重男輕女的遊牧民進出，陸孫知道有時會被說這種閒話。也有人揶揄過不知父親是誰的小孩為戌腹之子。

即使如此，陸孫仍然以戌字一族是守護西域數百年的家族為傲。

林大人不在，陸孫沒法子，只好坐在羅漢旁邊。已經見過不只一次面了，這男子卻絲毫無意記住陸孫的長相。豈止如此，誰的長相他都不記。只等別人坐到他的將棋盤前把錢放下便開始下棋，就這樣了。頂多只會看對手的棋藝高低，或者是依別的標準把對方比做將棋棋子。

「大叔，你都不記人長相的啊？」

「我就不會認人臉嘛。」

一把年紀了，講話一點大人樣都沒有。

「怎麼不會認？多看幾次就認得啦。」

「看起來都像是圍棋棋子，好一點也就是將棋棋子。」

雖然聽不懂他在講什麼，但陸孫不覺得羅漢在說謊。對羅漢而言，認人臉一定就像分辨家畜長相一樣難吧。遊牧民當中有人甚至能認出每一頭綿羊的臉。陸孫自然是認不出的。也許對羅漢而言，看到人臉就像是看到羊臉一樣。

「那如果你無論如何都想分辨，要怎麼辦？」

「……」

羅漢想了一下。一面考慮如何回答陸孫的問題，將棋還是照下不誤。奕棋對手鐵青著臉認輸付錢。莫非他就是靠博弈賺錢餬口？

「記耳朵的形狀，記個頭的高矮。確認髮質，記住汗味。聽出嗓音高低……」

「認長相豈不是比較快？」

「我不會認臉。只看得出來有眼耳口鼻，可是全擺在一起就亂了，怎麼看都是圍棋棋子。問鼻孔大小或睫毛長度的話我就知道。」

看來是認不得整張臉，只能分別記住每個特徵。他說這樣會累煞人，所以只會去記他真正珍惜的人。

「大叔是中央來的？」

「是啊，遲早要回去的。不回去不行。」

羅漢邊說邊痛宰下一個奕棋對手。

「中央……」

陸孫的母親說過要他化身為風四處飄泊，但不知會不會准他飄到中央。既然都要飄泊，他想盡量走遠一點瞧瞧。

「大叔，假如我在中央當了大官，你雇用我好嗎？」

「嗯──你能從步兵往上爬我就用。」

「好。」

姊姊也跟他說過不管是什麼事，交情是能攀則攀。先不論將來要不要從商，多認識些朋友總是沒壞處。

晚膳都是全家一起吃。陸孫的周圍坐的全是女子。他們家族原本就容易生女兒，加上去年一名男子加元服後踏上旅程，現在僅剩陸孫一個男兒。

子女除了陸孫之外，還有各差一歲的三姊妹。她們是陸孫的表妹，三人可能是同一個父親，長得都很像。現年三歲、四歲與五歲。大姊很聰明，不過兩個妹妹還不太會說話。陸孫看她們還小，常常幫忙照顧。

陸孫的親姊姊已經過了元服年紀，跟大人平起平坐。

陸孫一邊給表妹餵飯，一邊聽大人們說話。她們談糧食，談洋貨進口，談從茘國出口的貨物。

母親是一族的中心人物。現在戌字一族由母親的妹妹掌理，也就是陸孫的姨母。姨母沒能產女，若是繼續這麼下去，論年齡與才智等就會是陸孫的姊姊成為下一任家長，因此姊姊總是積極參與談話。

聽起來與外邦的貿易，目前正進入艱難的時期。連年虧損似乎已經惹來了中央的責問。以前本地能夠出口大量上好紙張，眼下卻只有劣紙在市面上流通。紙曾經是輕巧而利於攜帶的主要商品，現在母親她們找不到替代的商品，為此頭疼不已。

不只如此，戌西州還發生了蝗災。西都隨著人口增加而開墾了更多農地，卻沒料到反受其害。中央只看收穫量，以收成並未減少為由拒絕救災。但是人口增加，使得糧食供應不足。

「把黑石用上吧。」

姨母說了。

陸孫的母親、姊姊、大姨母與家族中的其他女子，也都只能點頭。

陸孫不知道什麼是黑石，拿麵包餵年滿三歲的小表妹。

入夜後，姊姊與母親會教陸孫戌西州的歷史。

茘國建國之初，王母的三位心腹成了三個州的太守。

據說治理西域的戌字一族，起初是歷盡了艱難困苦。這片土地有著根深蒂固的男尊女卑風氣，一族的始祖由於身為女子而被看輕，一次次地受騙，甚至曾經面臨家族瓦解的危機。有些人為了得到賜字而說盡甜言蜜語，有些人則是試圖強取豪奪。

因此，為了避免家族被人鳩占鵲巢，她們立了女子一脈相傳的家規。不招人為婿，一家之長由女子繼承。

戌字一族的男子，自此負起了特殊的職分。

其中之一，便是化身為風。

風，或可稱之為耳目。

他們走遍戌西州各地，收集各路消息。有的作為商人，有的作為遊牧民。成為遊牧民的人，日後變成了世人口中的識風部族。他們能使喚鳥禽，操控蟲蟻。

只是，人算不如天算。識風部族在數十年前滅亡了。

識風部族並不只有一個。而其中一個，與戌字一族斷了定期聯絡。一斷就是幾年、幾十年甚至是幾百年，與戌字一族分道揚鑣。戌字一族不時會讓男兒加入部族以增強血緣關係，但對方不見得會永遠效忠過去的族長。曾幾何時，開始有人為了利益與外國互通消息。

然後，悲劇發生了。斷了聯絡的識風部族之一，不幸遭到完全無關的其他部族所滅。一些來路不明的人認定使喚鳥禽的技術來自於血統，為了占有此種力量而擄走了部族女子。然後又為了獨占技術而殺死其他人，倖存者則賣做奴隸。

戍字一族不能包容疏於聯絡的識風部族。其餘識風部族也就此分崩離析，有能力的人則讓他們在城裡住下。偶爾有人濫用使喚鳥禽的技術，似乎都被族人暗地裡給解決了。

假如識風部族得以存續，陸孫便多了一條路。也就是作為識風部族的一員奔馳於草原的道路。

家人沒教過陸孫如何操使鳥禽，但讓他學到如何御蟲，也教過他各地殘存農村的施行制度。

如此縱然蝗災大起，分散四方的戍字一族男子們仍能發揮最大的力量——

離開戍字一族的男子當中，有一人時常來到陸孫家中。

是個笑容柔和、頗有福態的大叔，名喚玉袁。陸孫在西都聽過人家叫他新來的楊叔。

玉袁肥頭大耳、慈眉善目，常常給陸孫糖吃。

「這孩子看起來真聰明，不如過繼給我吧？」

「別跟我說笑了。」

玉袁跟陸孫的母親曾經這樣插科打諢。

「人家都在笑你娶太多老婆了，你這色老頭。」

「隨人去說吧，只要我還養得起老婆孩子就好。」

陸孫看玉袁那副模樣，沒想過他會貪好女色，覺得很不可思議。

玉袁在西都生意做得相當大。他生產絲織品與陶瓷器等物品代替紙輸出國外，再從國外批了玻璃工藝品來賣。又在戌西州釀造葡萄酒，與舶來品一同販賣。有人只愛海外來的上等貨，也有些人喜愛價錢還算平實且酸味較少的國產葡萄酒。

「所以嘍，為了養活老婆孩子，我要去砂歐採購貨物，一陣子不會回來。」

「哎喲，一家之主長期離家妥當嗎？」

「孩子們長大啦，最大的一個都娶妻生子了。更何況還有我的賢妻妾在，大多數的事情都有她們操持。」

「你大兒子的事我聽說了，好像在各方面都很有才幹啊。」

「……是啊，那孩子很有能力。只是啊，我有點擔心。」

「為什麼？」

「一心想促進西都發展是好事，但他同時也有點排外，就是不喜歡異邦人。」

玉袁穩重的神情蒙上了陰霾。

「你家長子不是西母生的嗎？既是夫人的兒子，應該用不著操心吧？」

「西母？妳怎麼知道我在家裡私下都是這麼叫她的？」

「呵呵，大家都在傳了，說新來的楊叔側室很多，但最敬重的還是正室。畢竟都敢叫自己的夫人為西母，沒把西域太守放在眼裡了嘛。」

「妳就饒過我吧，我沒別的意思。」

「真拿你沒法子。」

母親咧嘴一笑，玉袁也跟著笑了。

「別扯我家的事了。比起這個，聽說妳們開始給黑石了？」

陸孫又聽見了黑石這個名詞了。

「是呀，農作一歉收就實在沒法子了。你那兒也批了一點。」

母親回答，姊姊靜靜地聽著。在場的人當中，只有陸孫聽得不是很懂。

「賣給我那兒的，用的是正當方式吧？如果真的有困難，我想我多少可以資助一點。」

玉袁說了。母親與姊姊神色嚴肅。

「你該去睡了。」

姊姊想把陸孫趕出房間。

「可我還不睏啊。」

「時候不早了，該睡了。」

陸孫被姊姊趕進了隔壁的寢室。陸孫不甘心，於是假裝入睡，偷聽隔壁房間的談話。

「我拿什麼回報你的資助？」

隔著房門，聽得見母親有些模糊的聲音。

「這麼說多難聽啊。」

「作為商人必須精於算計，這是戌字一族教育男兒的方式。玉袁，你不也是戌家的男人嗎？」

「算我鬥不過妳……我想跟妳借版籍。」

版籍，就是登記了戌西州每戶人口的出身與遷入本地時日的戶口冊。雖然也有人沒有戶籍，至少如果想在西都經商，為了查清身分就非得在版籍上留名不可。

「不成，那是公家文書。向我借，就是要竄改內容吧？否則你就會去找族長了，而不是找我商量。」

「……真的不行嗎？」

「不行。再說現在版籍正借給林大人做參考呢。」

「這樣啊……」

玉袁的口氣顯得很遺憾。

「你何故想竄改戶籍？」

「就是為了我那大兒子啊。」

「你家長子？」

「玉鶯那孩子，就只有出身是白紙黑字寫在版籍上。玉鶯之所以討厭異邦人，恐怕是因為發現了自己的出身吧。」

陸孫聽不懂，但繼續偷聽。

「常常有些以前的識風族人拿內人的事來向我敲詐。我現在生意做得大了，不是親骨肉繼承家業，容易被人說三道四。如果妳覺得西都還用得上新來的楊家，能不能就幫我這個忙？」

雖然陸孫看不見，但可以想像玉袁一定是一副為難的表情。

「你家大夫人西母……的確是識風部族出身呢。」

「是啊，就是我原本準備加入的那個識風部族，無奈他們背叛了。本來是要招了我這個女婿，加強姻親關係的。」

他講起了過去滅亡的那個識風部族。

「內人的確是背叛了戌字一族的部族出身。但那是大人們決定的事，他們的子女對此一無所知。我與內人重逢時，從她身上看見了昔日的影子。畢竟我跟她見過不只一次面了。」

陸孫很想再多聽一些，但察覺到姊姊要來寢室，急忙鑽回床上。

「阿姊，什麼是黑石？」

陸孫裝出半夢半醒的聲音詢問道。

「你現在還不用知道。」

「阿姊不是說過……什麼都不知道會做不了事，要我多學著點嗎？」

「……黑石指的就是石炭。從很遠很遠的西方山上，可以挖到這種可燃的石頭。」

「你們……為什麼講到它？」

「農作一歉收，就會有很多人家連吃飯都有困難，買不起燃料。」

「嗯。」

「就是要發給那些人家的。」

「……哦。」

陸孫心想：那就不是什麼壞事了。

「挖石炭很辛苦吧？」

「嗯，很辛苦。都是讓奴隸去挖。」

「奴隸？」

姊姊的神色鬱鬱寡歡。

「我們也不太想，但還是這麼做了。不過挖得越多，就能越早脫離奴隸身分。聽說快的人五年就重獲自由了。」

「慢的人呢？」

「幾十年。也有人以前是識風部族的。」

「那些人……不能放他們走嗎？」

姊姊搖搖頭。

「他們背叛了我們。是過世了的外祖母以前偶遇淪為奴隸的族人，聽人家說的。他們原本好像準備帶著使喚鳥兒的技術遠走高飛，說沒有女子做族長，男子在外顛沛流離的道理。大概是遊牧生活過得久了，開始覺得外地那種男尊女卑的風俗才是正道吧。」

「於是外祖母就把他們送去礦山了？」

「是呀，外祖母是覺得讓他們在礦山幹活，可以幫助他們早日脫離奴隸身分，於是另外又買了幾名識風部族出身的奴隸。但聽說他們宣稱自己是被騙去的，好像是以為什麼都不用做，外祖母就會白白釋放他們似的。都是因為玉袁大叔人太好了，他那人都是買下奴隸後就立刻放他們自由。」

姊姊似乎認為這種作法也有問題。陸孫很想再接著問問玉袁的妻子與長子的事情，但作罷了。那樣會被姊姊知道他在偷聽。

「可是，奴隸只要在礦山幹活，總有一天可以重獲自由、離開礦山對吧？」

「但也是有危險的。有些人能維持奴隸身分在石炭場待上幾十年之久，也許根本都沒在幹活。說不定他們覺得全都是我們的錯。」

他們一定很恨我們吧，姊姊說了。

他們一定很恨我們吧。

姊姊這句話不知說的是誰。

陸孫只知道，戌字一族受到很多人的怨恨。

那天從一大早就吵吵嚷嚷的。府邸周圍似乎有人聚眾抗議。

陸孫也搞不懂情況，只能抱著害怕的表妹安撫她們。

「阿姊，發生什麼事了？外頭怎麼吵吵嚷嚷的？」

「沒事，你別擔心。」

怎麼可能沒事？姊姊臉色鐵青成那樣。

母親來了，找幾個表妹的母親說話。幾個表妹的母親，是陸孫母親差了好幾歲的么妹。

對陸孫來說就是族長以外的另一位姨母。

「妳走後門離開，把孩子們也帶走。」

她說的孩子們當中也包括了陸孫。

「新來的楊家……玉袁新娶的夫人娘家就在附近。妳也認識她，就是舞女出身的那位。孩子們年紀也相近，妳跟她感情也很好不是嗎？」

「可、可是……」

「別再多問！我要妳帶著幾個小的快走！」

母親用命令口吻把姨母攆走。陸孫也被一起轟了出來。

母親與陸孫的另一位姨母——戌家族長到外頭去露面了。她們站在不知為何群情激憤的民眾面前說話。陸孫看出來了，這是在幫他們爭取時間。

「咱們趁現在快走吧。」

陸孫跟著姨母與表妹們，離開了府邸。

到了玉袁新娶的夫人家門前，就看到一位紅髮碧眼的女子。女子一瞧見陸孫他們，立刻招手帶他們前往後門。

「請、請問究竟是出了什麼事？」

生了幾個表妹的姨母不像陸孫的母親她們，是個慢性子的人。因此很少跟母親她們平起平坐地參與家族會議，此時沒能理解狀況。

「那些人在鬧著說戌字一族違法亂紀，而且好像還跟中央告了密。」

紅髮女子垂著長長的睫毛說了。

「違法亂紀？」

「是呀，說是戌家謊報石炭的開採量。」

「怎麼現在才來指責黑石的事？」

姨母氣憤地說，顯得很不可置信。

「還不只如此——」

紅髮女子接著說道。

「還不只如此？」

「他們說戌字一族妄稱家族當中有男兒為皇帝骨肉，自詡為正統嗣主。又說中央詔令已出，要誅除僭稱皇族的逆賊……」

「……哪有這麼離譜的事？」

姨母與紅髮女子瞥了陸孫一眼。

「是誣告吧？」

「當然是誣告！」

「那他爹是誰？」

「這、這個……」

戌字一族的族規是不能明說孩子的父親是誰。過去曾經有人現身自稱是族長兒子的父親，企圖藉此篡奪家族地位。陸孫也不知道自己的父親是誰。

「沒錯，這孩子出生之前姊姊是曾去過中央，但時期並不一致。他不可能是皇族之後，更何況我們根本不可能讓人知道他爹是誰！」

姨母說得對，戌字一族從不讓做父親的出來認親。有些親戚可能是異國大臣或舞台戲伶之子，但誰都閉口不提。這就是戌家女子的為政手段。

「中央也沒糊塗到會聽信這種謠言，討伐戌字一族吧？是誰送出這種假造的文書？」

「這——」

紅髮女子支吾其詞。

「據說用了我家玉袁老爺的印記。」

「咦？」

姨母睜大雙眼。

年幼的三姊妹可能是被姨母大聲嚷嚷嚇著了，哭了起來。

陸孫無能為力，只能安撫幾個表妹。

「還好嗎？」

有個小女娃過來了。紅髮綠眼的小女孩，摸了摸年紀還小的幾個表妹。

「葉，妳帶孩子們去後頭玩。」

「是～母親大人。」

紅髮女孩牽著三姊妹的手。本來也要牽陸孫的，但他搖頭拒絕。

「妳的意思是，這都是玉袁老爺搞出來的？」

「不，老爺遠赴砂歐去採買了。對不起，我也只知道這些了。」

紅髮女子向姨母賠罪。

「那，這下……」

「總之妳先換衣服吧，家裡有奶娘的衣服，妳換上吧。這身衣裳會讓人看出妳是戌字一族的。」

姨母渾身一軟，站不起來。表妹們被帶到兒童房去了。

陸孫心裡不知道該不該信任這名紅髮女子。

而且他這下知道，誰才是最不該待在這裡的人。

「啊，你……！」

紅髮女子想阻止陸孫。

但陸孫甩開女子的手，奔回府邸。

礦山說的就是黑石的事。母親她們的所作所為都是為了戌西州百姓。可是中央只會看表面上的數字，不懂她們的苦衷。

至於另一個誣告的事，那些人要的應該是陸孫。

——我……只要我出面……

陸孫出面了也不能怎樣，但他非去不可。毫無意義的使命感讓陸孫一路奔行。

暴徒已經湧進了府邸，衛士們都被揍倒在地。還有人騎在衛士身上洩憤似的飽以老拳。看熱鬧的群眾發出歡呼。也有人眼神悲痛地看著，但沒有任何人伸出援手。

人一被逼急了，什麼事都做得出來。

他想起母親說過的這句話。

民眾已然陷入一種囂鬧狂亂的局面。人有時能從暴力中得到快感。而以女兒身掌理西都的戌字一族，對一部分的人而言想必比什麼都要更礙眼吧。

各處傳來淒厲的尖叫。

不對，不對，那不是姊姊的聲音。不是母親的聲音。

陸孫聽見了許多熟悉的聲音，但無情地決定了優先順序。

他奔向姊姊與母親平時常待著的房間，穿梭於被暴力與掠奪沖昏了頭的男人們之間。見到家族女子伸手求救，只是在心中「對不起，對不起」不住地賠罪。

得到大義名分的暴徒們，變成了獸慾薰心的惡鬼。

陸孫渾身噴汗。他緊握的拳頭汗水淋漓，像條狗似的吐出舌頭呼呼喘氣。隨著身體排出大量水分，喉嚨也變得越加乾渴。

每當他險些與人錯身而過就急忙找地方藏身，然後再繼續前進。

但當他來到母親房間的門口時，有人從背後架住了他。陸孫驚慌地擺動雙腳。

「你怎麼會在這裡！」

是姊姊。她臉色鐵青，摀住險些放聲大叫的陸孫的嘴。不知為何，姊姊的穿著跟平常不同。她束起頭髮、裹上頭巾，穿著男子的衣服。

「阿姊，娘呢？妳怎麼穿成這樣？」

「娘在裡面。我借用了你元服要穿的衣服。」

「咦？」

那是為了陸孫兩年後的元服做的衣服。考慮到他會長大，衣服做得比較大。母親說過今後會慢慢花工夫繡上圖案。

陸孫不懂姊姊是什麼意思，就這麼被帶進房間。

母親手裡握著劍。劍尖沾了血，四周倒臥著男子的屍體。

「娘……」

陸孫還來不及問清楚，嘴巴已經被塞住了。姊姊把布撕破，堵住了陸孫的嘴。

「！」

「安靜，你嗓門就是大。」

「絕對不能讓人找到你，絕對不能。」

姊姊幫著母親把陸孫的手腳綁起來，將他塞進一只大箱籠裡。姊姊與母親蓋上箱蓋，還不忘拿個重物壓在上頭。

「你必須守護西域，這是戌家男子的責任。要利用什麼都行，無論對方是誰，能用就用。」

姊姊露齒而笑。

「這兒不會被火燒到吧？」

「別擔心，這兒沒有好燒的東西，不會有事的。反正他們一定會想留下宅子。」

陸孫不懂她們在說什麼。他從箱籠的網格空隙往外窺視。

「娘，我穿起來好看嗎？」

「嗯，很好看。他要是長大了或許就是這副模樣吧。妳可不能出聲啊。」

「我知道。」

陸孫明白姊姊與母親的想法了。如今戌字一族僅剩陸孫一個男兒。假如暴徒的目的如他們所說是討伐欺君罔上、自稱皇族的家族，陸孫就是他們的目標。

姊姊打算做他的替身。

「！」

陸孫嘴巴被布堵住，無法出聲。手腳被綁住了不能動。他只聽見暴徒就要來了。野獸般的吼叫、血腥味與油臭味。

母親揮劍殺敵。

母親的劍術像是翩翩起舞，留下美麗的刀光劍影，但脆弱無力。只能給對手留下皮肉傷。

——住手！求求你們住手！

陸孫緊咬堵嘴布，唾液滲了出來。箱籠底層被淚水與唾液弄得溼答答一片。心急如焚，卻束手無策。

陸孫不願想起姊姊與母親的下場。但是，唯有惡漢的長相非記得不可。眼睛眨都不能眨一下。

那張臉他有見過。只有一次，他去拜訪新來的楊家時，在出迎的一家人當中見過那張臉。

陸孫記得，他就是玉袁的長子。

反射唾液水光的虎牙、曬黑的皮膚。指節分明的雙手，還有耳朵的形狀與髮質等。戲子般嘹亮的嗓音。不只是記住長相，要用上五感把所有能記得的細節全塞進腦子裡。好讓自己永生不忘——

惡漢的眼裡有著公理正義。

有著只要迫於所需，壞事做盡都無所謂，自私至極、無可救藥的公理正義。

同時也是為了守護重要的事物，可以不擇手段的大義。

面對變調的大義名分，戌字一族即將滅亡。

陸孫心裡有著沸騰的怨怒，有如燒燙的石頭壓在身上。身體早已流乾了每一滴水分，卻又發熱到幾乎蒸發生煙的地步。

——這傢伙，就是這傢伙……

男子抓住姊姊的頭，拉著她的頭髮，就這樣把她拖了出去。

陸孫恨不得衝上前去揍他，殺了他。可是，他不能這麼做。陸孫要是衝動行事，還沒碰到對手一根汗毛就會被殺了。

姊姊與母親都明白。所以，才會把陸孫關進箱籠裡。把他綑綁起來，讓他動彈不得。

陸孫發乾的眼睛已經一滴淚都流不出來了。他只是不斷咒罵自己的弱小。咒罵幼小無知，無能為力的自己。

憤怒與詛咒對陸孫的腦袋造成了過大負擔，他不知不覺間昏死過去。直到聽見一些聲響才醒過來。

那些惡漢還沒走嗎？這次絕不放過他們。不管發生任何事，都要殺了他們。

陸孫像毛蟲一樣在箱籠裡翻滾掙扎。掙扎到了最後，放在箱蓋上的重物被弄掉了。他滿地爬行，讓臉孔在地板上磨擦。堵嘴布鬆掉之後，他啞著嗓子大吼：

「我要殺了你們！」

陸孫瞪著前方，看到一名男子兩眼含淚。男子跪在母親傷痕累累的遺骸旁邊。

「竟然會發生這種事……」

陸孫還記得他那微胖的體格，以及柔和的笑臉。

那是玉袁。

陸孫扭動著身體，爬過去咬住玉袁的腿。平時的陸孫面對事情不會這麼感情用事。玉袁的眼中堆滿哀憫與後悔的淚水，絕非陸孫該仇恨的對象。

但是同時，他也是不共戴天之仇的男人的父親。

玉袁沒有一句辯解，只是不停安撫咬傷自己的陸孫。

「對不起，我對不起你。都怪我，都是我的錯。」

即使牙齒把腿咬破到流血，玉袁依舊不停地安撫陸孫。

玉袁把身心受創的陸孫帶去找紅髮女子。

三姊妹與姨母將會繼續留在紅髮女子身邊。姨母從未像母親或姊姊那樣公開現身，沒人知道她是戌字族人。他們說她會以奶娘的身分避人耳目。

「小哥哥，你要走了？」

三姊妹裡最大的白羽，扯扯陸孫的衣袖。

「對，要去有點兒遠的地方。」

陸孫在西都已經待不下去了。要是繼續留在西都，一定會把母親與姊姊的教誨忘得一乾二淨。他無法原諒那些跟隨玉袁長男玉鶯襲擊戌字一族的人，這會讓他對西都百姓產生加害之心。陸孫心有牽掛地轉身背對三姊妹。

「哥哥請等等。」

紅髮小孩叫住陸孫。記得大家都叫這女孩為葉。

「幹嘛？」

即使對方只是娃兒，陸孫沒那心情對她好。

「你討厭玉鶯兄長嗎？」

「我不想聽到這個名字。」

「是嗎？我也被兄長討厭了，他會不會有一天來害我？」

「……到時候我若有那個心情，就幫妳一把吧。」

陸孫只對葉留下這句話，就坐上馬車了。

陸孫讓馬車晃盪著前往海港。

雖然令人生氣，但也只能接受玉袁的幫助了。年僅十三歲的小孩，沒有獨立生存的能力。聽說有個離開戌家的人在京城定居，才剛死了個與陸孫同齡的孩子。兩個孩子個頭相似，對方也說願意收養陸孫。

「戶籍應該也沒問題，你可以直接用人家的名字。」

玉袁的意思，似乎是他不會重蹈覆轍。

陸孫還沒能原諒玉袁。這男人說過原因出在他身上，陸孫認為自己有權問清楚他們一家遇襲的理由。

「為什麼趁著你不在家，楊家就有人幹出這種事？是長子幹的嗎？」

玉袁一聽變得一臉為難，輕聲說了：

「對，是鶯下的手。其他幾個兒子都跟這事無關。」

「為什麼，究竟為什麼……要做出那麼狠毒的事！」

「大概是想趁著暴動改掉戶籍，湮滅真相吧。因為那孩子不是我的親骨肉。那孩子的母親以前是奴隸，父親是異邦人。身為識風部族的倖存者，想必也恨過戌字一族吧。」

「……我知道。」

陸孫記起他們說過要借版籍還有竄改什麼的，自己也想過一些可能。

「你想拿不是親骨肉當藉口逃避責任？」

玉袁搖搖頭。

「錯全在我一人身上。我要是從一開始就把鶯視為己出，也不會有這麼多問題了。要是能為他做好所有準備，省掉他這些後顧之憂就好了。」

「那你就別成天娶側室啊，好色的楊老頭。」

陸孫不屑地直接開罵，玉袁頹喪地縮起肩膀。

「玉鶯不是你親生的，你卻繼續給他生一堆弟弟妹妹！難道不就是因為這樣，他才會為了個戶籍起惡心搞暴動嗎？」

「你說得對。不過，其實不只是鶯，其他孩子也全都不是我生的。」

「咦？」

陸孫一聽慌了。這男人有那麼多妻兒，怎麼會這麼說？

「我大概是注定無後吧。第一個妻子生了鶯，但沒能跟我生下一男半女。我歉疚地找其他女子試過，一樣不行。」

「那其他孩子呢？那個叫葉的小姑娘呢？」

陸孫驚得嘴巴一張一合。

「商人不孕不育說出去怕難看，所以我四處尋找有了身孕的寡婦。而且要賢慧的。」

玉袁從馬車的車窗往外看。

「無父無夫的母子在西都難以生存。我反過來利用這點跟對方打下憑據，以商人的身分締結了不可毀棄的約定。我向對方擔保會養大孩子並讓他們將來日子好過，相對地要求每個母親提供她們的技藝。然後我聲稱只有鶯是我所親生，讓任何人都不敢妄想篡奪家業。我沒對孩子們透露過這事。」

「所以……」

「他們全都把我當成了親爹，我是這麼以為的——但萬萬沒想到，鶯早就發現他不是我的親骨肉了。除此之外，也有很多人拿鶯的出身來要脅我。」

陸孫眼裡只看到一個抱頭苦思的微胖男子。

「大多數可以付錢擺平，但也有人貪得無厭。我本來是打算一輩子把玉鶯當成親骨肉的。」

但看來玉袁的努力是白費了。

「鶯明知我不是親生父親，仍視我為生父。所以我也為了幫助那孩子，教了他很多事情。」

「是喔。」

陸孫打從內心不感興趣。如果發現對方值得同情就得寬以待人，他寧可根本不要聽這些。

「鶯和我一同做生意久了，開始對黑石起了興趣。這次暴動的幫兇當中，有很多人是對戌字一族懷恨在心，或是識風部族的倖存者。因為有許多識風部族出身的人在礦山做牛做馬。」

那些人之所以說黑石的開採量作假，很可能就是從那裡聽來的。

「那也就是說，陷害戌字一族的理由，出在識風部族出身者把好心當歹意嘍。你是不打算處罰你兒子了嗎？你如果是守護西都的戌家男人，這點小事總該做到吧！」

「對，一個理由是為識風部族報仇，另一個理由是刪除戶籍。還有一個理由是——」

「還有其他理由？」

玉袁看著陸孫。

「鶯錯把戌字一族的孩子，當成了我的親骨肉。」

玉袁的這句話，讓陸孫咬住了嘴唇。

『這孩子看起來真聰明，不如過繼給我吧？』

玉袁說過想領養戌家的兒子。陸孫想起玉袁與母親的談話。竟然把這種玩笑話當真，為了這種理由就要滅掉戌字一族？

所以，玉鶯是為了除掉陸孫，才會捏造什麼皇族血統。

姊姊太傻了。如果要延續血脈，姊姊比陸孫重要得多了。

為何要讓陸孫活下來？

然後，玉袁又為何現在跟他說這些？

陸孫產生一股衝動，想痛揍眼前這人一頓。也許可以把這人推落馬車。玉袁的腳脖子上，還留有被陸孫咬傷的痕跡。即使陸孫仍是個小毛頭，拿自己的命來換的話，一個微胖男子應該還殺得了。

他想起姊姊說過的話。

『你必須守護西域，這是戌家男子的責任。要利用什麼都行，無論對方是誰，能用就用。』

陸孫不能死在這裡。而且為了不變成西域的禍害，他必須前往中央，前往無人認識陸孫的土地。

陸孫咬緊嘴唇，雙手指甲狠狠掐住膝蓋，讓自己忍這一時。殺意總算是和嘴裡積滿的唾液一起吞了下去。

「還有一個，就是發出愚蠢詔令的中央了吧。」

他想起紅髮女子說過的話。一定是有個昏庸無道的皇族亂下令。陸孫記得皇太后垂簾聽政，嚴密控制朝政而被稱為女皇。若不是有詔令這種大義名分，玉鶯想必也沒那能耐滅盡戌字一族。

「據我所知，那詔令並非中央的本意。」

「什麼？」

陸孫傻眼地叫出聲來。這什麼意思？難道詔令還能下錯的嗎？

「詔書是蓋有皇帝印璽，但沒有女皇……我是說皇太后的印璽。」

換言之傀儡不重要，沒有傀儡師的印璽才是問題？

「皇上自數年前起便龍體欠安，令慈皇太后也年事已高。」

「就為了這種亂七八糟的詔令……」

「是啊。事後證實妄稱皇族只是誤會一場，在開採量上作假卻是瞞不過的事。」

「……這……」

戌字一族也並非沒有過失。用黑石彌補農作歉收或百業蕭條的做法只能撐得過一時，遲早會收到惡果。

「所以，我有意趁此機會，把礦山的利權從中央手中搶過來。」
「咦？」
看起來微胖又懦弱的男子眼中燃起了火苗。
「中央不知石炭的價值，至少石炭在他們那兒的價錢只有這兒的幾十分之一。我要反過來利用這點。」
「你這話意思是……」
「談判籌碼就是亂七八糟的詔令，它害得治理西域的大家族家破人亡。這可是非同小可的問題。」
玉袁的眼中蘊藏著商人的工於心計。
「帶你前往中央的同時，我將以戌字一族出身的身分向朝廷陳情。事情是以我的印記發起的，我也責任難逃。」
「這樣你等於是違逆中央。不，這樣一來，你還有你的家人怎麼辦？」
那個叫鶩的蠢兒子陸孫懶得管，但他們家還有藏匿了幾個表妹的夫人在。就算說沒有血緣關係，牽連到不相關的人恐怕情理難容。
「喏，你看這個。」
玉袁從腳邊拿出了一個籠子，裡面裝了幾隻鴿子。

「就是牠們助我擴大生意規模。控制了消息，就控制了市場。那怕我將因為陳情而被送上絞架，鴿子會先行通知家人，我家妻妾沒有一個是會被輕易打敗的弱女子。我們不會被趕盡殺絕的。」

玉袁把自己的肚皮當成大鼓似的拍了一下。

「這樣你依舊信不過我？」

「……還不行。」

陸孫還沒理清思緒。畢竟仍是個孩子，不可能知道大人有沒有在說謊。

「那就跟我寫個契據吧。」

「哪種契據？」

「我是生意人，會厚待最能幫助西都昌隆繁盛的人。」

很有商人作風，只看成果。

「但這麼做也暗藏著危險。我的壽命無論如何就是比孩子短，所以若是哪個孩子起了貪念，也許會在我離世後闖下大禍。」

陸孫覺得那個叫鶯的男子就有可能闖禍。現在就已經惹禍了。

「到時候，就由你除掉那個孩子。然後，由你來守護西都。」

「什麼意思啊……」

那不就等於讓陸孫成了玉袁的繼承人？死都不要。

「都到這種地步了，還想讓我幫你擦屁股？」

「這不叫擦屁股。化身為風的男子命中注定如此。」

「化身為風的男子……」

陸孫心想，無論玉袁用的是什麼手段，他的確是母親或姊姊所說的風。

真是下作狡詐的手段。逼得陸孫不得不接受。

陸孫只能試著學習藏在這柔和笑臉底下的強悍。

陸孫要用磨刀石把自己現在這顆尖銳石頭般的心磨了又磨，讓它變得平滑而優美。好讓它在有個萬一時，能變作無物不斬的利刃——

「好像到了。」

陸孫下了馬車，看到了海港。他看到有個男子在那裡作怪。

「我討厭船。我不敢，我不想坐！」

一個老大不小的男子抱住柱子，像小孩子一樣放刁撒潑。

「不搭船就回不去喔。好不容易才等到船班耶。」

「可是，我不敢搭船嘛。」

「老叔你在幹嘛啊？」

原來是那個叫羅漢的男子。陸孫忍不住出聲關心一下。

「嗯？你是何人？小步兵一枚。」

他完全把陸孫給忘了。雖然習以為常了，但還是令人傻眼。

「你要返京對吧？我覺得搭船會比走陸路輕鬆喔。」

反正坐馬車也晃坐船也晃，陸孫覺得花的時日短一點的當然比較好。

「唔嗚……」

羅漢不情不願地上船。

「大叔完全記不得人的長相，這樣真的不要緊嗎？」

「嗯——飛黃騰達了以後可能會不太方便。」

陸孫懷疑羅漢能不能飛黃騰達，但身為商人什麼人脈都要有。

「那你如果飛黃騰達了就雇用我嘛。我對人臉是過目不忘，可以幫大叔省去很多麻煩喔。」

「嗯，那我就用你。」

兩人也不過就是隨口說說，陸孫萬萬沒想到十年後竟然成真了。而且，後來被喚作怪人軍師的這位人士，把陸孫的事完全給忘了。

結果，戌字一族依舊被滅了。中央即使收了陳情仍然不肯承認詔令有誤，但好像還是拿出了折衷辦法。

一、戌字一族的倖存者從此再也沒受到追捕。
二、當地仍沿用戌西州之名。
三、西都改由曾為戌字族人的玉袁代替戌字一族治理。
四、開採石炭的稅賦就當作是堵嘴錢，無須繳納。不過終究只是不成文規定。

戌字一族背負著莫須有的罪名滅亡了。玉袁大概是選擇了戌西州的發展而非名譽吧。雖然不甘心，但追求西域利益勝過所有人的男子確實是陸孫的第一榜樣。

二十一話　軍師的指示

陸孫在血泊中回想過往。

現在的官府原本是戌字一族的府邸。而且玉鶯把陸孫母親用過的房間改成了書房。男子在十七年前自己做過暴行的屋子裡，被人持刀刺死。要說成因果輪迴也太過巧合了。

陸孫聽從玉袁的指示再訪西都時，發現指定的直屬上司竟是記憶中最難抹滅的男子，幾乎快因此而發瘋。

但為了遵守姊姊的遺言，他忍了下來。

玉鶯問他是否與羅字一族有血親關係時，他氣到甚至覺得好笑。對陸孫來說難以忘懷的男子，竟然一點也不記得陸孫這個人。

怎麼說好歹也是玉袁養大的兒子，縱然血脈並不相連，讓西都繁榮富強的才幹倒是不假。值得惋惜的，或許就是自卑心態過重吧。可能是因為發現自己並非玉袁所生，心性才會扭曲至如此地步。

玉鶯既不致力於西都的繁榮富強，也不守護這片土地，反倒想利用西都攻打砂歐。這麼做或許是為了斷絕自己的血統來源。

只有這件事不能坐視不管。

更重要的是，舞台布置得太過完美，彷彿就等著陸孫登台。

陸孫拔出小刀，在被玉鶯所殺的男子身旁蹲下。

「怎麼了，怎麼了？」

急忙趕來的數人，看到陸孫一個人蹲在血泊中。其餘二人皆已斷氣。

「陸、陸孫大人，這是怎麼一回事！」

玉鶯的副手問道。接著又鬧哄哄地來了幾人。還有個侍女發出尖叫。

「就如同各位看見的，我進來時人已經死了。我只能趁著對方疏忽時拿起小刀，將賊人就地正法。」

「此話當真？」

副手湊過來看。所有人都懷疑地看著陸孫。

對，陸孫被懷疑是理所當然。大家應該都知道陸孫在此不受重用，陸孫也知道自己有嫌疑。

現在必須見機行事，設法脫身——

不，或者不如就讓自己跟母親與姊姊葬身於同個地方——

正在盤算時，又有人來了。

「進屋時人已經死了，所以你殺了賊人，是這樣沒錯吧？」

一看，原來是羅漢來了。羅漢睡眼惺忪，單片眼鏡也摘了。可是現在應該正在舉行祭祀才對，他人怎麼會在這裡？

「羅漢大人，祭祀怎麼了？」

「我看到想睡覺就溜出來了。」

陸孫心想：唉，萬事休矣。

任何事都瞞不過羅漢的法眼。羅漢講話沒有善意或惡意，只會陳述事實。

陸孫握緊小刀，心想只要在這裡鬧一場，就能跟姊姊與母親在同一個地方嚥氣了。

「大家都聽見了。」

羅漢對眾人說了。

「不、不知漢太尉此話何意？」

「嗯？我是說這傢伙沒說謊。把殺人的賊給殺了，有哪裡不對？要怪應該怪你們疏於警備吧。」

「咦？」

忽然被怪罪讓副手一時慌亂。

「我睏了，要去睡了。」

眾人鬧嚷了一頓，最後認為「既然漢太尉都這麼說了」便紛紛離去。對陸孫的疑心瞬間消失無痕。

陸孫一方面，不知事情這樣收場是否妥當。

另一方面，卻也為了能夠守住與姊姊的約定而鬆了口氣。

「稍後我再向您問清詳情，請您先去更衣吧。」

副官對陸孫說了。

方才發出尖叫的侍女戰戰兢兢地拿了條手巾給陸孫。陸孫見過這名體態苗條的侍女幾次。

「雀姊，妳在當差啊？」

他對侍女耳語了一句。

「……討厭啦，怎麼會被您認出來了？」

長相是完全不一樣，但嗓音跟那活潑的侍女如出一轍。

「這舞台活像是為我而準備的，所以我想一定是有人暗中安排。」

明明情況有異，卻沒人來書房查看。就算玉鶯的確已先屏退旁人，事情也太巧了。

陸孫猜到真相了。

事情就是玉鶯這個男人，即使陸孫不下手也注定要死在這裡。

「這樣啊～似乎是弄得太可疑了一點～」

雀也不否認。

「您是怎麼認出我來的？我把髮色還有眼睛大小都改過了呀。」

「是耳朵的形狀。雀姊的耳朵相當好看。」

「哎呀討厭，怎麼盯著別人娘子的耳朵瞧？」

嗓音是雀沒錯，怯生生的模樣卻完全判若兩人。她一副被陸孫身上的血嚇壞的模樣，但照樣拿衣服來給他換。

「若是醫官來查驗，妳想我會被治罪嗎？」

陸孫隨口問了問。

「這兒是楊醫官負責管的。楊醫官做事公正，但懂得變通，而且最重視的應該是西都能過得和平。不過貓貓姑娘或許會出於好奇心四處查探。還有其餘兩名醫官可能也都不是簡單人物。」

「這樣啊。那麼，今後我會避免與貓貓碰頭。」

雖然好像有點寂寞，但莫可奈何。陸孫幹下的事已經無可挽回了。

「也好。也請您別把我的事說出去唷。」
雀順便要陸孫保守祕密。
「我不會說出去的，那能不能請妳幫我個忙？」
「請說。」
獨特的聲音讓陸孫聽得很清楚，但看在旁人眼裡可能連嘴巴都沒動。陸孫若非在農村和她共度了幾日時光，恐怕也不會看穿如此精巧的喬裝。
「雀姊，妳方才是不是從房間裡拿走了什麼？」
她那時動作精采俐落，令其他人渾然不覺。但陸孫發現雀姊進屋前與進屋後手的位置有點差別。
「您怎麼直覺就這麼準啊……其實啊，死者就是林小人。」
意想不到的是，雀姊毫無隱瞞地都跟陸孫說了。
「那麼林小人是帶著被搶走的某件東西來跟他伸手了？被搶走的東西就是版籍吧。」
「別再說了啦～再說下去，雀姊的腦袋就要搬家啦。」
雀講話像是一點也不緊張。但仍然有在留意四下有無閒雜人等。
「能否請妳迅速處理掉妳弄到手的東西？」
陸孫沒寬宏大量到能原諒玉鶯，但也無意鞭屍。

「我問問看上司就是了。」

「把東西處理掉，對彼此都有好處不是？要是被人知道皇后的親生父親來歷不明，豈不是很麻煩嗎？」

陸孫已經直覺猜出雀姊都知情了。

「說得也是～的確會搞得很麻煩～」

聲音缺乏緊張感，表情卻很緊繃。雀必定是個相當出色的間諜。

陸孫在想她事後會不會悄悄除掉自己，但也只能相信不會那麼狠了。

玉葉后的親生父親是誰，查閱版籍有可能找得出來。要是有人去查她母親的前夫就麻煩了，就算前夫已死也還有親屬。

「雀姊明白自己怎麼會有麻煩，但陸孫大哥又為何想處理掉版籍呢？」

「沒什麼特別意義。只是訂立契約的對象如果祕密曝光，契約不就失去價值了嗎？」

這麼做不是為了玉鶯。不是為了那個蠢到讓西域陷入險境，總覺得自己比不上玉袁的東西。

陸孫之所以想處理掉版籍，只是出於對玉袁的一份情義。

「我明白了，我會跟上司談談的。」

喬裝過的雀把衣服拿給陸孫換之後，就不知跑哪裡去了。

「看來她應該不是月君的直屬。」

陸孫不能再涉入更深了。更何況他如今已是有罪之身。

陸孫回到房間。然後關上門，直接蹲了下去。想趕緊把染血的衣服換掉，身體卻不聽使喚。

「真是搞不懂，分明都已經結束了。」

淚珠一顆顆從陸孫的眼中滾落。

「不對，從現在才要開始。」

陸孫吸吸鼻子，哭法像個孩子。

老大不小了還這樣很難為情，但他感覺此刻母親與姊姊正在陪伴著他。

而且，無論是出於何種心思，羅漢就是袒護了陸孫。

「我是沒說謊，但他應該看出了真相才對。」

陸孫覺得這個以前的上司，真是做了件違背自己作風的事。

然後——

為了守護西域，他今後得繼續作為一陣風活著了。

二十二話　皇弟的牢騷

貓貓待在較遠的地方，都聽見了那些哭喪女的聲音。

從別邸的二樓，也能看見府邸門前大排長龍。

「真是辛苦哪。」

雀講得事不關己。

「都說葬禮要辦得嚴肅莊重，沒想到西方講求的是盛大隆重呢。」

「這應該已經算有節制了吧。」

貓貓離開窗邊，看看桌上那些草。這是從草原採來的天然藥草，是雀幫她蒐集來的。

正要處理藥草的時候就忽然來了個令人震驚的消息，真教人無奈。

聽說玉鶯遇害了。

玉鶯昨日從頭到尾沒在祭禮中現身，只有弟妹們入場，才在猜想一定是出事了，卻沒想到是這樣的大事。

據說殺害玉鶯的人，是個之前就常來借錢的農民。

聽到此事貓貓一半是驚訝。另一半是理解、奇妙的安心感與不安混雜在一塊。

「農民？」

「是。關於玉鶯老爺施捨過度的事，貓貓姑娘妳也是知道的嘛。」

雀說成施捨，其實是借款。

「是呀，拿錢的人應該要知道對方並不是神仙。玉鶯老爺賑貸的條件是什麼？」

貓貓心想消息靈通的雀應該會知道，所以問問看。

「對，就跟妳想的一樣。不是不求回報地借款，條件好像是興兵動武時必須出人出力。可是，一般大概都不會想到真的會動干戈吧。若是更靠近西陲的村莊也就算了，西都周遭從來也沒有夷狄攻打過來嘛。」

以為地方離得遠，至少在自己這一代不會大動干戈，結果日前發生了那場暴動。玉鶯表面上挺身為壬氏說話，其實卻是誘導民眾同意開戰，似乎成了他遇害的契機。

「也不是不能理解就是了。」

貓貓稍微能夠理解殺害玉鶯的農民的心情。人在火星子落到自己身上之前，總是都以為跟自己無關。越是窮困的人越只能考慮眼前的事。眼光一變得短淺，就會利令智昏。

「我能問個問題嗎？這凶手是什麼人？」

「據說當場被人就地正法了。然後那個農民的家族啊，在事情還沒被揭露之前就接到通知了。」

雀順便把貓貓想問的事情告訴了她。對皇族圖謀行刺者將連坐其族處以死刑。玉鶯雖非皇族，卻也是玉葉后的兄長與玉袁的兒子。貓貓他們對玉鶯不抱好感，但他在西都深得民心。縱然凶手已經受戮，家人仍有可能受牽連。

「家人都平安脫身了嗎？」

「雀姊不知。西都是有明文禁止私刑，但他們最好還是快逃為妙喔。」法規上是禁止的，但不知道能發揮多少抑止功效。暴徒都敢湧進皇弟逗留的別邸了，百姓早就失去了平常心。

「那麼，貓貓姑娘還有其他問題想問嗎～？」

雀一副跩相坐在椅子上。貓貓也坐下來，拿起快要發黃的藥草。她打算從梗子上只摘下葉片曬乾來用。

（真的是農民下的手嗎？）

貓貓本來想講出心裡的疑問，但作罷了。她改問另一個問題：

「那現在怎麼辦？怎麼說好歹也是領主代理，公務什麼的誰來管？」

「關於這點嘛……」

雀似乎也有意幫忙，拿起了梗子。這位愛胡鬧但做事能幹的侍女，學貓貓的做法靈巧地把葉子一片片摘下。

「去年到現在算起來，差不多已經過了一年了吧？陸孫大哥似乎承擔了相當多的公務喔～再加上原本由副手處理的公務，除了一件事以外應該都不成問題。」

「總覺得好像就屬妳說的這一件事最要命。」

「是呀。就是沒人能領導民眾，這個就嚴重了。」

「啊──」

貓貓恍然大悟，但同時也覺得奇怪。

「從公務內容來想，陸孫大哥是比較妥當的人選，但他畢竟是從中央來的。」

從陸孫因應蝗災的方式等，貓貓覺得他論指導能力沒話講，但作為後任就弱了。

「我想了一下，玉袁老爺不是還有好幾位子女嗎？就是其他弟弟妹妹。呃……比方說主掌海港事務的大海公子？」

貓貓用確認的口氣問道。

「有有有，光是弟弟就有六人。玉鶯老爺自己也有兒子，不過應該會先輪到弟弟或妹妹吧。」

「不能從他們當中選出一人嗎？」

「這麼做有個問題……」

雀講話不乾不脆。

「他們每一位都有自己的專業。」

「專業？都是哪些術業？」

「有的是船家，有的是陶瓷，大多是工匠。就好比羅半他哥無論再怎麼優秀，農民也不會擅長國政吧？」

貓貓想像羅半他哥放下鋤頭，坐在公案前治理公事的模樣。大概會處理得不錯吧，但是去做莊稼活可以發揮多出十倍的力量。

而且立於眾人之上的人不能只是做得不錯。不管再怎麼優秀，只要走錯一步就等著被撤官了。

「怎麼不多培植一個善於政事的人才呢？」

「或許是不想跟長兄爭吧～再說，政事方面最發達得意的就屬玉葉后了。玉鶯老爺的兒子則是以為父親還能繼續執政，沒學得太多。」

「說得倒也是。」

與皇帝結為姻親，沒有比這更顯達的事了。於是玉袁不只是商人，也成了皇帝的岳父。

但是，現在出問題了。

要由誰來治理西都？

「玉袁老爺也不可能現在再回西都吧？」

「從立場上來說很難。即使死的是親兒子，我想他也不可能返回現在的西都。所以說，葬禮結束後月君跟眾人商議這事應該會費盡精神吧。因為不管怎麼樣，一定會有人追問是否真是西都農民下的手。」

雀隨口提到貓貓想問的事情。

玉鶯煽動民眾興兵，確實是讓壬氏深感困擾。但他死了造成的麻煩更大。

「其他還有個幾名高官達貴對吧？這方面能不能想想法子？」

「雀姊也不知能如何回答。不過只有一件事是不言自明的。」

雀急速逼近過來，幾乎跟貓貓臉貼臉。

「什、什麼事？」

貓貓被逼得有點退縮，但還是問了。

「無論商議結果如何，月君回來時一定都累壞了。請姑娘準備可以消除疲勞的湯藥良方，最好是不苦的。」

「……我會先準備好的。」

貓貓一面摘掉葉片，一面心想得檢查看看帶來的蜂蜜有沒有被庸醫吃光才行。

一如雀的預料，翌日壬氏顯得形疲神困。就連每次出診都很好糊弄的庸醫，都顯然一副懷疑壬氏生病了的態度。

「我累了，看到這裡就行了。下去吧。」

聽壬氏這樣說，庸醫便沮喪地回去了。附帶一提，貓貓留下不走。

（有點尷尬耶。）

自從那次號稱補充、拐彎抹角的行為以來，這是她第一次跟壬氏好好面對面。只是看壬氏累成這副德性，貓貓也有點想問問是怎麼了，滿足好奇心。

可能是壬氏的所有貼身侍從都已經得到消息了，屋內死氣沉沉。他究竟是去談了什麼累煞人的事？

「總之妳坐吧。」

貓貓照壬氏的要求坐下。煮好端來的湯藥已經拿給水蓮了。

「問我發生了什麼事吧。」

「請問發生了什麼事？」

貓貓照他的要求問問題。

「跟妳說啊——」

認真想想，她好像很久沒看到壬氏當著臣子的面擺出這副懶散樣了。只有高順在場的時候，他偶爾是會像這樣有氣無力地癱著。但是——

（水蓮與桃美，雀與馬閃……）

還有只是沒看到人，馬良大概也躲在哪裡吧。

壬氏在他們所有人面前癱著。水蓮與桃美好像很想糾正他，但沒說什麼。足見他有著充分的理由可以癱著耍廢。

水蓮靜靜地把湯藥端到壬氏面前。說是湯藥，其實比較接近湯品。亂用甜味蓋過苦味會讓味道變得很怪，所以索性煮成了湯。裡面放了蔬菜與有助於消除疲勞的藥草，用酪漿與酥等做成了燉肉。腱子肉也已燉到一咬就斷。

坦白講，以皇族御膳來說可能太粗糙又太多雜味，但這是貓貓能想到的最有效的藥膳。畢竟原本是藥所以整碗是綠色的，但應該不難吃。庸醫、雀與李白都拍胸脯保證好吃。

「呼……」

壬氏喝了口湯，呼一口氣。一副吊人胃口的態度等著貓貓問他。不過藥湯似乎很合他的口味，他不停地用湯匙舀料往嘴裡送。

（是不是肚子也餓了？）

壬氏吃了第一口之後就停不下來，把整碗都吃了。然後用手背粗野地擦了擦油亮的嘴唇。很像是這個年紀的青年會有的舉動。

但是，下個瞬間，壬氏立刻正色。慵懶的姿勢變得端正，疲倦的表情也收起了不少。態度轉換得真快。

「眾人商議西域該由誰來帶頭治理，結果不出所料談不出個結論。」

「我想也是。」

貓貓一面偷瞄桃美一面回答。在水蓮或雀的面前還好，但被桃美盯著依舊讓她害怕。不知道貓貓的哪個態度會被她視為不敬，令貓貓有些心驚膽顫。

「讓玉袁皇親的其他兒子來接管的建議，被所有人拒絕了。他們表示兄弟各有自己擅長的術業，但都不諳政事。每一個都這麼說。再加上玉鶯閣下的兒子，更是還沒好好精研過政事。他們說他沒那能力冷不防就當上領主代理。」

壬氏加重語氣說道。手也握成了拳頭。

「接著我問過了玉鶯閣下的副手等人。他們料理政務應該還行，就是缺乏領導群眾的氣魄。」

「也就是說性情上安於當個副手。」

「是了。」

是有這樣的人。不是每個人都想步步高升。有些人不想要高官大祿，只要不愁吃穿就知足了。看來玉鶯的副手都是那種性情之人。

（是都是這種人被吸引而來，還是特意找來的？）

如果不追求高官顯爵而安於小官地位，做副手是比較輕鬆。只是如若性情太過一板一眼，可能會過於心繫公務而搞出胃病就是。

「我也去問過西都的權貴顯要了，答案是固辭不受。理由似乎是從生意層面來看弊大於利。」

「真是在商言商。」

「畢竟這裡就是這樣的城鎮。若是權力像玉袁閣下那般大還有法子，但其他商人的勢力關係，據說幾乎是不相上下。」

貓貓不知西都有多少個商人勢力，但可以想像不夠謹慎地強出頭可能會惹來其他勢力圍剿。現在每家都為了蝗災而焦頭爛額，貓貓能明白沒人想多負責任的心情。

「我是有想到一個人選——」

「是，請問是誰呢？」

「陸孫。」

貓貓聽到這個名字，覺得可想而知。就連貓貓都想得到這個人選了，壬氏自然是早就考慮過的。更何況雀一定也跟他稟明過了。

「怎麼看妳好像很贊成這個人選？」

壬氏的臉色像是心裡有點疙瘩。

（嗯，還是趁他沒翻求婚舊帳找我麻煩之前，先把話說清楚吧。）

「發生蝗災時，我看過他不慌不忙的應變能力。況且能勝任怪人的副手就表示膽量必定不小，對吧？」

從客觀角度來看確實能力不凡。

「是，雀姊也對他讚不絕口。」

雀也挺直了腰桿舉手說道。一旁的猛禽兩隻眼睛盯著她。

「但他說自己是受人之託才從中央來到此地。」

「也是。」

陸孫畢竟是來自中央之身，還是別亂出頭的好。

事情發展一如雀所說。

（他要是西都出身，事情就有轉圜的餘地了。）

「嗯？」自己的想法讓貓貓感到有些耿耿於心，但覺得應該只是多心，便不去多想。

「豈止如此，陸孫還說什麼要我來當領主。」

「嗄啊？」

就連貓貓也不禁站起來大叫一聲。

猛禽的眼睛轉向貓貓。貓貓尷尬地坐回椅子上。

「這是怎麼回事？」

「就像妳所聽到的。他說公務一如往常由副手們處理，只是要我留下領導群眾。就是，那個，叫陸孫的男人，說的！」

（嗚哇——）

難怪累成這樣。特意強調的部分就是重點。

「他是受人之託，那我就不是客人嗎？」

壬氏尋求同意。

「您說得是。」

「照理來講我早就可以返京了吧？為什麼其他人也都不吭聲看著我？妳說為什麼？」

「您說得是……」

貓貓記得當時是說快的話大約三個月就能回去。但是慢的話大約要多久，便沒聽說了。

（現在是第幾個月了？）

貓貓彎著手指數數。他們已經在西都待超過五個月了。連乘船時日也算進去，等於早已離開京城超過了半年。

真希望玉鶯那男的要死也選個更恰當的時期再死。不，貓貓也不是覺得他活該被人殺死，但他偏偏選在替壬氏——皇弟解開了誤會後才死。而且還極力煽動了民眾對戰事的意願。

老傢伙這麼會給人找麻煩。

（可是就算活著也不知道會變成什麼情況。）

這樣一個權傾西都的男人想挑起戰端，即使憑著壬氏的地位也不知能反對多久。也許是能夠避免與砂歐動干戈。但其他問題就——

「可是，壬、壬總管您……」

貓貓稍作遲疑地用了壬總管這個稱呼。猛禽那雙眼睛真的很嚇人。

「無論情況有沒有生變，本來就打算留下對吧？」

「……」

沉默就表示被她說中了。

壬氏要是嫌麻煩，大可在蝗災發生時早早走人。從身分地位來想沒人敢有意見，實際上也應該有過一、兩封勸他返京的書信。

蝗災導致百姓身心交瘁，夷狄來犯又適逢群龍無首。即使置身於這種想了都煩的事態發展中，壬氏依舊在想辦法。

「不能放著現在的西都不管，對吧？」

「就是這麼回事。」

壬氏大嘆一口氣。這會他又是一臉疲倦，頻頻望向貓貓。

「總管想說什麼？」

「……以目前狀況來說，不如回中央還安全點吧。」

貓貓當下不知他說的是誰，但隨即聽出說的是貓貓。

「您說得是。」

之前說是為了貓貓安全著想，結果仍搞得她一身飛蝗。甚至後來暴徒都湧進了別邸。

可是，現在說這些就錯了。

「請總管別現在才來趕我回去喔。怪人軍師也會跟著回去的。」

貓貓先警告他一聲再說。

（其實我巴不得能回去，想回去想到瘋了。）

貓貓決定再忍忍。得寫信給老鴇、姚兒還有燕燕才行。

「關於怪人軍師不在會給中央造成多大困擾，坦白說應該不成問題。倒不如讓他留在西都忍受他的胡鬧，還比較派得上用場。反正這兒有人能陪他下將棋。」

「可是……」

「如果我是丟去哪兒都不會影響戰況的步兵也就罷了。敢問我對壬總管而言是步兵嗎？」

「……」

「總管還有話要說嗎？」

「……碗。」

壬氏目光閃爍，開口說了。

「剛才的燉肉，再給我來一碗。」

「……是，這就再給您端來。」

貓貓心想：意思是說我還有利用價值，准我留下了？

但願庸醫沒當成消夜全吃光就好……貓貓內心暗忖，又僭妄地暗想不知能不能掛起皇室御用的招牌做生意。

終話

『但憑尊意。』

給陸孫的信上，只寫了這麼一句話。

他想起那單名一個葉字的紅髮女孩。玉袁的么女，悉心栽培只為有朝一日躋身中央，貌美如花的江湖藝人之女。是她將倖存的戍字族人藏在家中。那個日日常保笑容的姑娘，必定撫慰了白羽她們三姊妹的內心。

一如玉袁所料，葉出落得光豔照人，改名為玉葉。她進入後宮，如今已登上后位。

無論用的是何種方式，玉鶯都是在追逐父親玉袁的背影。

玉葉只是方式不同，但也一樣。

玉袁最放在心裡的事，便是守護西都。玉鶯以城邑發展為目標，玉葉則為了籠絡中央用盡心思。

陸孫昔日當成妹妹照料的三姊妹，也都成長得亭亭玉立。陸孫在玉葉妃被冊封為皇后時與她們重逢，當時原為侍女的三姊妹也隨著離開後宮，遷入皇后的寢宮。

兩個妹妹不記得陸孫了，但長女白羽認出了他。陸孫分明已經捨棄過去的名字，以別人的身分活到了現在。也許錯在他不該在三姊妹經過時忍不住盯著她們瞧。

白羽與陸孫取得了聯繫。說她想念陸孫，並且希望陸孫能作為戌字一族的遺孤重返西都，立業安邦。那是不可能的。陸孫是逆賊之子，根本就不該現於人前。

陸孫以為白羽是想振興戌字一族的昔日權勢。但白羽與陸孫離別的這十幾年來，一直是玉袁之女玉葉忠誠的侍女。

這讓陸孫不明白，她為何希望由陸孫來統治西都。

隨後在因緣際會之下，陸孫的疑問得到了答案。去年造訪西都之時，陸孫代替羅漢重返舊地。

坦白講，也許會有人看穿陸孫的真實身分。他心裡七上八下地前往西都，不可思議的是對方只把他當成客人。沒有任何人發現他是昔日總領西都的家族遺孤。更驚人的是，玉鶯絲毫沒把陸孫這個人放在心上。

西都方興日盛。

繁榮昌盛恐怕更勝於戌字一族的治世。哪怕昔日發生過悽慘事件，西都百姓天生就是生意人。考慮到如今的蓬勃發展，大概會將那場事件解釋為必要之惡吧。

但是，陸孫沒看漏蓬勃發展背後的暗影。

短暫滯留於西都的期間，玉袁把陸孫叫去談話。

「你對西都有何看法？」

玉袁已經覺察到玉鶯的扭曲之處了。些微的扭曲經過幾十年的歲月，變得無法矯正。而玉袁已確定將遷往中央。玉袁必定是在擔心至今作為阻力的自己一走，玉鶯不知會有什麼舉動。

玉鶯果然不可信任。

玉袁選中了陸孫在西都擔任阻力。

「你自己不會下手啊！」

十幾年講話沒這麼粗魯過了。自從變成陸孫之後，他本來發誓再也不這樣講話了。

陸孫在玉袁的引薦之下，回到了西都。

作為玉鶯的監視人——以及有個萬一時的處刑人——

玉葉后大概是對玉袁做下的決斷心知肚明吧。她遣白羽給陸孫寫了信，用飛鴿傳書的方式送來。當皇弟四處查找賊人的聯繫手段時，他捏了一把冷汗。因為鴿子是不能讓任何人知道的特殊聯繫手段，縱使是皇族也不例外。

『但憑尊意。』

他不能就照玉葉后的書信內容付諸行動。

他為此煩惱許久。

希望有朝一日，玉鶯這個男人能自己痛改前非。

「偏偏讓我抽中這種下下籤。」

如果只需要監視玉鶯該有多好。

為什麼，這人竟扭曲至如此地步？

為什麼，沒有任何人規諫他？

為什麼，要讓陸孫來下手？

——不，錯了。

這是陸孫深藏已久的期望。

期望終有一日，可以為母親與姊姊報仇。

最後，這個願望實現了。

「……什麼都不想做了。」

有人像是推卸責任似的，想推選別人來代替玉鶯治理西都。若是在太平時期還另當別論，沒人想在蝗災大起的荒年幹什麼領主代理。

甚至有人找上了陸孫來當代理，於是他忍不住說了：

「竊以為月君最為合適。」

皇弟一聽呆住了。陸孫心裡覺得歉疚，但同時也僭越地想：這下多了個人陪自己勞碌了。

「現在該怎麼辦呢？」

陸孫已經心灰意冷。他失去了所有熱忱，甚至把不想做的事情推到別人頭上。就像現在也是，就這麼躺在樹上不理公務。

十幾年來活著的目的沒了，心裡空出了一個大洞。甚至覺得就這樣斷了氣也不奇怪。然而——

陸孫做出的事情天理難容，但他同時也失去了受罰的機會。自己竟然是如此的卑鄙下作，陸孫覺得自己的存在醜陋得不堪入目。

陽光自葉隙灑下閃動。小鳥在空中飛翔。

「有鳥。」

看到牠們優雅地飛過天際的模樣，以為自己終將化身為風的往昔記憶重回腦海。

加元服之後，自己將會穿上刺繡紋樣的衣裝。是要成為商人還是船家，抑或是踏上旅程前往遙遠外地？當時，他曾有過無限的夢想。

「踏上旅程啊……」

陸孫心想那或許也不錯，從樹上下來。

他可以去個沒有任何人的地方，然後渾渾噩噩地過日子，最終成為路旁枯骨。

『不行！』

無意間，陸孫彷彿聽見了一個聲音。他環顧四周，但沒有任何人在。只有一陣風吹過，鳥兒翱翔天際。

『不是說了要你為西都效力嗎！』

幻聽罷了。不過就是風吹鳥鳴聽在耳裡，像是年輕姑娘在說話罷了。

可是，陸孫宛如與她對話般接著說了：

「阿姊，我還得繼續出力嗎？」

風呼嘯地吹過。

「哈哈哈，真是壞心。」

陸孫笑著仰躺到地面上。天空蔚藍遼闊，風清氣爽。

陸孫要踏上旅程還是很久以後的事。得等到西都恢復生氣，路上行人重拾笑容了才行。

為了實現母親與姊姊的心願……

他決定再跟這些煩難雜務周旋一陣子。

《藥師少女的獨語 12》待續

國家圖書館出版品預行編目資料

藥師少女的獨語/日向夏作；可倫譯. -- 初版. -- 臺北市：臺灣角川股份有限公司, 2023.02-
冊；　公分. -- (Kadokawa fantastic novels)

譯自：薬屋のひとりごと
ISBN 978-626-352-267-1(第11冊：平裝)

861.57　　111020705

Kadokawa
Fantastic
Novels

薬師少女的獨語 11

（原著名：薬屋のひとりごと 11）

２０２３年２月９日　初版第１刷發行
２０２４年３月15日　初版第５刷發行

作　者：日向夏
插　畫：しのとうこ
譯　者：可倫

發行人：台灣角川股份有限公司
總　監：呂慧君
總編輯：蔡佩芬
主　編：林秀儒
編　輯：邱瓈萱
設計指導：陳晞叡
美術設計：吳佳昫
印　務：李明修（主任）、張加恩（主任）、張凱棋

發行所：台灣角川股份有限公司
地　址：１０４台北市中山區松江路２２３號３樓
電　話：（02）2515-3000
傳　真：（02）2515-0033
網　址：www.kadokawa.com.tw
劃撥帳戶：台灣角川股份有限公司
劃撥帳號：19487412
法律顧問：有澤法律事務所
製　版：巨茂科技印刷有限公司
ＩＳＢＮ：978-626-352-267-1